D1936173

Gabriel Barylli

Wo beginnt der Himmel

Gabriel Barylli

Wo beginnt der Himmel

Roman

Argon

© 2002 Argon Verlag GmbH, Berlin
Gesetzt aus der Stempel Garamond
Satz: Pinkuin Satz und Datentechnik, Berlin
Druck und Bindung: Clausen & Bosse, Leck
Printed in Germany
ISBN 3-87024-520-4

Für Marcello …
und die Freunde …

»Es ist alles ganz anders ...«

Ich denke immer noch an diese eigenartige Begegnung, die ich an einem Nachmittag der vergangenen Woche hatte. Ich war in eine Straße eingebogen, die etwas abseits der großen Verkehrswege lag, die die Stadt durchzogen. Ein Termin war ausgefallen, und ich hatte unverhofft einige Stunden für mich. Warum setze ich mich nicht einfach in dieses etwas altmodische Kaffeehaus, dachte ich, als ich an einem etwas altmodischen Kaffeehaus vorbeifuhr. So, als hätte das Kaffeehaus auf mich gewartet, bot es mir einen Parkplatz direkt vor seiner Eingangstüre an. Am Abend war ich mit meiner Frau verabredet. Isabell wollte mit mir ins Kino und danach spanisch essen. Ich freute mich auf diesen kleinen Luxus mit ihr und beschloss, mich bis dahin in diesem Café etwas zu entspannen. Ich steckte die Wagenschlüssel in meine Hosentasche und trat ein.

Der Raum lag in einer anderen Zeit. Der Fußboden war mit langen, breiten Holzdielen ausgelegt, die von einer Wand zur anderen liefen. Man sah ihm an, dass viele Generationen über ihn gelaufen waren, viele Ruhesuchende oder das Gespräch erwartende Gäste ihn betreten hatten. Er glänzte wie ein alter Ledermantel, der vom vielen Reisen glatt geworden war und schimmernd.

Direkt gegenüber der Eingangstüre stand eine riesige Espressomaschine. An ihren Hebeln war schon unzählige Male starker, schwarzer, das Innerste in Lebendigkeit versetzender Kaffee gezogen worden, und schon ihr Anblick versetzte mich in Vorfreude.

An den Wänden waren kleine Sitznischen, in denen jeweils ein Tisch von einer Sitzbank eingerahmt wurde. Ein oder zwei Holzstühle ohne Armlehnen ergänzten die Sitzbänke, die mit rotem Samt bezogen waren. Kleine, halbrunde Messingknöpfe blitzten an den Stellen, an denen die Polsterung mit dem Holzrahmen der Sitzbank abschloss. Die Messingknöpfe waren von unzähligen Besuchern so poliert, dass sie im Sonnenlicht, das durch die Fensterfront hereinfiel, strahlten.

Diese Fenster lagen links und rechts von der Eingangstüre. Jeweils vier Fenster ließen das warme Licht dieses Nachmittages über die Tischplatten aus Marmor fallen, über den schimmernden Holzboden, über den roten Samt, das Nussbraun der Holzstühle und das chrom- und elfenbeinfarbene Plastikgehäuse der Espressomaschine.

Die Wände waren in einem feinen gelben Pastellton gehalten, der mich ein wenig an den Strand von Rimini erinnerte. Überhaupt war es sehr bemerkenswert, dass ich das Gefühl hatte, in diesem Raum nicht nur in einer anderen Zeit, sondern auch in einem anderen Land zu sein. Dieses Kaffeehaus hatte nichts mit der Beliebigkeit zu tun, die sich in der Stadt immer mehr durchgesetzt hatte. Es schien mir wie ein Reservat an Ruhe und Gelassenheit. Italienische Pointen tanzten auf einem Wiener Parkett, das sich mit Alt-Berliner und französischen Details schmückte.

Eines dieser französischen Details waren die feinen, fast durchsichtigen Vorhänge vor den Fenstern. Quer über das untere Drittel der Fenster zog sich eine Messingstange, an der ein zweiteiliger, cremefarbener Vorhang befestigt war. Nun, ich bin kein Dekorateur, darum weiß ich nicht, ob man zu einem Vorhang, den man an zwei Stangen schieben kann, Vorhang sagen darf. An der Basis der Fenster befand sich nämlich eine zweite Messingstange, und zwischen ihr und der oberen waren die Stoffbahnen gerafft aufgespannt.

Ich erinnerte mich an ein kleines Café in der Rue de St. Jacques, das ähnliche Gardinen hatte, als ich mich entschieden hatte, den letzten Tisch am Fenster ganz rechts zu nehmen. Ich setzte mich auf die rote Samtbank, schob ein wenig den Stoff beiseite, um durch die so vergrößerte Spalte zwischen den beiden Vorhangteilen auf die Straße blicken zu können, und bestellte einen Espresso und ein Mineralwasser. Ein freundlicher Kellner hatte meine Bestellung entgegengenommen und schon bald serviert. Er mochte um die dreißig sein und diese Arbeit im »Café Astral« wohl nur als Teilzeitbeschäftigung ansehen. Diese Vermutung bestätigte sich, als ich beobachtete, wie er sich nach dem Servieren meines Kaffees wieder auf den Platz neben der Espressomaschine zurückzog und in einem Studienbuch über klassische Architektur zu lesen begann.

»Café Astral« – was für ein eigenwilliger Name, dachte ich und betrachtete die spiegelverkehrte Schrift, die auf dem Fenster zu meiner Linken in rotgoldenen Buchstaben zu lesen war. Der Kaffee war ausgezeichnet und das Café fast leer. Eine junge Frau saß ein einer der Wandlogen und telefonierte leise. Von Zeit zu Zeit lachte sie und führte dann ihr Gespräch fort, in dem es offenbar darum ging, einer Freundin Ratschläge für das Leben zu geben.

Wie lange war es mir schon verwehrt gewesen, einen derartigen Moment der Muße zu empfinden. Das Immobilienbüro, dem ich als Leiter vorstand, war wohl die krasseste Gegenwelt zu diesem »Café Astral«. Nach einigen Momenten des Ausruhens aber war ich schon derart weit fortgezaubert von meinem Alltag, dass ich beschloss, zumindest einmal im Monat hier einen Ruhepunkt zu finden. Irgendwie musste sich so eine Lücke in meinem Kalender einplanen lassen. Eine Lücke, wie sie mir heute geschenkt worden war.

Ich nahm eben wieder einen Schluck von meinem Espresso, als ich einen Mann über die Straße kommen sah. Er machte einen konzentrierten, wachen, aber auch seltsam einsamen Eindruck auf mich. Nein – das ist falsch! Einsam ist das falsche Wort. Er wirkte wie jemand, dem Einsamkeit nicht fremd war – der aber in eine Bewegung geraten war. Die stille, konzentrierte Aura, die ihn umgab, war in Bewegung geraten und wie von einer Frage entzündet. Ich war fasziniert von der Art, wie er über die Straße ging und unmittelbar vor dem Café stehen blieb. Ein Gedanke hatte ihn gezwungen stillzustehen. Man konnte verfolgen, wie er mitten in seiner Absicht, das »Café Astral« zu betreten, durch das Auftauchen eines für ihn bedeutsamen Gedankens gebremst wurde. Er hielt inne und lauschte in sich hinein. Er nickte und legte den Kopf daraufhin leicht zur Seite. Wie um besser zu hören, was ihm eine leise, innere Stimme zuraunte, neigte er den Kopf in totaler Hingabe. Dann nickte er wieder und atmete tief durch. Er blickte sich um und trat dann mit schnellem Schritt in das Café. Als er in der Mitte des Raumes vor der Espressomaschine angekommen war, lächelte er dem Kellner wie einem alten Bekannten zu und wollte dann direkt auf den Tisch zugehen, an dem ich saß. Er bemerkte mich erst nach zwei Schritten und hielt erstaunt inne. Es schien mir so, als wäre dieser Raum seine Wohnung und – wie jeden Tag gewohnt – wolle er sich auf seinen Lieblingsplatz setzen, der plötzlich okkupiert war.

Ich beschloss, ihn aus seiner Irritation zu erlösen, und fragte: »Verzeihen Sie – sitze ich auf Ihrem Platz?!«

»Ja … – ja, das tun Sie«, sagte er und trat an meinen Tisch heran. »Aber … das wird schon seinen Sinn haben. Darf ich mich setzen?« Er blieb höflich stehen und wartete, bis ich ihm mit klassischer Geste den mir gegenüberliegenden Platz auf der roten Samtbank angeboten hatte. Die Tische an den Fenstern waren so angelegt, dass ein rechteckiger Marmortisch mit einer Schmalseite genau vor dem Fenster stand und an den Breitseiten zwei Samtbänke einander so gegenüberstanden, dass sich entspannte Gespräche ergeben konnten. Solch eine Situation schien vom Zufall herbeigeführt worden zu sein.

»Ich glaube nicht an den Zufall, wissen Sie«, sagte mein Tischnachbar, nachdem er sich gesetzt hatte. »Nein, ich glaube vielmehr, dass es zu erforschen gilt, warum das, was wir den Zufall nennen, uns gerade an diesem Tag und in dieser Stunde in unserem Leben zufällt.«

»Sie haben völlig Recht«, antwortete ich und lächelte mein Gegenüber an.

»Sehen Sie, allein, dass Sie verstehen, worauf ich anspiele, kann als Zeichen dafür gewertet werden, dass unsere Begegnung hier und heute einem weitreichenderen Plan innewohnt, als wir im Moment erkennen dürfen. Darüber hinaus bin ich der Meinung, dass jede Begegnung mit jedem Menschen in unserem Leben eine Bedeutung hat. Der eine ist vielleicht nur für einen kurzen Streit verantwortlich, ein anderer für ein Lächeln, das uns daran erinnert, das Leben mit spielerischer Grazie anzunehmen – meinen Sie nicht auch?«

Er sah mich mit wachen, klaren Augen an. Sein Blick kam aus einer Zeit, die mit den Abläufen unseres Alltags wenig zu tun zu haben schien. Ich gebe zu, dass es sehr erstaunlich war, innerhalb weniger Sekunden mit einem Fremden auf einer Ebene eines Gespräches anzukommen, die ansonsten das Ergebnis längerer Bekanntschaft ist. Ich war aber von der konzentrierten Selbstverständlichkeit meines Tischnachbarn so eingenommen, dass ich keinen weiteren Gedanken an konventionelle Abläufe der Höflichkeit verschwenden wollte.

»Ich stimme Ihnen voll und ganz zu«, sagte ich. »Lassen Sie uns also unsere Begegnung unter den Aspekt der erstaunten Herausforderung stellen. Für Sie ist es offenbar eine Herausforderung, einen Fremden in Ihrem Reich zu begegnen – und für mich ist es ein Abenteuer, Sie an diesem Tisch zu erleben, den ich eigentlich zur Raststätte des Schweigens in meinem hektischen Tag machen wollte. Schauen wir doch, was dabei herauskommt.«

»Warum haben Sie so einen hektischen Tag?«

»Weil …« Ich atmete tief durch und überlegte, wie ehrlich ich mich antworten hören wollte. »Weil ich in einem Netzwerk eingesponnen bin, dessen Sinn es ist, Geschäfte zu machen. Diese Geschäfte, denen ich anfangs hinterhergelaufen bin, haben in den letzten Jahren angefangen, hinter mir herzulaufen, bis es dazu gekommen ist, dass ich mich als Verfolgter fühlte.«

»Ich verstehe«, sagte mein Gegenüber. »Jeden Tag beobachte ich die Menschen auf ihrer Suche nach dem Glück und dem Frieden und der Liebe – und jeden Tag erlebe ich, dass diese Suche zu einer Jagd wird, die in den Abgrund führt. Ich sitze dann da und schau ihnen zu und frage mich, woran es liegt. Warum wurde aus dem glücklichen Kind, das sie vor vielen Jahren waren, ein freudloser Mensch? Warum ist ihr Lachen verloren gegangen, warum sind ihre Augen so leer? Sie glauben zwar, dass sie am Leben sind, sie glauben es mehr als je zuvor, wenn sie vor mir stehen und um ihr Recht kämpfen – aber sie sehen sich nicht. Sie können sich nicht sehen, weil sie so beschäftigt sind. Sie können sich nicht sehen, weil sie so beschäftigt sind, ihre Gegner zu vernichten. Und diese Beschäftigung raubt ihnen jegliche Anmut und Güte. Jegliche Verspieltheit ist verloren gegangen. Die Muße, mit der sie einem Blatt zugesehen haben, wie es einen Bach hinunterschwimmt, ist der Wut gewichen, die sie hochrot zum Kampf antreibt, wenn sie vor uns stehen. Sie sehen dann aus wie Kranke. Ja, ihr Geist ist wie von einem Dämon besessen. Diese Besessenheit überträgt sich auf ihren Körper und schüttelt sie, bis ihre Gesichter zu bösen Fratzen werden. Ihre Stimmen werden gepresst und keuchend, ihre Bewegungen krampfhaft und eckig. Ihre Augen bekommen einen stechenden Blick, der unruhig hin und her irrt auf der Suche nach dem Sieg. Das ist es, was sie alle wollen, wenn sie vor uns stehen: den Sieg.

Den Sieg wollen sie erringen über ihren Gegner, der ihnen gegenübersitzt und genauso krank und verwirrt wirkt wie sie selbst. So stehen sie vor uns und werfen ihre ganze Kraft und Energie in die Verzweiflung, mit der sie uns überzeugen wollen, ihnen Recht zu geben. Sie glauben tatsächlich, dass wir die Fähigkeit besitzen zu entscheiden, wer Recht hat. Sie glauben, dass wir einen Schlüssel haben zu einem geheimen Zimmer, in dem ihr Recht auf sie wartet. Darum kommen sie zu uns und bekämpfen einander. Sie bekämpfen einander und wollen, dass wir dabei zusehen und zu guter Letzt entscheiden, wer der Bessere ist. Sie sind wie Kinder, die zu ihrem Vater und zu ihrer Mutter sagen: ›Schau mir bitte zu!‹ Die Eltern schauen dann lange zu, wenn ihre Kinder Ball spielen oder eine Sandburg bauen oder auch wenn sie miteinander spielerisch raufen wie zwei junge Katzen. Nach einer Weile der Beobachtung sagen die Eltern dann: ›Das hast du wirklich gut gemacht … aber jetzt ist es genug für heute. Komm, wir müssen nach Hause.‹

Die Kinder fühlen sich dann geschätzt und aufgehoben und wissen, dass es jemanden gibt, der sie liebt. Gerne gehen sie dann nach Hause und fühlen ein stilles Vertrauen in das Leben, das ihnen Vater und Mutter gegeben haben. Selbst wenn sie protestieren und noch länger im Park spielen wollen – im tiefsten Inneren akzeptieren sie die Autorität ihrer Eltern. Das ist die Stimmung, welche die Menschen wieder suchen, wenn sie vor uns stehen. Sie suchen den Schutz einer Autorität, die ihnen zu verstehen gibt, wann das Spiel beendet ist, und die sie lobt, wenn sie glauben, alles richtig gemacht zu haben.

Leider können wir ihnen dieses Gefühl nicht immer geben. Wir sind nicht ihre Eltern, und wir müssen uns letzten Endes für eine Seite entscheiden, wenn wir zu dem endgültigen Punkt kommen, an dem wir Recht sprechen sollen. Eine Seite wird immer voll Kummer nach Hause gehen. Eine Seite wird immer das Gefühl haben, von ihren Eltern verstoßen worden zu sein. Eine Seite wird uns immer verfluchen ... Das ist das Los, das wir zu tragen haben.

Verzeihen Sie, wenn ich immerzu ›wir‹ sage. Es trifft nicht wirklich zu, weil ich – zu meinem großen Glück – keine endgültige Entscheidung zu treffen habe. Ich bin nur derjenige, der zuhört. Ich höre zu und schreibe mit. Die Macht, das Schicksal zu verkörpern, hat der Richter. Nicht ich. Bevor ich weitererzähle, sollte ich Ihnen vielleicht sagen, wer ich bin und was mein Beruf ist. Ich bin Schreiber. Gerichtsschreiber. Eigentlich könnte ich sagen, dass ich ein Zuhörer bin – aber dieses Gehörte darf nicht in Vergessenheit geraten, und darum schreibe ich auf, was ich höre. Das tue ich, weil ich meinem ursprünglichen Ziel auf diese Weise zumindest nahe sein kann.«

»Wie darf ich das verstehen?«

»Mein ursprüngliches Ziel war es, Richter zu werden. Ich komme aus einer Familie, in der dieser Berufsstand gewissermaßen vererbt ist. Mein Vater war Richter, sein Vater und sein Großvater ebenso, und ich kann mir vorstellen, das genauere und gründlichere Nachforschungen sicher noch mehrere Vorfahren in diesem Berufsstand zu Tage bringen würden.

»Und Sie sind der Erste, der mit dieser Tradition bricht.« Ich lehnte mich erstaunt zurück und verschränkte die Arme vor der Brust. Mit einem Mal hatte mich der Schicksalsweg dieses Mannes zu interessieren begonnen. Es ist nichts Ungewöhnliches in der Geschichte, dass ein Vater sein Handwerk an den Sohn weiterreicht. Schreiner, Schuster, Bäcker haben diese Tradition über Generationen vollzogen. Ein so geistiger Beruf aber wie der des Richters war gewiss nicht so einfach weiterzugeben wie eine Zimmermannsaxt. Was musste dem vorangegangen sein, dass dieser Mann, der mir von seinem Leben zu erzählen begann, die Reihenfolge unterbrochen hatte.

»Ich glaube nicht, dass ich mit der Tradition gebrochen habe – vielmehr empfinde ich es so, dass die Tradition mit mir gebrochen hat.«

»Wie darf ich das verstehen?«

»Nun – die Geschichte hat mich gelehrt, dass es eine Anmaßung darstellt, ›Recht‹ zu sprechen. Diese Haltung kann nur eingenommen werden, wenn man trotz besseren Wissens der Ansicht ist, es gäbe so etwas wie ›Schuld‹. Das genau ist aber der Punkt, an dem ich zu lernen begonnen habe, wie vorsichtig und kostbar dieses Wort zu handhaben ist. So kostbar und vorsichtig ist der Begriff der Schuld anzufassen, bis man an den Punkt kommt, an dem er sich auflöst.«

»Erklären Sie mir diesen Gedanken, bitte?!«

»Ich werde Ihnen – wenn Sie mögen – eine sehr dramatische Geschichte erzählen, die der letzte Auslöser dafür war, dass ich mein Jurastudium beendet habe. Zuvor aber möchte ich Ihnen vorschlagen, sich mit einem Bild anzufreunden ...«

»Ich höre.«

»Stellen Sie sich eine Zwiebel vor.«

»Ja.«

»Entfernen Sie nun die Schale dieser Zwiebel und in der Folge Schicht um Schicht, um an ihr Innerstes zu gelangen, den Kern, die ›Wahrheit‹. Sie werden erleben, dass diese Zwiebel mit jeder abgelegten Hülle etwas kleiner geworden ist. Am Schluss, wenn Sie glauben, endlich den innersten Kern dieser Zwiebel erreicht zu haben, finden sich wiederum nur zwei ineinander greifende Schalen, die ein ›Nichts‹ umschließen. So ist es mit der Suche nach der ›Wahrheit‹: Klar und unverrückbar liegt sie vor uns, wenn wir uns ihr nähern. Wenn wir aber den Nebel der Ungewissheit durch Fakten und Indizien ersetzen, nähern wir uns der Stelle, von der aus die Wahrheit wie ein weißes Schloss auf einem Berggipfel vor uns liegt. Es scheinen nur mehr wenige Schritte zu sein, um durch ein großes Tor in sein Innerstes zu gelangen. Wir machen uns auf den Weg und lassen den Punkt unserer Betrachtung hinter uns. Mit einem Mal ändert sich unsere Sichtweise, und was wir für ein Märchenschloss an Klarheit gehalten haben, stellt sich als schroffe Felsformation dar. Nur ein bestimmter Lichteinfall hat Kanten und Vorsprünge wie Türme und Zinnen aussehen lassen. Nichts ist von dem klaren Bild geblieben. Die Wahrheit ist verschwunden. Sie verschwindet immer, wenn wir uns ihr über ein gewisses Maß hinaus nähern. Dieses Maß liegt in unserem Bewusstsein, das sich nach einfachen Lösungen sehnt. Aber diese Sehnsucht hat mit Wahrheit nicht das Geringste zu tun.«

Er schwieg und sah mich mit einer ruhigen Freundlichkeit an, die keinen Widerspruch zuzulassen schien. Oder aber ihn erst recht erwartete. Ich entschloss mich nicht zum Widerspruch, sondern zu einer Frage. »Ich kann Ihnen folgen, was die Wahrheitssuche im Bereich der Philosophie betrifft«, sagte ich, »aber im praktischen Leben gibt es Momente, die jenseits jeder Vermutung eindeutig zu interpretieren sind. Und diese Wahrheitsfindung ist Sache eines Richters, ist Sache unseres Geistes – ist eine Tatsache, die unbestreitbar ist.«

»Nennen Sie mir ein Beispiel.« Er lächelte immer noch und beugte sich vor. Neugierig und wachsam beobachteten mich seine Augen, als ahnten sie schon vieles von dem, was ich gleich formulieren wollte.

»Also gut – ein Beispiel: Eine Frau ersticht ihren Mann. Mit einem Messer. In das Herz. Ein Richter hat das Strafmaß festzusetzen. Die Frau leugnet die Tat. Zwei Nachbarn haben sie aber dabei beobachtet. Die Wahrheit ist – sie hat ihn ermordet. Urteil: ›lebenslänglich‹. Das ist die Wahrheit, die ich als Richter verkünden würde. Wo ist das Problem?«

»Das würden Sie als Richter verkünden?«

»Ja, das würde ich – im Namen der Gerechtigkeit …« Es bereitete mir plötzlich Vergnügen, mit diesen Worten zu jonglieren: ›Im Namen der Gerechtigkeit …‹ Ich fühlte einen Schauer von Ernsthaftigkeit und Würde, als ich diese Formulierungen benutzte.

»Spürten Sie einen Schauer von Ernsthaftigkeit und Würde, als Sie diese Worte eben formulierten?«

»Ja – in der Tat.«

»Möge Gott Ihnen verzeihen!«

Ich musste kurz lachen. Seine freundliche Heiterkeit war einem Anflug von Wehmut gewichen.

»Ich erzähle Ihnen jetzt die Geschichte, die ich Ihnen angekündigt hatte – wir werden sehen, wie Sie danach über die Wahrheit denken.«

»Ich höre …« Ich nahm einen Schluck Wasser und fasste den Erzähler ruhig ins Auge. Er begann.

»Mein Vater war oberster Richter in diesem Gebäude dort drüben auf der anderen Seite der Straße. In jenem so altenglisch wirkenden Ziegelbau. Meine Familie lebte in einem Viertel, in dem in fast jedem Haus Richter, Anwälte oder Verteidiger wohnten. Grüne Straßen, Gärten rund um die Villen. Wenig Verkehr. Eine Oase der Beschaulichkeit.

Ich denke, dass all diese Menschen, die ihr Leben in den Dienst an der Wahrheit und für die Gerechtigkeit gestellt hatten, diese sanatoriumshafte Wohnlage dringend brauchten. Ihr Alltag war angefüllt von Auseinandersetzung mit Mord und Totschlag, und so war es ihnen nicht zu verdenken, dass sie sich nach Dienstschluss gerne mit einer Tasse Lindenblütentee auf die Veranda setzten. Hunde- und Kinderlärm war nicht willkommen, und auch ich hatte eine weitgehend lärmlose Kindheit hinter mir. Ich werde nie vergessen, wie überrascht ich jeden Sommer war, wenn wir an die See fuhren. Die Kinder dort schrien und tobten den ganzen Tag durch die Strandkorbburgen, während ich stillschweigend Löcher in den Sand grub, die ich langsam mit Meerwasser füllte. Es brauchte jeden Sommer ein paar Tage, bis ich mir ein Herz fasste und mich von der lärmenden Lebendigkeit der anderen Kinder mitreißen ließ.

Nun gut. Es war eine ausgemachte Sache, dass ich das Recht studieren sollte, um ihm auf seinem Weg zu folgen. Diesen Weg hatte mein Großvater meinem Vater vorgegeben, und dieser fühlte sich verpflichtet, sein Rechtsempfinden auch mir in die Wiege zu legen. Die ersten Semester erfüllten mich auch tatsächlich mit Befriedigung. Diese trockene Materie, an der sich so manch anderer nach einigen Monaten die Zähne ausbiss, wurde mein Lebensinhalt. Ich hatte gelernt, in Stille und Geduld zu lesen, zu lernen, zu sammeln und auf diese Weise meine Urteilsfähigkeit zu vervollkommnen. Vielleicht war aber auch genau dieses Überfülltsein mit Rechtsprechung, Würde und Genauigkeit der wahre Grund, diesem Leben eine Absage erteilen zu müssen.

Mein Vater hatte es sich zur Gewohnheit gemacht, wichtige Prozessakten von mir noch einmal durchlesen zu lassen. Ich hatte Notizen über die bedeutendsten Fakten zu machen und ihm diese alle zwei Tage vorzulegen. Er verglich meine Anmerkungen daraufhin mit seinen eigenen und konnte sowohl meinen Einstieg in die Materie kontrollieren als auch manchmal eine Anregung in meinen Notizen entdecken. Eines Tages begann er, einen Prozess gegen eine Frau zu führen, die ihrem Mann ein Messer in den Körper gerammt hatte. Sage und schreibe siebenundneunzig Mal!«

Ich musste wieder kurz lachen. Wahrscheinlich gibt es gewisse Bilder, die anstatt Entsetzen einen spontanen Lachanfall hervorrufen. Zumindest so lange, bis man sich mit den Tatsachen vertraut macht oder Obduktionsbilder vorgeführt bekommt. »Verzeihen Sie, wenn ich lache – es klingt nur so aberwitzig – ich bitte um Verzeihung«, sagte ich voll aufrichtiger Höflichkeit.

»Ich verstehe Ihr Gefühl«, sagte mein Gesprächspartner. »Es ist eine verständliche Reaktion, um sich des Grauens zu erwehren. Mir ging es in manchen Momenten der Beschäftigung mit diesem Fall ebenso.

Nach relativ kurzer Prozesszeit verurteilte mein Vater die Täterin zu lebenslanger Haft. Der Richterspruch erfolgte zu seiner Genugtuung an einem Freitag. Der Lindenblütentee am späten Nachmittag hatte also mehr als nur den üblichen Geschmack des Feierabends. Er hatte die Anmutung einer kleinen Feier. Die Familie saß beisammen. Die Ungeheuerlichkeit war bestraft, der Sonnabend konnte kommen. Ich selbst verbrachte das Wochenende mit dem weiteren Studium der Akten dieses Falles. Mehrfach waren bei dem Prozess Abweichungen der Angeklagten vom konventionellen Eheleben zur Sprache gekommen. Aber angesichts einer siebenundneunzigfachen Einstichzahl im Körper des Ehemannes fiel so manches nicht mehr ins Gewicht, was zumindest einer gewissenhaften Kenntnisnahme bedurft hätte. Ich las mich einen verregneten Sonntag lang durch das Leben dieser Frau. Durch den Bericht ihrer Ehe.

Es hatte damit begonnen, dass ihr Ehemann der erste und einzige Sexualpartner der Angeklagten gewesen war. Ihre Eltern hatten sie zur sexuellen Abstinenz erzogen. Ihr Ehemann war für sie lange Zeit Lust und Schrecken in einer Person gewesen. Lust, weil sie zum ersten Mal erlebte, was für ihren Körper möglich war, und Schrecken, weil diese Gefühle ausschließlich mit dem Gefühl der Sünde behaftet waren. Das Gefühl der Lebendigkeit und Freiheit scheint vielen Menschen nach wie vor nicht geheuer. Das Beispiel religiöser Fanatiker in anderen Religionen wirkt abstoßend und auf labile Charaktere in unserer Kulturzone faszinierend zugleich.

Nun – diese Frau erfuhr die Sexualität mit ihrem Mann als permanente Sünde, obwohl sie Gottes Segen erhalten hatte. Ihr Dilemma war, dass sie nicht empfinden konnte, dass Gott eine Sünde segnete. Ich betone, sie konnte es nicht empfinden – bedenken konnte sie es schon. Sie hatte Eheunterricht genossen, und der Pfarrer hatte sie eindringlich darauf hingewiesen, dass sie ihrem Ehemann gegenüber in der Pflicht stand, ihm Lust zu bereiten. Diesen Gedanken konnte sie nachvollziehen. Die Welt ihrer Gefühle aber war von einer anderen Sprache erfüllt. Angst, Ekel, Abscheu zuckten bei den ersten intimen Berührungen durch ihren Körper und in der Folge durch ihren Geist. Sie wand sich in den zerreißenden Spannungen, die in ihr hochloderten. Jeden Tag und jede Nacht wurde das Gefühl, aufgefressen zu werden – von Mächten, die stärker waren als sie –, größer und größer.

Ihr Mann fühlte den ihm fremden Zwiespalt und interpretierte ihn als weibliche Launen. Auch er war streng erzogen worden, und obwohl er seiner Frau körperlich treu war, begann er, sie mehr und mehr zu hassen. Er wusste nicht, dass es Hass war, der ihn trieb, wenn er sie wieder einmal schlug. Er dachte laut in seinem Kopf, dass eine Frau eine harte Hand brauchte. So hatte es ihm sein Vater erklärt, und diesem sein Großvater. Die Mutter und die Großmutter der Angeklagten wiederum erklärten ihr, dass Männer nun eben so seien, wie sie sind, und dass es gelte, diese Launen demütig zu ertragen.

Lachen Sie nicht, und glauben Sie nicht, wir befänden uns im 17. Jahrhundert. Lassen Sie sich nicht durch bonbonfarbene Computer auf den Schreibtischen täuschen, und glauben Sie nicht, dass unsere Welt den Vorabendserien entspricht. Der Mensch ist ein zutiefst verwirrtes, emotional überfordertes Tier, das nach wie vor in der Steinzeit seiner Möglichkeiten vegetiert. Glauben Sie mir – ich weiß, wovon ich rede. All die Misshandlungen, Kinderschändungen, Vergewaltigungen und Demütigungen, denen ich begegnet bin, geschehen nicht nur in entlegenen Dörfern. Sie geschehen jetzt in diesem Augenblick in unseren Städten, in unseren Wohnungen – überall. Glauben Sie mir.«

»Ich glaube Ihnen.«

»Das ist gut ... Das ist gut ... In der Ehe dieser armen Frau begann der Teufel zu wüten. Wenn ich den Namen dieses schwarzen Geistes in den Mund nehme, dann nur mit äußerstem Respekt vor seinen Fähigkeiten. Ihn zu leugnen heißt, ihm zu dienen. So beginnt es schon einmal: Ein schnell erkennbarer Feind ist ein zu bekämpfender Feind. Wie aber wollen Sie einen Gegner niederringen, der sich nicht zeigt? Und darüber hinaus oftmals die Gestalt ihrer liebsten Empfindungen annimmt? Um Sie zu täuschen. Um Sie in die Irre zu führen. Um Ihrer Lebendigkeit den Garaus zu machen. Alles Böse geschieht mit bestem Wissen und Gewissen. Jeder Frevel in der Geschichte der Menschheit hat einen Verantwortlichen als Urheber, der Ihnen messerscharf erklären kann, dass er so und nicht anders handeln musste. Es musste getötet, verbrannt und überfallen werden – immer wieder, in allen Sekunden der Menschheit. Immer mit der besten Absicht, noch schlimmeres Übel zu verhindern. Diese beste aller Absichten zerstört im Großen wie im Kleinen das Dasein der Lebendigkeit.

Auch in dem kleinen Zweipersonenhaushalt, von dem ich Ihnen hier berichte. Der Ehemann der mörderischen Gattin arbeitete als Abteilungsleiter in einem Großkaufhaus. In seinen Aufgabenbereich fiel es, das Sortiment französischer und italienischer Damendessous zu sichten, nachzubestellen und die Verkaufsregale wohl bestückt zu halten. Er war von seiner Mutter zu absoluter Treue erzogen worden, und das passte recht gut zu dem Treuegelöbnis, das er und seine Gemahlin einander gegeben hatten. Aber seine Treue war auch von einem sehr individuellen Umgang mit seiner Sexualität geprägt.

Er hätte es niemals laut formuliert, aber die hübschen Frauen auf den Packungen der Damenstrumpfhosen fanden in zunehmendem Maß seinen Gefallen. Ganz besonders liebte er die Modelle, die schwarz glänzend und nahtlos ein Frauenbein umspielten. Anfangs ließ er diese Strumpfhosenpackungen noch leichthin durch seine Hände gleiten, wenn er sie in die Holzregale ordnete. Im Lauf der Zeit aber blieb sein Blick immer öfter und immer länger an den Schönheiten aus Paris hängen. Er legte sich eine kleine Sammlung in seinem Büro an. Unter dem Vorwand, stichprobenartig die Qualität der Ware überprüfen zu wollen, nahm er aus jedem gelieferten Großkarton ein oder zwei Packungen für sich. Neben seinem Schreibtisch heftete er die farbigen Werbekartons, die den Strumpfhosenpackungen beigelegt waren, an die Wand. Nach einem Jahr hatte er über zwei Dutzend solcher schönen Frauenbeinfotos gesammelt. Er nahm die Strumpfhosen aus ihren Packungen, nagelte die Frauen an die Wand und spielte versonnen mit dem feinen, weichen, elastischen Material der nahtlosen Strumpfhosen. Am Wochenende, wenn er mit seiner Frau im Bett lag, dachte er immer öfter und immer drängender an das elektrisierende Gefühl und steigerte sich in die kühnsten Phantasien, wenn es zum Sex mit seiner Gemahlin kam. Irgendwann einmal war es so weit. Die Spannung zwischen Traum und Wirklichkeit wurde unerträglich für ihn. An einem Sonnabend zog er eine aus dem Kaufhaus mitgebrachte, nahtlose, schwarze Strumpfhose hervor.

›Was ist denn das?!‹, fragte seine Frau und spielte neugierig mit dem glänzenden schwarzen Ding.

›Das Neueste aus Paris‹, sagte er, und bald darauf war es ihm gelungen, seine Frau zu überreden, diese Strumpfhose anzuziehen. Ihr war der Moment etwas peinlich, noch dazu, als er sie aufforderte, kein Höschen darüber oder darunter zu tragen. Sie konnte sich keinen rechten Reim auf diese Aufforderung machen, tat aber, was er von ihr wollte. Widerstrebend, scheu, aber doch auch vom Prickeln des Unerhörten erregt. Den Sinn des Verhaltens, kein Höschen zu tragen, erkannte sie, als er mit einer ungeduldigen Bewegung die Strumpfhose im Schritt entzweigerissen hatte. Völlig enthemmt stöhnend, zerriss er die feine Pariser Ware und drängte sich zwischen ihre Beine und in ihren Körper. Sie war sprachlos, perplex, fassungslos, überrumpelt, indigniert. Eine Mischung aus Abscheu und abscheulicher Erregung durchflutete ihren Körper. Diese Abscheu steigerte sich noch, als sie feststellte, wie viel Lust ihr seine Vergewaltigung bereitete. Es hatte nichts mit dem wohlmeinenden Ablauf der Sonnabende zu tun, die hinter ihr lagen. Es war so derb und hart wie in manchen TV-Filmen, bei denen sie dann zur Fernbedienung griff, um das Programm zu wechseln. Es war einfach gut. Das durfte nicht sein. Sie erkannte die Gefahr, die von dieser Zügellosigkeit ausging. Sie fühlte, dass alles Warme, Zärtliche, Herzliche dabei auf der Strecke bleiben musste. Das Kameradschaftliche ihrer Sexualität war in Gefahr. Sie vertraute sich ihrer Mutter an. In einem langen und so ehrlichen Gespräch, wie sie es noch nie mit ihrer Mutter geführt hatte, eröffnete ihr die eigene Mutter, dass sie ähnliche Praktiken mit ihrem Vater schon seit Jahren vollführte. Das Bild ihrer Eltern vollzog einen Quantensprung. Wo waren die vertrauten Blicke und Gefühle? Wo war die sichere Heimat, die nach Milchkaffee und Porridge am Sonntag duftete? Ihre Mutter empfahl ihr, sich ihrem Mann in dieser Beziehung voll und ganz zu öffnen und keinen Widerstand zu leisten. Die Männer seien so, wie sie sind. Und es wäre klüger und besser, ihm seine Wünsche zu erfüllen, bevor er durch eine Verweigerung ihrerseits an Nachbars Garten zu denken begänne. Gesagt – getan. Die Strumpfhosenmodelle aus Italien und Paris wurden dem treuen Ehepaar sehr bald zur Gewohnheit. An einem warmen Sonnabend im Juli brachte ihr Ehemann eine schwarze Lederkorsage mit nach Hause. Nach kurzem Sträuben servierte sie das Abendessen in schwarzem Leder. Der Sex danach auf dem Fußboden war sehr überraschend für sie. Mitten im Dessert hatte er begonnen, sie mit Schokopudding einzureiben, abzuschlecken und sie dann auf allen vieren zu nehmen.«

Mein Tischnachbar unterbrach seine Erzählung und beugte sich zu mir. »Verzeihen Sie – aber um Ihr Verständnis zu erhalten, muss ich Sie mit diesen Details konfrontieren. Ist Ihnen das überhaupt recht?!«

»Ich bitte Sie – selbstverständlich. Ich möchte mir nur schnell noch einen kleinen Espresso bestellen und einen Amaretto dazu. Mögen Sie nichts?«

»Doch, ich werde zunächst ein Glas Soda-Zitrone mit viel Honig zu mir nehmen.«

Wir bestellten bei dem freundlichen Kellner, der uns das Gewünschte in kürzester Zeit servierte, um sich daraufhin wieder in seine Architekturbücher zu vertiefen. »Bitte, erzählen Sie weiter«, sagte ich und leerte die Hälfte meines Amarettos in den pechschwarzen Espresso.

»Also«, fuhr er fort, »es kam, wie es wahrscheinlich kommen musste. Die Schranken der Scham und der Hemmungen waren niedergerissen. Die Spiele, die sie zu spielen begannen, um den Reiz ihres Sexuallebens zu erweitern, begannen, gefährlich zu werden. Auf die Lederkorsage folgten Ketten und Hundehalsbänder, auf die Halsbänder Stachelringe, und sehr schnell waren sie dort angekommen, wo sie sich in ihren Mädchenträumen niemals erlebt hatte: im Keller.«

»Wie darf ich das verstehen?!«

»Nun – genau so, wie ich es sage. Die Normalität von Ketten und Hundehalsbändern wurde dem Ehemann bald zu wenig. Er errichtete in tagelanger Heimarbeit einen Folterkeller unter ihrem Einfamilienhaus. Dort begannen sie ein weitgehend hemmungsloses Treiben, das nur durch die Lautstärke ihrer Lustschreie wahrgenommen wurde. Die Nachbarn empfahlen ihnen sehr dringend, entweder leiser zu sein oder auf Autobahnparkplätze auszuweichen. Der Ehemann löste das Problem, indem er Matratzen an die Wand nagelte, die den Keller in ein weitgehend schalldichtes Studio verwandelten.« Mein Erzähler nahm einen Schluck seiner Zitronenlimonade und atmete tief ein und aus. »Nun gut. All das ist normaler, als wir es vermuten, wenn wir durch Reihenhaussiedlungen schlendern; das ist noch kein Grund, dem Ehemann ein Messer siebenundneunzig Mal in den Leib zu rammen. Zu dieser schrecklichen Maßlosigkeit war es gekommen, als der Ehemann gewisse, unausgesprochene Gesetze in dieser Ehe zu missachten begann. Der erste Haarriss im Damm der Zurückhaltung trat ein, als er sie eines Tages aufforderte, ihn mit einer Nadel zu stechen. Sie kicherte und zierte sich. Kurz bevor er allerdings ernsthaft böse werden konnte, nahm sie eine dünne Nadel aus ihrem Nähkorb mit in den Keller und stach ihn damit vorsichtig in den Po. Ein kleiner Stich nur – ein zu vernachlässigender Schmerz. In der Signalwirkung jedoch der Anfang vom Ende. Ihr Mann heulte vor Lust, als die kleine, feine, silberne Nadel in ihn eindrang, und sie musste sich ein Lachen verkneifen, weil es ein doch auch sehr komischer Anblick war. Da kniete ihr Gemahl, mit dem sie vor einiger Zeit noch blütenbekränzt eine weiße Torte angeschnitten hatte, in schwarzen Ketten vor ihr, hatte eine Ledermaske vor dem Gesicht und gurgelte undenkliche Lustgeräusche, als sie ihm ein Muster in den runden Po stichelte. Das war nach einigen Wochen auch schon wieder zu wenig. Anzeigen wurden aufgesetzt – Gleichgesinnte gesucht. Die Schwierigkeit, die sich daraus ergab, war das Treuegelöbnis. Sie umschifften diese Klippe, indem sie spezielle Paare in ihren Keller holten, denen es genügte, beim Liebesspiel zu beobachten oder beobachtet zu werden. Die Stiche mit der Nadel wurden zum Bohren mit einer Stricknadel – zum leichten Schnitt mit einem Küchenmesser. Untertags mussten sie einander manchmal verschwörerisch zulächeln, wenn er bei einer zu schnellen Bewegung im Supermarkt leicht aufstöhnte. Vor allem der Griff zu den hoch gelagerten Dosen im Gemüsedosenregal fiel ihm manchmal etwas schwer, wenn die Liebeswunden schmerzten …

An dieser Stelle wird die Geschichte dieser Ehe fast normal. Auch ihre besonderen Neigungen hatten die Dimension eines Campingausfluges angenommen. Er wusste, was ihn erwartete, sie hatte große Fingerfertigkeit erlangt, was die Dosierung des Schmerzpegels anbelangte. Es hätte auf unbestimmte Zeit so weitergehen können. Wenn nicht ... wenn nicht die Hybris eingetreten wäre.«

»Welche Hybris?«, fragte ich und nahm einen kleinen Schluck von meinem Amaretto-Espresso, solange er noch heiß war.

»Jedes System auf diesem Planeten hat seine ureigensten Gesetze. Jedes Spiel seine Grenzen. Selbst das Spiel der Grenzenlosigkeit kennt Regeln, die von allen Beteiligten eingehalten werden. Alles, was entsteht, entsteht nach einem unsichtbaren, dem System innewohnenden Bauplan. Nichts gibt es, das innerhalb eines Systems gleichzeitig außerhalb sein kann. Verstehen Sie mich?«

»Nicht ganz, um ehrlich zu sein.«

»Ich werde versuchen, es zu verdeutlichen: Alles, was wir Menschen errichten, ist ein Glaubenssystem. Wir glauben – also funktionieren wir. Weil wir ahnen, dass wir funktionieren sollten, um unser System aufrechtzuerhalten, glauben wir. Nehmen Sie das Ende eines Diktators. Daran lässt sich am besten illustrieren, was ich Ihnen sagen möchte. Alle Teilnehmer an einer Diktatur sind daran beteiligt. Alle. Auch diejenigen, die behaupten, die Opfer zu sein. Das Faktum ist, dass in einer Diktatur sehr viele von sehr wenigen gebändigt werden. Einem Aufstand steht die Lehrmeinung des einzelnen Opfers gegenüber, dass seine Revolte mit dem sofortigen Erschießen bestraft wird. Solange das alle glauben, stimmt das auch. In dem Moment aber, in dem alle Opfer zu wissen beginnen, dass sie sich gemeinsam erheben können, ist das System innerhalb von Stunden gekippt. Und das, obwohl eine Mauer fünfzig Jahre lang als unverrückbar gelten kann.«

»Ich verstehe.«

»Diese Art der Glaubenssysteme erhält Staaten wie Menschen auf einem Status quo. Der Status aber kann sich tatsächlich innerhalb von Minuten ändern – unvorhergesehen wie ein UFO-Absturz.«

»Glauben Sie an UFOs?!«

»Darüber können wir gerne später plaudern.«

»Verzeihen Sie – fahren Sie bitte fort.«

»Im Glaubenssystem dieser Ehe, von der ich Ihnen erzähle, gab es einen sehr wichtigen Grundpfeiler – das war die Treue. Jeder Irrsinn war erlaubt, solange diese Säule im Zentrum stand. Ja, der Irrsinn wurde geradezu bemüht und als Zeuge aufgerufen, um diesen Status quo zu erhalten. Bis zu dem Tag, an dem der Ehemann nach Hause kam und seine Frau zwischen den Beinen des Nachbarn knien sah. Es ist schwer zu beschreiben, was sich im Herzen dieses Mannes daraufhin abgespielt hat. Seine Ehefrau hat zu Protokoll gegeben, dass er einen sehr besonnenen Eindruck gemacht hätte. Das ist sehr erstaunlich. Gleichzeitig aber wiederum nicht.«

»Wieso?«

»Nun – wenn Sie ehrlich sind, hatten sie doch erwartet, den Ehemann hinter dem gebeugten Rücken der Nachbarin zu finden – nicht wahr?«

»Ja … ich gebe Ihnen Recht.«

»Sehen Sie – und warum haben Sie das erwartet?«

»Weil er der Initiator all dieser Entwicklungen war. Er hat das Spiel ja immer weiter getrieben – nicht wahr?!«

»Völlig richtig – und zum Schluss war er mit den Geistern, die er gerufen hatte, überfordert. Darum auch sein so ruhiges Verhalten angesichts des Treuebruches. Die Ehefrau hat bei ihren Einvernahmen geschildert, dass ihr Mann über eine Stunde völlig apathisch in seinem Fernsehstuhl gesessen hätte. Unansprechbar, teilnahmslos. Der Nachbar hatte sich sehr schnell zurückgezogen und die zwei Akteure in ihrem Drama allein gelassen. Die Frau hat zu Protokoll gegeben, dass sie sich in einem tranceähnlichen Zustand befunden hätte. Alles sei ihr wie in einer gallertartigen Masse eingebettet erschienen. Diese Bemerkung finde ich hochinteressant. Warum ist das so? Was war für diese Frau so weltumstürzend anders geworden? Ein Glaube. Nichts weiter. Sie hatte sich innerhalb des Systems ihrer Ehe von einer unscheinbaren, scheuen, verklemmten Frau zu einer Person entwickelt, der keine sexuellen Variationen abwegig waren. Keine. Bis auf die eine. Alles durfte stattfinden, solange es im Hafen der Ehe stattfand. Und genau das ist es, was auf Dauer nicht funktionieren kann. Nicht die Ehe, sondern die Demokratie in der Diktatur. Das ganz andere im anderen. Die Grenzüberschreitung in einem begrenzten Gebiet. Dieses

Prinzip kann nicht funktionieren. Deswegen war der Ehemann auch so paralysiert. Er wusste, ohne es formulieren zu können, dass er es gewesen war, der seine Frau in der logischen Kette seiner Zügellosigkeit in die Arme eines anderen getrieben hatte. Selbstverständlich. Man kann nicht in einem Garten voller Obstbäume wandeln und den einen verbieten. Das geht nicht. Das heißt – es geht schon –, nur die Rache dieses Obstgartens wird allumfassend sein. Das Problem dieses Paares lag darin, dass es immerzu das Gefühl hatte, eingesperrt zu sein. In dem Gefängnis, das sie einander mit ihrem göttlichen Schwur der körperlichen Treue gebaut hatten, waren die buntesten Partys inszeniert worden. Alle diese Orgien sollten den Geschmack der großen, letzten Freiheit haben, nach der sich beide so sehr gesehnt hatten. Je krasser aber ihre Ausschweifungen geworden waren, umso deutlicher stießen sie an die Wände ihrer Zelle. Es war nahe liegend, dass dieses ewige Schwungholen eines Tages zum Durchbruch führen musste. So war es geschehen. Und in diesem Moment hatte man die beiden ganz allein gelassen. Niemand war zur Stelle, bei dem sie sich hätten ausweinen können. Beichten. Ihre ganze Wahrheit bekennen. Mein Gott, was war denn geschehen?! Im Lichte ihrer Exzesse betrachtet, rein gar nichts. Sie hatte dem Nachbarn einen runtergeholt. Mein Gott, was war da schon dabei. In ihrer Videothek stapelten sich Dutzende Kassetten, die von Besucherpärchen aufgezeichnet worden waren. Die Gerichtspsychologen hatten das Material gesichtet und jede nur erdenkliche Spielart der Sexualität vorgeführt bekommen. Aber eben nur untereinander. Nie sah man ihn oder sie Hand an einen Fremden oder eine Fremde legen. Ein geschlossenes System. Jedes geschlossene System wirkt von außen betrachtet lächerlich. Für die, die darin verstrickt sind, ist es tödlicher Ernst. Im wahrsten Sinne des Wortes.

Nachdem die Ehefrau die letzte Barriere niedergerissen hatte, waren die beiden in Trance gefallen. Die neue Luft, die Höhenluft des Unerhörten, die sie mit einem Mal umwehte, machte sie schwindelig. Sie wussten nicht mehr, was sie taten. Beide wussten es nicht mehr. Das Einzige, was sie fühlten, war, dass ihr Kinderzimmer nicht mehr existierte. Das Kinderzimmer ihrer Ehe, ihres Lebens, ihres Glaubens stand nicht mehr für sie offen. Als die Türe endgültig aufgeflogen war, konnten sie es nur als einen Ausschluss erleben. Sie waren ausgeschlossen von den vertrauten Ritualen, den vertrauten, eigenartigen Abläufen in ihrer Seele und in ihrem Keller. Mit einem Mal gab es die Gewohnheit nicht mehr, und das machte sie schwindelig. Beide. Auf eine sehr dumpfe, sehr ungenaue Art und Weise fühlte er sogar etwas wie Schuld oder zumindest Verantwortung für das, was geschehen war. War er es nicht gewesen, der die Türe aufgestoßen hatte zum Labyrinth der sexuellen Begehrlichkeiten? Hatte er seine Frau nicht weit über die Grenzen ihrer Scham geführt, ja geradezu getrieben?!

Er saß in seinem Fernsehstuhl und wollte zurück. Nichts als zurück in die Zeit vor dem Sündenfall. In die Tage und Stunden, in denen ihn nur die leichten Einstiche im Körper schmerzten und nicht so sehr sein Herz. Sein Herz tat ihm so unendlich weh. Niemals glaubte er, es vergessen zu können, dieses Bild. Dieses furchtbare Bild, wie seine Frau ihren Kopf zwischen den Beinen des Nachbarn auf und ab bewegt hatte. Er wollte zurück in diese eigenartige Behaglichkeit, die vor diesem Moment geherrscht hatte. Er stand auf und ging in den Keller. Sie folgte ihm. Im Keller zog er bitterlich weinend seine schwarze Kellerkluft an und ließ sich von ihr an das Heizungsrohr fesseln, das er blutrot angemalt hatte. So hob sich seine schwarze Garnitur besser von der Kellerwand ab. Unter Tränen bat er sie, ihn zu schlagen. Sie tat es. Unter Tränen bat er sie daraufhin, ihn zu stechen. Nicht nur mit den Nadeln. Nein, mit dem Messer. Sie weinte und tat es. Sie weinte, weil auch sie zurückwollte in das verlorene Paradies. Sie hörte, wie er nach den ersten leichten Stichen zu weinen aufhörte. Er begann, tief und schwer zu atmen, zu keuchen, endlich vor Lust zu stöhnen. Das wollte sie. Das war ihre Absicht. Das war ihre Art, um Verzeihung zu bitten. Er sollte seine gewohnte Lust wiederhaben. Sein Glück. Ihr Glück. Seine Lust. Ihre Lust. Immer wieder. Immer wieder steckte sie den Schlüssel in die Tür, die vor dem verlorenen Paradies zugefallen war. Immer wieder. Siebenundneunzig Mal ...«

Er schwieg. Nach einem Augenblick, den er der Erinnerung widmete, trank er seine Zitronenlimonade langsam und in einem Zug aus. Ich blickte zum Fenster hinaus. Die Passanten eilten vorbei wie eh und je. Trotzdem hatten die Gesichter für mich einen eigenartigen Schimmer erhalten. Ich versuchte, in ihre Geschichten einzudringen. In ihre geheimen Geschichten. In ihre Abgründe. Es gelang mir nicht. Ich empfand nur eine gesteigerte Vorsicht in meinem Vorurteil. Was war wirklich? Welches Gesicht das wahre?

»Es gibt keine Wahrheit«, sagte der Mann, der mir an meinem Tisch gegenübersaß. »Es gibt nur Wahrheiten. Und selbst diese Wahrheiten widersprechen einander in einem fort. Ein nicht endender vielstimmiger Chor von Widersprüchen, das ist die Wahrheit unserer Existenz. Wie soll da ein Urteil möglich sein? Ein Richtspruch? Welches Gesetz?!«

Ich holte tief Atem und hörte mich sagen: »Du sollst nicht töten!«

»Ja, sie haben Recht. Das soll man nicht. Wann aber gilt der Satz? Wenn man es sich einfach machen will, ist der Schuldige sehr leicht auszumachen. Derjenige, der neben einem Erschossenen mit rauchender Pistole angetroffen wird, ist unter einem recht eindeutigen Gesichtspunkt als der Schuldige zu bezeichnen. Da bin ich mit Ihnen einer Meinung. Dieser Gesichtspunkt scheint uns ein Maß zu geben. Uns. Den meisten von uns. Nur mir nicht mehr. Nicht mehr in dem Maß, wie es für meinen Vater gegolten hat.«

»Was gilt denn für Sie?!« Diese Frage hatte sich in mir in den letzten Augenblicken immer drängender in den Vordergrund geschoben. Welchen Punkt der Beurteilung oder Verurteilung hatte dieser Mann erreicht, dessen Wunsch es einmal gewesen war, Richter zu werden?

»Die Grundfesten meines Lebens wurden durch diesen Fall infrage gestellt. Ja, diese Frau hatte getötet! Ja – sie war zu verurteilen. Ja – so soll es geschehen. Aber die Täter hinter den Tätern, wer straft sie? Wer verfolgte die Mutter und Groß- und Urgroßmutter? Wer die Urahnen der väterlichen Linie?! Wer stieß die Idealbilder vom Sockel, die in der Seele dieser Frau zum Irrsinn geführt hatten? Ein Irrsinn, der darin bestand, sich selbst nicht mehr zu fühlen. Abgeschnitten zu sein von ihrer Lebendigkeit, ihren Wahrheiten?! Wer strafte die Schatten der Täter? Mit einem Mal fühlte ich mich in eine Welt geschleudert, die ich so lange gemieden hatte. Die Welt des Zweifels. Ein Richter darf und muss prüfen, wägen, ja zweifeln – bis zu dem Moment, in dem er seine innere Sicherheit gefunden hat. Das innerste Zentrum, in dem es die absolute Wahrheit gibt. Dieses Zentrum wird auf langen Wegen gesucht. Indizien und Beweise – all das verdichtet sich unter den zweifelnden Augen des Richters zu einem Punkt, an dem sich Gut von Böse, Schwarz von Weiß, Schuld von Unschuld trennt. Das ist der Punkt, an dem er das weiße Schloss der Wahrheit erblickt. Dann weiß er zutiefst, was Recht ist, und spricht es. Er – der Einzige. Ich war diesem Punkt durch meine Studien nahe gekommen und durch die radikale Beschäftigung mit diesem Todesfall weit darüber hinausgeschleudert worden. Alles, was sich dem Betrachter so offen und klar darstellt, verwandelte sich für mich in eine Fata Morgana. Ich versuchte, mit meinem Vater über einen Punkt zu reden, der mir auf dem Herzen brannte. Wann und wodurch sollte ein Richter, ein Mensch, ein Wesen mit denselben Ängsten und Freuden wie diejenigen, die ihm vorgeführt wurden – wodurch sollte er an den Punkt gelangen, an dem es keinen Zweifel mehr gab? Mein Vater fühlte den sorgenvollen Ernst, der hinter meiner Frage lag, und nahm sich Zeit für die Antwort. ›Die Summe von Beweisen ist sehr oft erdrückend‹, sagte er, ›aber selbst, wenn der Punkt einer offensichtlichen Gewissheit gekommen ist, liegt es doch nur im Herzen des Richters, das letzte, gültige Urteil zu fällen.‹

›Im Herzen des Richters?‹

›Ja.‹

›Und wenn er irrt – trotz aller Beweise?‹

Mein Vater lächelte kurz, dann sagte er: ›Falls der Verurteilte den Spruch des Richters nicht annimmt, kann und muss er Berufung einlegen. Eine höhere Instanz wird sich der Gerechtigkeit annehmen!‹

›Eine höhere Instanz?!‹

›Ja.‹

›Warum wird die nicht gleich angerufen?!‹

Er lachte kurz. ›Weil sie nur die Aufgabe der Kontrolle hat, jeder Mensch kann irren. Dazu dient die Kontrolle.‹

›Was ist, wenn der Kontrollierende ein Mensch ist – was, wenn er sich irrt?‹

Mein Vater sah mich lange an, und ich glaubte, einen eigenartigen Schmerz in seinen Augen wahrzunehmen. ›Die Statue der Gerechtigkeit trägt ein Tuch vor ihren Augen – damit ist alles gesagt. Es muss den Punkt geben, an dem Schluss ist. Auch auf die Gefahr eines Fehlurteils hin.‹

Ich begriff seinen Kummer. Wie oft hatte er wohl zum Schwert gegriffen und den gordischen Knoten durchschlagen? Wie oft seine Unsicherheit mit Härte und Eindeutigkeit kaschiert? Ich hatte das Gefühl, als würde der Boden unter meinen Füßen nachgeben, als ich mich den Satz sagen hörte: ›Vater, ich werde nicht Richter werden. Ich kann es nicht. Verzeih mir.‹

Er sah mich lange an und umarmte mich. Er nahm mich in seine Arme und umarmte mich so liebevoll, wie ich es bei ihm noch nie erlebt hatte. Dann sah er mich wieder an und sagte: ›Vielleicht mussten all deine Großväter und Urgroßväter und auch ich diesen Weg vorbereiten, damit du zu einem Ziel gelangen konntest, das uns allen verwehrt geblieben ist: das Mitgefühl. Ich kenne es nicht in dem Maße, in dem es in dir lebendig zu sein scheint. Ich freue mich nur, dass ich es in dir finde. Und ich bin sehr froh, dass du mein Sohn bist.‹«

Ich sah, welche Bewegung diese Worte seines Vaters in dem fremden Mann hinterlassen hatten. Ich war berührt von seiner Offenheit und dem Mut, mir diese Seite seines Lebens zu zeigen. Er sah eine Weile aus dem Fenster hinaus und fuhr sich dann mit beiden Händen über das Gesicht. So als wollte er sich in die Gegenwart zurückrufen, klang er wieder etwas förmlich und klarer, als er fortfuhr, mir von sich zu erzählen: »Verzeihen Sie, aber die Erinnerung an dieses Erlebnis mit meinem Vater bewegt mich immer noch sehr ... sehr. Ich danke Ihnen, dass Sie so viel Zeit und Muße aufbringen, mir an diesem heutigen Tag, der ein sehr wichtiger Tag in meinem Leben ist, zuzuhören.«

»Aber ich bitte Sie«, sagte ich, »es ist mir wirklich ein Vergnügen, ich bin dem Zufall sehr dankbar, der mich heute hier an diesen Platz geführt hat. Erzählen Sie doch bitte weiter.«

Er sah mich lange an. »Es gibt keinen Zufall«, sagte er. »Es gibt nur Ketten von Ereignissen, die vor undenklich langer Zeit geboren wurden. Diese Ereignisketten bewegen sich Schritt für Schritt zwingend aufeinander zu. Der Begegnungspunkt wirkt für den Unaufmerksamen wie das, was wir Zufall nennen. Es kommt nur auf die Genauigkeit an, mit der wir beobachten, und auf die Höhe unseres Standpunktes. Diese Höhe ist es, von der alles abhängt. Alles. Nur aus höchster Höhe ist es möglich, über die Rundung des Horizontes zu blicken. Nur von ganz oben erkennen wir die Täler hinter den fernsten Bergen. In diesen Tälern finden Ereignisse statt, die das Leben über die Berge in unser Tal schickt. Es gilt, wachsam zu sein, um nicht überrascht zu werden. Es gilt, Ahnungen zu Gewissheiten werden zu lassen. Dann wird der Zufall zur Absicht des Schicksals.«

Ich sah ihn lange an. »Und welche Absicht des Schicksals findet sich in unserer Begegnung?«

»Sie wissen es, ohne es beim Namen nennen zu können. Sie wissen, warum Ihr Termin ausgefallen ist, der Parkplatz frei war, dieser Fensterplatz Ihnen gefallen hat. Sie wissen es, und morgen werden Sie es vielleicht schon beim Namen nennen können. Oder sogar schon am heutigen Abend, wenn Sie Ihre Frau treffen.«

Ich lachte kurz auf. »Woher wissen Sie, dass ich meine Frau treffen werde?!«

»Sie tragen einen Ehering, das Nummernschild Ihres Wagens ist aus dieser Stadt, Ihre Kleidung verrät den Geschäftsmann. Männer Ihres Schlages pflegen abends ihre Frau zu treffen.«

»Sie haben Recht.« Ich sah ihn mit wachsender Neugier an. Sein Gesicht war von einem stillen Leuchten erfüllt. Er hatte dunkelbraune Haare und einen blassen, aber durchaus gesund wirkenden Teint. Seine Hände waren unerwartet fest und deutlich konturiert. Entschlossenheit – oder auch die Fähigkeit zur Kontemplation – lag wie ein unsichtbarer Mantel um diesen Mann. Der Anzug, den er trug, war aus sehr gutem Material, blau, mit dunkelblauen Knöpfen versehen. Die Ausstrahlung von Ruhe und Stille, die dominierendste Vibration dieses Mannes, war durchwirkt von hellen, klaren, sonnigen Strahlen. So wie die Wintersonne sich durch stillen, dichten Hochnebel Bahn bricht, leuchteten seine Augen manchmal geradezu glücklich zu mir herüber.

»Verzeihen Sie«, sagte ich, »darf ich Ihnen eine sehr persönliche Frage stellen?«

»Ich bitte Sie darum – fragen Sie ohne Vorsicht.«

»Sind Sie heute mit einem Erlebnis konfrontiert worden, das Sie in einen Zustand der Freude versetzt hat?«

»Wie kommen Sie darauf?« Er lächelte mich an.

»Sie wirken erfrischt, wie nach einer langen Periode der Stille und der Ruhe. Sind Sie befördert worden?« Ich lachte ihn an, und er war in der Stimmung, in meine leichte Unverschämtheit mit seinem Lachen einzustimmen. »So wirke ich auf Sie?«

»Um die Wahrheit zu sagen – ja!«

»Wie interessant! Jetzt weiß ich, wie sich jemand fühlt, der befördert worden ist.« Wir lachten beide noch einen Moment, dann sammelte er sich wieder zu der konzentrierten, wachen Haltung, die mich vom ersten Moment an bei ihm fasziniert hatte. »Nein, ich bin nicht in klassischem Sinn des Wortes befördert worden. Das ist bei meinem Beruf auch nicht möglich. Aber ich bin in einen Zustand befördert worden, der mit meinem Leben, wie es in den letzten, langen Zeitläufen stattgefunden hat, nichts zu tun hat.«

»Wie würden Sie diesen Zustand beschreiben?«

»Wenn ich das so genau wüsste ... einige Gedanken und Gefühle in mir nennen es Glück ... andere sogar so etwas wie Liebe ... Ich betrachte all die vielen Töne, die in meinem Herzen klingen, von sehr weit oben und versuche noch, die genaue Melodie zu erkennen. Ich denke, dass unser Gespräch für mich den Sinn hat, zu kristallisieren, welche Beförderung mein Geist, meine Seele und mein Herz heute erfahren haben. Ich danke Ihnen, dass Sie ein Abgesandter des Zufalls sind und offenbar dazu bereit, mir auf diesem Weg zu helfen.«

»Ich kann mir vorstellen, dass Sie mir etwas auf meinen Weg mitzugeben haben, das ich für mein Leben als Erweiterung betrachten werde. Außerdem scheint es, als hätte ich heute Abend genügend Interessantes an Gedanken in das Gespräch mit meiner Frau einzubringen.«

»Sie lieben Ihre Frau?« Er sah mich an. Ich war erstaunt. So direkt und ohne Vorsichtsmaßnahmen der Etikette hatte mich das noch nie jemand gefragt. Nicht einmal ich selbst. Ich lächelte und forschte in seinem Gesicht. Wer war dieser Mann? Wieso konnte er es sich erlauben, derart intime Fragen in ein Gespräch einfließen zu lassen, das zwei Fremde erst seit einer halben Stunde in einem Kaffeehaus führten. Wieso aber – und das machte mich sehr wach –, wieso nahm ich ihm seine Direktheit nicht übel? Wenn irgendjemand anderer es gewagt hätte, in die Burg meiner Geheimnisse einzudringen – ich hätte ihn abgewiesen. Wieso nicht bei diesem Fremden? Weil er so ruhig und bestimmt war. Weil in seiner Offenheit keine Arglist verborgen war. Keine Heuchelei, keine verletzende Sensationsgier. All das war nicht im Ton seiner Frage – nein. Ruhe lag in seinen Worten. Ruhe und Mitgefühl. Er wollte es einfach nur wissen. Ohne zu drängen. Ohne die fremde Blume, über die er sich beugte, zu zerpflücken. Er beobachtete voller Respekt. Das war es. Seine Offenheit und seine unschuldige Art, sich in die tiefsten Geheimnisse meines Herzens zu fragen, waren erfüllt von Respekt. Darum antwortete ich nach einer langen Pause, in der ich meinen Blick in seine Augen gesenkt hatte: »Ja – ich liebe meine Frau.«

Er nickte. »Das ist selten. Ich wünsche Ihnen die Kraft und die Genauigkeit, zu erkennen, was sich in dieser Liebe verändert. Denn alles, was uns auf diesem Planeten begegnet, ist in Veränderung. Selbst der unumstößlichste Berg wird eines Tages seine Form verändert haben. Es kommt nur darauf an, wie viel Zeit der Betrachter des Berges sich nimmt.«

»Sie haben Recht … Gibt es Liebe in Ihrem Leben?«

»Bevor ich Ihnen auf diese Frage, so ehrlich ich kann, antworten werde, möchte ich Ihnen erzählen, was ich mit dem Wort Liebe verbinde. Ich möchte dort fortsetzen, wo ich vor ein paar Augenblicken die Geschichte dieser Mörderin unterbrochen habe.«

»Gerne.«

»Nach ihrer Verurteilung wurde sie ins Gefängnis eingeliefert. Die Zeitungen hatten einige Wochen über den Fall berichtet. Die Sensationsgier hielt so lange an, bis sich der Vorhang der Gefangenschaft über die Schuldige gelegt hatte. Ich werde niemals den Tag der Urteilsverkündung vergessen. Als die letzten Sätze des Richtspruches klargemacht hatten, dass sie für den Rest ihres Lebens verbannt wurde, begann sie zu weinen. Das scheint nicht weiter verwunderlich. Der Tag musste ja kommen, an dem sie unter der Last ihrer Tat zusammenbrach. Der Tag war da, aber ihr Weinen entsprach nicht den Erwartungen. Da saß kein bitterlich klagender Mensch. Keine von Reue geschüttelte Frau. Kein Opfer im Täter. Da saß ein zutiefst erleichterter Mensch. Ich sah durch ihre Tränen ein eigenartiges, glückseliges Lächeln. Sie saß da und war befreit. War frei. So frei wie nie zuvor. Diesen Eindruck machte sie auf mich, als die Gerichtsdiener sie hinausbegleiteten. Sie fühlte meinen Blick und drehte sich um. Ihre Augen leuchteten wie zwei Sterne durch den Schleier ihrer Tränen zu mir herüber.

Ich konnte nicht anders: Eine Woche später erbat ich mir das Besuchsrecht und saß ihr im Besuchszimmer des Frauengefängnisses gegenüber. Sie trug ein schlichtes Hemd und einen wadenlangen blauen

Rock. Ihre Haare waren offen, und auf ihrem Gesicht nicht die Spur von Make-up. Ich musste ihr fremd sein, obwohl sie mich mehrmals im Lauf des Prozesses angesehen hatte. Ich hatte das Privileg, als Sohn des Richters in der ersten Reihe ganz nahe an der Angeklagten zu sitzen. An manchen Tagen fühlte ich die Strahlen ihrer Aura so intensiv, dass ich um Luft ringen musste. Das Feld von Angst und Verlorenheit, das sie umgab, war so mächtig, dass es betäubend wirkte. So lange, bis der Schuldspruch gefällt war, verdichtete sich diese Aura mit jedem Tag. Erst als alles vorbei war, erst als ihre haltlosen Tränen der Erlösung Platz machten, verwandelte sich ihre Ausstrahlung in kürzester Zeit. Weich, fließend und entspannt – so hatte sie den Gerichtssaal am letzten Tag verlassen, und so saß sie mir nun im Besuchszimmer gegenüber.

›Es ist schön, dass Sie mich besuchen‹, sagte sie und lächelte mich an.

›Sie wundern sich nicht darüber?‹, entgegnete ich.

›Nein – jetzt nicht mehr. Ich habe mich während des Prozesses oft gefragt, wer dieser junge Mann ist, der so nahe an meinem Schicksal sitzt. Die Wärterinnen haben mir gesagt, dass Sie der Sohn des Richters seien. Es war mir egal. Ich spürte mehr als Staunen, Neugier, Ekel und Entsetzen in Ihrem Blick. Ich habe geglaubt, Verständnis zu fühlen. Ist das richtig?‹ Sie sah mich fragend an.

›Das ist richtig‹, antwortete ich. ›Und heute sitze ich hier, um Sie zu fragen …‹

›... wie es mir geht und warum ich so erleichtert war. Ich weiß – ich habe diese Fragen in Ihren Augen gesehen, als man mich abgeführt hat. Ich möchte Ihnen sagen, dass es mir sehr, sehr gut geht. Eine Kette von Ereignissen hat dazu geführt, dass ich gefangen bin und Sie in Freiheit leben. Diese Gefangenschaft aber ist für mich der Beginn meiner endgültigen Freiheit. Ob Ihre Freiheit tatsächlich das für Sie bereithält, was Sie sich erhoffen, kann ich nicht beantworten.‹

›Ich ahne, was Sie meinen, aber um zu einem letzten Verständnis vorzudringen, beantworten Sie mir bitte eine Frage. Eine Frage, die der gesamte Prozess mit seinen tausend Fakten mir nicht beantworten konnte.‹

›Ja?‹

›Warum haben Sie Ihren Mann getötet?‹

›Weil ich ihn liebe.‹

Ich sah sie lange an. War sie verwirrt? Hatte sie sich in eine seelische Zone gerettet, die man Wahnsinn nennt? Der Ausdruck der Idiotie ähnelt sehr stark dem Antlitz der Erleuchtung, und es ist schwer zu sagen, welcher Dimension des Geistes man gegenübersitzt, wenn einem das Unerhörte begegnet. Genauigkeit ist dann gefragt – und Geduld. Geduldig fragte ich also: ›Sie lieben ihn ... Sie sagen, Sie lieben ihn. Nicht: Ich habe ihn geliebt oder: Unsere Liebe war eine Liebe der traurigen Leidenschaften. Sie sagen, Sie lieben ihn?‹

›Ja, das sage ich. Ich fühle, dass unsere Begegnung

von Anfang an ein Teil von Gottes unvorhersehbarem Plan war. Auch dass er uns den teuflischen Geist der Zerstörung geschickt hat, war nur ein Teil in Gottes Plan. Wer bin ich, mich seiner Absicht entgegenzustellen? Mein Mann hat mich darum gebeten, ihn zu töten. Er hat mich angefleht zuzustechen. Er konnte und wollte nicht mehr in einer Welt leben, für die seine Seele nicht bereit war. Er wollte nichts anderes als vorausgehen. Dorthin, wohin ich ihm eines Tages folgen werde. Das, was man in den Stunden des Prozesses sexuelle Exzesse genannt hat, waren nur die Einstimmungen auf diesen letzten Akkord, den Abschied von der Welt.‹

Ich sah ihr lange in die Augen. Sie war also wahnsinnig geworden. Das war es, was ich damals dachte. Wahnsinnig geworden, weil ihr Herz und ihr Denken die unendliche Dimension ihrer Verstrickung nicht ausgehalten hatten und zerbrochen waren. Das dachte ich in diesen Minuten. Was konnte man tun? Wie konnte man dieser Frau noch helfen?

›Sie müssen mir nicht helfen‹, sagte sie in die lange Stille hinein. ›Mir ist schon geholfen worden. Das Schönste, was ich in den letzten Jahren erlebt habe, ist das ungestörte Gespräch mit meinem Mann. Seit ich hier in diesen Mauern lebe, besucht er mich, so oft er kann. Es ist so wunderschön. Ich liege nachts allein in meinem Bett und warte voller Wachsamkeit. Dann legt er sich zu mir. Ich fühle seine Nähe, seinen Atem, seinen Duft. Ich sehe sein Gesicht so, wie es war, bevor er tot im Keller lag. Er sagt mir dann, wie frei er endlich ist. Ich spreche mit ihm ganz leise. Tief in meiner Brust. Wir wissen beide, dass wir in einem Irrtum gelebt haben. Sein Leben. Mein Leben. Seine Erziehung. Meine Erziehung. Unsere Keuschheit. Unsere Ehe. Unsere Sexualität. Unser Haus. Unsere Zukunft. Unsere Leben. All das war nichts anderes als ein unendlich großer Irrtum. Wir sind auf einen Lebensweg geschickt worden, der mit der Wahrheit unserer Seelen unvereinbar war. Unsere Eltern haben uns an den Beginn des Lebensweges gesetzt, wir selbst ihn fortgeführt, die anderen uns darin bestätigt. Aber all das, was mit uns seit Zehntausenden von Jahren stattgefunden hat, hatte nichts mit der Wahrheit unserer Seelen zu tun. So viele Generationen hat es gebraucht. So lange hat sich der Irrtum unserer Ahnen fortgesetzt und aufgebaut und vergrößert, bis er in meinem Mann und mir zum Abschluss gekommen ist. Bei meinen Eltern war es noch nicht so weit, auch nicht bei den Großeltern ... Erst ich, mein Mann und ich, erst wir zwei haben den Irrtum auf die Spitze getrieben. Darum musste ich ihn erlösen. Darum hat er mich um Erlösung gebeten. Und jetzt ist er frei. Jetzt bin ich frei. Ich werde keine Kinder haben. Ich werde den Irrsinn meiner falschen Erziehung, aus der ich nicht aussteigen konnte, nicht weitergeben. Wir alle geben den Irrsinn weiter. So lange, bis Schluss ist. So oder so ist eines Tages Schluss. Bei mir und meinem Mann kam es eben so.‹ Sie lächelte mich an und griff nach meiner Hand. ›Ich fühle, dass Sie vor mir sitzen, weil Sie wissen wollen, wie es ist, wenn man aus dem Irrsinn befreit wurde. Wenn einem das Leben die Freiheit von der eigenen Geschichte geschenkt hat. Wenn sich alles verändert. Jeder Atemzug. Ich kann Ihnen nur bestätigen, was Sie ohnehin fühlen. Es ist schön. Es ist so schön. Es ist so wunderschön. Ich kann mit großer Liebe und voll Verständnis auf meine Eltern blicken. Auf seine Eltern blicken. Ich fühle keinen Groll in mir und keinen Hass. Ich habe so lange gehasst. Warum? Wozu? Ich war nichts anderes als eine kleine Welle in einem riesigen Ozean aus Missverständnissen. Die größten Verbrechen werden mit bestem Wissen und Gewissen begangen. Meine Eltern wollten mich und meine Lebendigkeit nicht absichtlich zerstören, als sie mich zur absoluten Keuschheit erzogen haben. Im Gegenteil. Sie haben es so gut gemeint. Weil ihre Eltern es mit ihnen so gut gemeint haben. Und deren Eltern und Urahnen … bis hin in die graue Vorzeit. Wem ist die Schuld zu geben? Wer hat Schuld? Entweder alle oder keiner. Wie aber sollen wir damit umgehen, wenn wir uns auf den Standpunkt stellen, dass alle Schuld haben? Alle. Was ja auch so ist. Und wiederum nicht. Was tun? Wohin mit all den Schuldigen? Ins Gefängnis? Hinter das Haus? Ins Meer?! Das geht nicht. Weil das Ergebnis ihrer Teilnahme am Geschehen nicht krass genug ausfällt, um sie wegzusperren. Lassen Sie mich bitte von Teilnahme am Geschehen sprechen und nicht unbedingt von Schuld. Wer das Feld bereitet, ist genauso beteiligt wie der, der den Samen setzt. So sehr wie der, der die Früchte aufhebt. Nur der aber ist verantwortlich zu machen. Wir stellen ihn auf freiem Feld mit einer Frucht in der Hand. Wir haben Beweise. Was ist mit seinen Vorgängern? Was ist mit denen, die auf dem Feld gewirkt haben, das man die Geschichte nennt. Wo sind die Beweise? Sie sehen, worin mein Glück besteht. Ich bin aus der Kette der Ereignisse herausgetreten. Meine Tat, die notwendigerweise so und nicht anders erfolgen musste, war Höhepunkt und Abschluss in einer zehntausend Jahre alten Linie. Ich habe sie beendet. Mein Mann hat sie beendet. Ihr Vater hat sie beendet. Aber nicht meine Schuld hat sie beendet, sondern meine Unschuld. So ist es. So steht es geschrieben. So soll es sein.‹

Sie hielt meine Hände fest und senkte ihren Blick in den meinen. Nein, da war kein Wahnsinn. Keine Unbotmäßigkeit. Da war eine andere Sicht der Dinge. Eine Herausforderung, die Welt und ihre Farben unter einem anderen Licht zu sehen. Ich fühlte, wie sehr es sich in mir nach diesem Licht sehnte. Wie sehr ich bereit war, ihr auf den unerhörten Pfaden ihrer Ansicht zu folgen. Sie bewegte und bestätigte meinen Entschluss der Verweigerung, den ich meinem Vater vorgetragen hatte. Es gab keine andere Möglichkeit. Keine Sonne lässt sich in ihrer Bahn aufhalten. Tonnen von vergangenen Irrtümern setzten sich in meinem inneren Land in Bewegung. Alles, was bis vor wenigen Zeiten noch so festgemauert stand, geriet in Bewegung, ins Taumeln und folgte der Schwerkraft meiner eigenen Wahrheit. Ein Zustand unendlicher Erleichterung erfüllte mich. Nein, diese Frau war nicht wahnsinnig. Wahnsinnig war es, die Herkunft ihrer Handlungen zu kurz zu betrachten. Den Ursprung zu missachten. Die Verantwortung nur in ihr zu suchen.

Gleichzeitig war ich dankbar, dass die Menschen wie mein Vater diese Tätigkeit des Beschneidens übernahmen. Einer musste ja ein System erhalten, das begonnen hatte, sich selbst zum Hüter über Recht und Unrecht zu machen. Man konnte es ablehnen, man konnte es verlassen, man konnte es bekämpfen. Aber diejenigen, die in ihm lebten, mussten nach seinen Gesetzen leben. So lange, bis das System sich selbst erledigte und neue Gesetze schuf. Ich war dankbar, dass mein Vater mich ohne Groll davongehen ließ.

›Ich danke Ihnen für unsere Begegnung‹, sagte ich zu der Frau, die ihren Mann mit siebenundneunzig Stichen in den Körper getötet hatte. ›Darf ich Sie wieder einmal besuchen?‹

›Das glaube ich nicht‹, antwortete sie und gab mir mit einem freundlichen Lächeln ihre Hand. Ihr Händedruck war fest und warm. Sie sah mich an, drehte sich um und ging zurück in ihre Zelle. In derselben Nacht fand man sie erhängt an einem Gitterkreuz. Ich war erschrocken, als ich davon erfuhr. Nachdem sich aber die vorgefertigten Gefühle, die man angesichts so einer Tat in sich bereithält, verloren hatten, erkannte ich die Konsequenz. Ich glaube tatsächlich, dass sie ihrem Mann nachgefolgt ist und sich mit ihm auf eine uns unbekannte Weise vereinigt hat.«

Er machte eine Pause. Ich gebe zu, dass ich von seiner Geschichte auf eine seltsame Weise fasziniert war. Ich hatte, während er die Details ausschmückte, einen starken Wechsel meiner Gefühlslage bemerkt. Eine Zeit lang war ich von Unglauben erfüllt, dann fast belustigt, zuletzt entsetzt und dann wieder sehr gelassen. Welche Konsequenz hatte diese Erzählung auf mich? Ich versuchte, ein Echo in meinem Herzen zu hören, als er sagte: »Die Frage, die sich angesichts so eines deutlichen Lebens stellt, kann nur lauten: Welche Konsequenz ergibt sich für mich daraus? Was soll ich lernen? Was wird in mir so sehr bewegt, dass es zu einer Veränderung meines Daseins kommt? Und wenn diese Bewegung einsetzt, muss die nächste Frage lauten: Will ich das überhaupt?! Will ich, dass mein Leben auf den Kopf gestellt wird?! Das scheint mir die wichtigste aller Fragen zu sein. Auf den ersten Blick wird Ihnen jeder Mensch wie aus der Pistole geschossen antworten: Ja – ich will in Freiheit leben. Frei von Beschränkung, von falschem Gehorsam! Aber dann?! Wenn es dazu tatsächlich kommt? Wenn die Gefängnistore unserer Gewohnheit sich öffnen? Wenn das Unbekannte vor uns liegt? Der große, undurchsichtige Wald unserer Zukunft? Dann schrecken wir zurück. Dann lassen wir anderen den Vortritt. Ich auch. Wundern Sie sich nicht. Die Tatsache, dass ich Ihnen so tollkühn vom Freiheitssprung der anderen erzähle, heißt nicht, dass ich ihn bis heute selbst gewagt hätte. Bis heute ...«

Er atmete tief durch und sah sich im Kaffeehaus um. Die junge Frau hatte ihr Telefonat beendet und las eine Zeitung. Der Kellner saß über seine Bücher gebeugt, und die Zeit schien stillzustehen. Angenehm stillzustehen.

Diese Begegnung mit diesem Mann war belebend. Obwohl wir still einander gegenübersaßen und mit leisen Stimmen plauderten, fühlte ich doch eine ungeheure Bewegung in meinem Inneren. Da war jemand, der sich auf das Abenteuer eingelassen hatte, seine Wahrheit zu suchen. Diese Wahrheit suchte er so beharrlich, dass es ihm sogar gelungen war, von sich selbst kein geschöntes Bild zu präsentieren. Auch sein Zögern, sein Warten, sein Zusehen und Zuhören ließ er mich erkennen. Jeder, der als Ergebnis seiner inneren Reise einen äußeren Helden erwartet hatte, musste enttäuscht sein. Mit wachem Blick war er einer von denen, die nach innen gegangen waren. Und dieses Nach-innen-Gehen war das Ergebnis seines bewussten Entscheidens und kein Zufall.

»Darf ich Sie etwas fragen?«, setzte ich unser Gespräch nach einer Weile fort.

»Sehr gern.«

»Ich nehme an, dass Sie mir sehr bald von Ihren

Entscheidungen berichtet hätten, aber ich möchte vorher über einen Punkt näher Bescheid wissen.«

»Und das wäre?«

»Sie haben zwar von der Notwendigkeit gesprochen, die Ereignisse aus einer Position des Beobachtens zu erleben. Empfinden Sie dabei aber nicht die Gefahr der Kälte? Kühlt unser Herz nicht aus, wenn wir uns nicht auf die Gefahren eines Scheiterns einlassen? Ist ein Irrtum nicht auch eine Chance? Wie soll das Leben lebendig bleiben, wenn man sich unentwegt in Sicherheit befindet?«

Er nickte zu meinen Worten. »Ich habe mich gefragt, welche Sätze Sie zu mir sagen werden, welcher Haltung ich in Ihnen begegnen werde. Ich habe mich gefragt, warum das Schicksal ausgerechnet Sie an meinen Stammplatz in diesem Café gesetzt hat. Welche Spiegelung soll ich erleben?, habe ich mich gefragt, als Sie mich einluden, mich zu Ihnen zu setzen. Werden Sie nur staunen, nicht verstehen, wovon ich rede, werden Sie widersprechen oder in einem Ton höflicher Neugier etwas fragen? Fragen stellen, die man auch als Kritik empfinden könnte, wenn Ihre Absicht hinter der Frage nicht so aufrichtig wäre? Sie müssen wissen, ich habe die letzten Jahrzehnte meines Lebens fast ausschließlich mit Zuhören verbracht. Eine heilige Kunst. Eine alles offen legende Übung. Sie haben mit Ihrer Frage einen ganz wesentlichen Punkt getroffen. Den Punkt meiner Lebensentscheidung. Sein oder Nichtsein? Teilnehmen oder zusehen, zuhören?

Irren oder unverwundbar sein? Diese Fragen stelle ich mir, seit ich von einem Erlebnis in einem Park ganz hier in der Nähe weggegangen bin. Ich habe in diesem Garten der Stille vom Schicksal dieselbe Frage gestellt bekommen. In diesem Park ist mir die Frage in der Gestalt eines Menschen begegnet. Und nun wiederholt sie sich in Ihren Worten. Ist das Zufall? Oder steht der heutige Tag, stehen die Stunden in meinem Leben, in denen hintereinander diese zwei Aufforderungen stattfanden, unter diesem Aspekt? Man kann es ganz einfach sagen: Das Leben fragt mich, ob ich wieder teilnehmen möchte. Ich fühle, dass eine unausweichliche Entscheidung von mir gefordert wird, der ich mich nicht entziehen kann. Es geht nur entweder – oder. Diese Zeit meines Verharrens in der Bewegungslosigkeit wird auf den Prüfstand gestellt: Was habe ich in all den Jahren des Nicht-Teilnehmens gelernt?

Ist es so, dass etwas herangereift ist, das nun bereit ist, wieder in den Strom der anderen zu steigen? In einen Strom, an dessen Ufer ich so lange gesessen habe, ohne wach zu werden.«

»Ich könnte Ihnen dazu nur etwas sagen, wenn ich erfahren darf, was Sie in diesem Park hier ganz in der Nähe erlebt haben ...« Ich lachte ihm aufmunternd zu.

»Ich danke Ihnen für Ihre Aufmunterung und werde es Ihnen auch tatsächlich sagen. Dazu habe ich mich schon entschlossen. Aber um die Tragweite dieser Begegnung zu verstehen, muss ich Ihnen den Weg, der diesem Ereignis vorausgegangen ist, schildern dürfen.«

»Wie Sie ganz richtig bemerkt haben, ist es kein Zufall, dass ich heute viel Zeit habe. Ich fühle mich geehrt, ein Zeuge Ihrer Erzählung und Ihrer Entscheidung sein zu dürfen, denn darauf läuft es ja offensichtlich hinaus.«

»Sie haben Recht – heute ist der Tag der Entscheidung. Also gut, beginnen wir am Anfang. Nach dem Freitod dieser Frau fand ich mich lange Tage in einem Zwischenreich. Ich fühlte eine seltsame Anteilnahme und gleichzeitig befremdliche Distanz. Ich erkannte, dass ich von den geheimen Verwindungen zwischen Wahrheit und Lüge, Schuld und Unschuld, Tun und Nichttun in Wahrheit nicht die geringste Ahnung hatte. Ich erkannte, dass ich studieren wollte. Nicht aber die Gesetzestexte, die mein Unwissen nur verbergen sollten, sondern das Zentrum all unserer Sehnsucht – den Menschen. Und obwohl ich heute zum ersten Mal seit langer Zeit wieder spreche, erkannte ich damals, dass nur das Zuhören dieses Geschenk bereithält. Ich entschloss mich, ein Zuhörer zu werden. Dort wo das Leben in seiner gnadenlosesten Form seinen Auftritt zelebriert. An einem Gericht. Mein Vater erkannte die Dringlichkeit dieses Wunsches und unterstützte diesen Weg. Und so wurde ich zu einem Schreiber – einem Gerichtsschreiber.

Ich arbeite am hohen Gericht dieser Stadt. Meine Aufgabe ist es, bei den Verhandlungen dabeizusitzen und mitzuschreiben, was die Menschen sagen. Manchmal ist es sehr erstaunlich, mit welch rasendem Tempo sie ins Erzählen kommen, wenn sie uns überzeugen wollen, und in den ersten Jahren hatte ich oft große Mühe, ihnen zu folgen. Mit der Zeit aber habe ich ein interessantes Phänomen entdeckt. Ich weiß, was sie sagen werden. Ja, tatsächlich – es ist so. Ich habe mit den Jahren ein Gefühl bekommen für das Schicksal der Menschen, die vor uns stehen, und eines Tages habe ich gespürt, wie eine Verbindung entstanden ist. Ich weiß es noch ganz genau.

Es war ein heißer Sommertag im August. Der Fall war kompliziert und verworren. Ich möchte Sie jetzt nicht mit den Details langweilen, sondern nur so viel sagen: Es ging um Betrug ›im großen Stil‹. ›Im großen Stil‹ sagen wir immer dann, wenn es um eine mögliche Strafe von mehreren Jahren geht. An diesem heißen Sommertag im August vor vielen Jahren stand es noch völlig offen, wer am Ende Recht bekommen sollte. Allen Beteiligten war es bewusst, dass derjenige, auf den der Richtspruch ›schuldig‹ treffen würde, für lange Zeit ins Gefängnis gehen sollte. Es war am zweiten

Tag der Vernehmungen. Eine Frau war die Hauptverdächtige, und sie redete an diesem Vormittag um ihr Leben. Die Fenster des Verhandlungssaales waren weit geöffnet, um ein wenig Luft hereinzulassen. Die Klimaanlage war ausgefallen, und im Saal war an der Längsseite ein Ventilator aufgestellt worden, um ein wenig Kühlung zu verschaffen. Es wäre nur natürlich gewesen, wenn alle Beteiligten in leichter, entspannter Sommerkleidung aufgetreten wären, aber der Ernst der Situation verbot es, dass die Menschen so auftraten, als würde es sich um ein Picknick handeln. Diese Frau nun, die die Hauptbeschuldigte war, erzählte an diesem Tag ihre Version der Betrugsaffäre. Sie redete sehr schnell und mit lauter, gepresster Stimme. Ich fühlte, dass sie wusste, es ging um ihre Zukunft. In diesen Minuten, in denen sie redete und redete, wusste sie ganz genau, dass es die Möglichkeit gab, dass sie befreit nach Hause gehen konnte. Sie hatte die Hoffnung, nach Hause zu gehen und mit ihrem Liebsten eine Flasche Sekt aufzumachen und ihren Sieg zu feiern. Sie hatte die Hoffnung, zu duschen und danach ein leichtes, luftiges Sommerkleid anzuziehen, aus dünn fallendem Stoff mit aprikosenfarbenen Blumen bedruckt. Sie würde entspannt auf ihrem Sofa sitzen und sich Kühlung zufächeln …

Noch aber war es nicht so weit. Noch kämpfte sie den Kampf ihres Lebens. Ihr war entsetzlich heiß in ihrem ordentlichen, grauen Stadtkostüm, und ich sah, wie dünne Schweißperlen glänzend an ihren Schläfen herunterrollten, während sie sprach. Von Zeit zu Zeit wischte sie mit einer ungeduldigen Bewegung über ihr Gesicht. Ihr Anwalt gab ihr nach ein paar Minuten sein gefaltetes, weißes Taschentuch. Sie dankte ihm mit einem kurzen Lächeln und tupfte sich in der Folge hie und da mit dem Taschentuch über die Stirn. Sie hatte Lebenserfahrung. Sie wusste, dass es ein verräterisches Indiz sein konnte, wenn jemand in einem ernsten Gespräch schwitzte. Unbewusst signalisierte man damit Unsicherheit, Angst – Lügen. Aus diesem Grund versuchte sie, den schlechten Eindruck wettzumachen, den ihr Schweiß hinterließ, indem sie scheinbar leicht und entspannt nur über ihr Gesicht tupfte. Diese Vorgehensweise wirkte auch tatsächlich auf sie zurück, und mit der Zeit konnte ich feststellen, dass sich ihre Stimmlage etwas entspannte und beruhigte. Sie klang nicht mehr so aufgeregt wie am Beginn ihrer Ausführungen. Ich sah, dass der Richter sich deutlich entspannte, da ihm die schrillen Frequenzen in ihrer Stimme erspart blieben. Je ruhiger und sachlicher die Frau nach der Verwendung des Taschentuches zu sprechen fortfuhr, umso gelassener begann der Richter, ihr zuzuhören und ihre Attraktivität wahrzunehmen. Sie war eine angenehme Erscheinung, und ihr Anwalt hatte sie klug beraten. Ein kluger Anwalt weiß, dass ein Richter sich nach Ruhe und Gleichmaß sehnt. Aufregung, Hektik oder grelle Farben sind Richtern ein Gräuel. Gedeckte Pastelltöne und eine angenehme, höfliche, bescheidene, aber aufrechte Stimmlage entscheiden sehr oft, wie ein Richter einen Menschen beurteilt. Diese Frau trug ein mittelgraues Kostüm, kein Make-up, und als sie ihre Stimme wieder unter Kontrolle hatte, wurde sie dem Richter sehr angenehm. Ich verfolgte ihre Wandlung nach der Entgegennahme des Taschentuches und sah, wie sie mit ihren Blicken in unseren Augen suchte. Sie suchte nach einem Zeichen, wie wir über sie dachten.

Auch mich sah sie sehr oft an – obwohl ich keine Macht über eine Entscheidung hatte. Ich habe immer bemerkt, dass die Menschen gerade deshalb Hilfe suchend zu mir blickten. Die Menschen wissen genau, dass der Richter nur zwei Möglichkeiten ihres Schicksals verkörpert. Sieg oder Niederlage. Schwarz oder weiß. Ich erkannte in ihren Blicken das hoffende Kind, das um Gnade bettelte, wenn es dem Richter entgegensah. Oder aber den Trotz eines pubertierenden Jünglings, dem es angeblich egal war, ob er Hausarrest für seine Verfehlungen erhalten würde oder nicht. Offene, bittende Demut und unverborgene Arroganz waren die zwei Stimmungen, die ich erkennen konnte, wenn ihre Blicke dem Richter und seinen Beisitzern galten.

Ich saß schweigend ein wenig vom Richtertisch entfernt und schrieb. Ich war für die meisten Menschen wie ein zufälliger Passant, der bei einer zersplitterten Kaufhausscheibe stehen blieb, um dem Streit zu lauschen, wer nun das Fahrrad umgeworfen hatte, das für die Zerstörung der Fensterscheibe verantwortlich war. Meine Ausstrahlung war unbeteiligt, und selbst, wenn ich ein Wort gesagt hätte, für oder gegen den Angeklagten – es hätte kein Gewicht gehabt. Es hätte den Lauf des Schicksals nicht verändern können. Trotzdem sahen die Menschen, die in den Gerichtssälen um ihre Zukunft kämpften, oft zu mir. Sie hielten sich an meinen Augen fest, so, als wollten sie für einen kurzen Moment aus dem grausamen Spiel aussteigen, in dem ihre Münze nur auf eine Seite fallen konnte. Ich hatte zwar nichts zu sagen – dennoch war ich ein Teil der Gerechtigkeitsmaschinerie, in deren Räder sie geraten waren. Sie sahen mich mit den Richtern den Saal betreten und fühlten, dass ich dazugehörte und gleichzeitig für das Ergebnis ihres Kampfes unbedeutend war. Vordergründig unbedeutend war. Denn eine unbestimmte Hoffnung, die jenseits ihrer Wahrnehmung lag, ließ sie glauben, dass meine Gegenwart eine Bedeutung für ihr Leben hatte. Diese Frage las ich in ihren Blicken. ›Was geschieht hier mit mir?‹, war dort hineingeschrieben. ›Warum glaubt man mir nicht …? Werde ich erkannt …? Werde ich verstanden …? Warum überhört man meine Wahrheit …? Warum glaubt man den anderen mehr als mir …? Hilfe …!!! Ich bin doch ein Mensch, der nichts anderes möchte, als in Frieden weiterzuleben …! Sehen Sie, dass dieser Richter mich nicht erkennt …? Sie gehören zwar zu denen …, aber ich bitte Sie …, seien Sie auf meiner Seite … ich bin kein schlechter Mensch!‹ All das und noch viel mehr ließen sie mich in den kurzen Sekunden sehen, wenn sich ihr Blick an mich wandte. ›Sie sind zwar hier, um für diesen Richter zu arbeiten, aber ich vertraue Ihnen, dass Sie mich erkennen und wissen, dass ich es verdient habe, mit erhobenem Haupt aus diesem Saal zu gehen ... Können Sie nicht irgendetwas auf eine verborgene Art und Weise für mich tun ...? Ich darf es nicht laut sagen, aber ich bitte Sie auf heimliche Art um Hilfe ..., irgendwie ... helfen Sie mir bitte ...!‹

Als ich diese Sätze in ihren brennenden Augen erkennen konnte, wusste ich überhaupt nicht, wie ich damit umgehen sollte. Ich war schockiert, mit den Abgründen konfrontiert zu werden, in die mich die Menschen blicken ließen. Es war mehr, als ein Priester bei einer Beichte erfährt, mehr, als ein Arzt zu wissen bekommt, und auch mehr, als der Richter vorgelegt bekam, um anhand der angeblichen Wahrheit und nichts als der Wahrheit Recht zu sprechen. All diese Autoritäten erfuhren die Oberfläche aktiver Taten. Selbst einen Mord, den man ihnen offenbarte, konnten sie nur als eine verjährte Tat beurteilen – ich hingegen erfuhr in einem einzigen Blick das Wesen des Täters. Ich erfuhr sein ›Warum‹. Ich erfuhr seine Sehnsucht, seine Hoffnung, seine Grausamkeit, seine Hilflosigkeit, seine Bestimmung durch das Schicksal – ich erfuhr die Wahrheit.

So geschah es damals mit jener Frau in ihrem grauen Stadtkostüm, die sich dank der Hilfe des weißen Stofftaschentuches wieder sammelte und eine Haltung einnehmen konnte, die ihren Argumenten überzeugendes Gewicht gab. Dann geschah es. Sie sah zu mir, und unsere Blicke trafen sich und verweilten ineinander …

In dieser nicht geatmeten Ewigkeit erfuhr ich, dass sie unschuldig war in ihrer Schuld. Ich sah, dass sie nach den Gesetzen unserer Welt einen Fehler begangen hatte, nach den Gesetzen ihrer suchenden, kindlichen Seele aber nicht anders handeln konnte. Nach diesen Gesetzen der wortlosen Ewigkeiten war sie unschuldig, weil sie nicht erfassen konnte, was sie getan hatte. Sie hatte betrogen, weil es so sein musste. Ich weiß, dass ich diesen Satz niemals laut auf den Gängen des Gerichtes sagen könnte. Nicht auf den Gängen, nicht in dem kleinen Restaurant gleich auf der gegenüberliegenden Straßenseite, nicht einmal in einem Telefonat mit guten Bekannten. Trotzdem werde ich Ihnen heute von dieser meiner Erkenntnis berichten, weil ich mein Herz erleichtern möchte. Ich mag nicht mehr mit all dem Gesehenen alleine leben. Es ist mir egal, was Sie letzten Endes für ein Urteil über mich sprechen. Ich will Ihnen nur sagen, dass es noch lange nicht entschieden ist, was gut und was böse ist. Ich habe mich heute dazu entschlossen, Ihnen meine Gedanken zu offenbaren, weil ich teilen möchte. Mitteilen möchte ich. Mit Ihnen teilen, was ich als Frage erkannt habe, die auf eine Antwort wartet …

Die Frage lautet: Was ist gut und was ist böse?

Haben Sie keine Angst. Ich gehöre nicht zu den Menschen, die der Ansicht sind, dass es weder Gut noch Böse gibt, um damit ihre Zügellosigkeit zu rechtfertigen. Nein, zu diesen Menschen gehöre ich nicht. Ich will Ihnen nur sagen, dass wir eine tiefere Wahrheit aufsuchen müssen, um den Urgrund für das zu finden, was wir Gut und Böse nennen. Denken Sie nicht auch, dass wir davon in Wirklichkeit noch Ewigkeiten entfernt sind?

Bevor wir uns darauf einlassen, eine Antwort zu finden, möchte ich Ihnen gerne von ein paar Erlebnissen erzählen, die ich im Laufe meines Lebens, das dem Zuhören gewidmet ist, gemacht habe. Ich sage Ihnen: Im Zuhören liegt eine göttliche Macht. Das Zuhören öffnet die geheimsten Kammern in demjenigen, der zu erzählen beginnt. Noch viel mehr aber erfährt man im Zuhören hinter der Ecke.

Kennen Sie dieses Gefühl? Sie betreten ein Hotel und gehen auf Ihr Zimmer. Sie legen Ihren Koffer auf das Bett und waschen sich die Hände. Dann gehen Sie zum Fenster und ziehen die Vorhänge auf und wollen das Fenster öffnen. Sie stehen vor dem Fensterkreuz und legen Ihre rechte Hand auf den Fensterriegel und wollen ihn umlegen. Plötzlich hören Sie zu Ihrer Linken erregte Stimmen. Sie halten inne und lauschen. Sie wenden Ihren Blick zur Seite und sehen eine Verbindungstüre zu dem nächstgelegenen Zimmer. Sie lassen den Fenstergriff los und treten leise an die Verbindungstüre heran. Sie legen Ihr Ohr an die Spalte zwischen Türe und Türrahmen und hören einen heftigen Streit. Sie zögern kurz, ob Sie dieser sehr intimen Situation beiwohnen wollen, und letzten Endes siegt Ihre Neugier. Ein Paar bewohnt das Nebenzimmer und streitet. Der Wortwechsel nimmt immer heftigere Formen an, und sie hören an den Stimmen der beiden, wie erregt und wütend sie sind. Und jetzt fällt Ihnen etwas auf. Sie bemerken mit einem Mal die Wahrheit hinter der Wahrheit. Auf den ersten Ton folgt ein zweiter Ton, der wie ein Schatten erlebt wird. Der erste Ton ist klar und deutlich zu erkennen. In seiner Absicht, in seiner Zielrichtung, in seinem Inhalt. Er steht mitten im Raum wie ein Mensch, der von der Mittagssonne angestrahlt wird. Dieser Ton will sich durchsetzen und gewinnen. Er will Sie überzeugen, nur auf ihn zu achten. Wenn Sie diesem Ton eines Menschen gegenüberstehen, werden Sie beeindruckt sein. Er wird Sie wie mit starken Armen umfassen. Der Ton wird Sie festhalten und sagen: ›Schau mich an – schau mir in die Augen – nur in meine Augen ... hör hin, wie deutlich ich dir sage, was die Wahrheit ist ... schau nur in meine Augen‹, sagt der erste Ton, ›schau in meine Augen und nicht einen Millimeter zur Seite!‹ Warum sagt das der erste Ton so eindringlich, dass wir nicht zur Seite schauen sollen? Warum zwingt er uns so ausschließlich in seine Aufmerksamkeit? Was möchte er mit seinem beschwörenden Klang verhindern?

Es ist recht einfach. Er möchte verhindern, dass

wir seinen Schatten bemerken. Der erste Ton eines Menschen möchte mit aller Macht verhindern, dass wir uns bewusst werden, dass es einen Ton hinter dem ersten Ton gibt. Er möchte verhindern, dass wir bemerken, dass zu seinen Füßen oder an der Wand hinter ihm sein Begleiter darauf wartet, ob wir ihn erkennen oder nicht. Der Schatten des ersten Tones eines Menschen ist der zweite Ton. Man braucht lange Jahre der Übung und Erfahrung, um den zweiten Ton zu vernehmen, wenn man einem Menschen von Angesicht zu Angesicht gegenübersteht. Es ist sehr beeindruckend, die Frequenzen und Vibrationen des ersten Tones auf sich einwirken zu lassen. Sie sind so überwältigend, dass wir wie geblendet sind und uns vor dem zweiten Ton verschließen. Darum ist es von großem Vorteil, hinter einer Ecke zu stehen und zu lauschen. Ich gebrauche dieses Bild sehr gerne, weil es eine große Hilfe darstellt. Zum einen übt man tatsächlich das Erkennen des zweiten Tones am besten, wenn man den Sprechenden nicht sieht. Und dazu bietet sich nun eben das Lauschen hinter einer Ecke an. Zum anderen ist es eine gedankliche Hilfe, sich vorzustellen, dass man ›hinter der Ecke‹ steht und lauscht, obwohl man einem Menschen von Angesicht zu Angesicht gegenübersteht, während er einen überzeugen will. Ich selbst habe angefangen, das Hören des zweiten Tones bewusst zu üben, nachdem mich die Erkenntnis, dass es ihn gibt, wie ein Keulenschlag getroffen hatte. Damals, an diesem heißen Sommertag, als die äußerst aparte blonde Frau in ihrem grauen Stadtkostüm die Fassung zurückgewonnen hatte. Es ist erstaunlich, was ein kleines, weißes Stofftaschentuch für einen Einfluss haben kann. Hätte sie weitergeschwitzt und wäre ihr Gesicht glänzender und speckiger geworden, hätte sie mit Sicherheit den Prozess verloren. Sie wäre nervöser geworden, ihre Hände wären öfter und fahriger über ihr Gesicht gestreift, um die dünnen Rinnsale wegzuwischen. Ihr Stimmenklang wäre immer schriller geworden, und das Ergebnis wäre ein Schuldspruch gewesen. Dank des weißen Stofftaschentuches ihres Anwalts konnte sie all dies von sich abwenden.

Halten Sie mich jetzt bitte nicht für einen Menschen, der pedantisch immer wieder auf Kleinigkeiten zurückkommt. Ich bin mir bewusst, dass die wiederholte Erwähnung dieses Taschentuches eine seltsame Anmutung in sich birgt. Ich bitte Sie aber, die Macht der so genannten Nebensächlichkeiten in unserem Dasein nicht zu unterschätzen. Ein Sandkorn in Ihrem Bergschuh kann verhindern, dass Sie das Gipfelkreuz erreichen. Ein Wort, im falschen Moment zu laut gesagt, einen Krieg entfesseln. Es ist nicht so, dass die großen Ereignisse die Welt bewegen. Sie tun es nur, wenn wir ungenau hinschauen. Um mich Ihnen zu erklären, möchte ich Sie auf den Schrecken des Ersten Weltkrieges hinweisen. Natürlich waren seine Blutorgien das grauenvolle Ende einer Epoche. Seine Sturmflut eine Sintflut für die morschen Verhältnisse jener verflossenen Zeit. Aber begonnen hat er mit einer kleinen Kugel, gerade so groß wie die Kuppe Ihres linken kleinen Fingers, die von einer Pulvermenge, die in einem Teelöffel Platz findet, aus einer Pistole getrieben wurde und das Attentat von Sarajevo ergab. Das ist der Kern meiner Studien. Ich suche voll Aufmerksamkeit die Atome in unserem Dasein, die der Beginn einer Kettenreaktion sein können. So ist es bei vernichtenden Bomben, so ist es bei Dammbrüchen, denen ein Haarriss im Fundament vorausging, so ist es in unserem menschlichen Schicksal.

So ist es, wenn ein kleines, weißes Stofftaschentuch einen Lebensweg verändert. Diese Frau stand damals aufrecht vor ihrem Richter und begann, ihn von ihrer Version der Geschichte zu überzeugen. Sie sprach wohlgesetzt und mit wachsender Souveränität, und da plötzlich geschah es. Ich hatte den Blick auf mein Schreibpapier gesenkt und hörte ihren Ausführungen zu, als ich zum ersten Mal im Leben den zweiten Ton vernahm. Hinter ihrer Stimme klang auf einmal ein Seufzen. Es war so, als würde in einem alten, verlassenen Stall auf einem Bergkamm der Wind durch die Türe wehen. Das hellgraue, verblichene Holz der Türe schwang ein wenig in den rostigen Angeln, und der Öffnungswinkel zwischen Türe und Türrahmen veränderte sich dadurch ununterbrochen. Das hatte zur Folge, dass der Wind unmerklich stärker oder schwächer in den Stall blasen konnte. Eine Frequenz, die man in keiner Notenschrift niederlegen konnte, war die Folge. Diese Art von Frequenz lag plötzlich als Geheimnis hinter ihrer überzeugenden Stimmführung. Ich erschrak und hob den Blick von meiner Schreibarbeit. Ich sah sie an, und sie sah mich an. Unsere Blicke hielten einander für einen Flügelschlag lang fest, und dann hatte sie beinahe entdeckt, dass ich sie gehört hatte. Ich sage beinahe und weiß genau, dass dieses Wort die Wahrheit nur unzutreffend beschreibt. Es war vielmehr so, dass ihr kämpfendes Wesen nichts in meinem Blick erfahren konnte, weil es zu sehr damit beschäftigt war zu siegen. Ihr stiller, innerer Begleiter ihrer inneren Natur aber hatte gesehen, dass ich gesehen hatte. In diesem Moment bat mich etwas in ihr, zu verstehen und zu entschuldigen. In der äußeren Welt unserer Taten und Handlungen hatte sie ein Verbrechen begangen. In der inneren Welt war es eine Notwendigkeit gewesen, zu betrügen, weil der Mensch, den sie in ihrem Geschäftsleben betrogen hatte, auf unsagbare Weise für tiefe Schmerzen in ihrem Herzen verantwortlich war. Dort fand die wirkliche Entscheidung statt. Dort und nur dort, wo unser Denken, Reden und Handeln nicht hinreicht, waren Bewegungen im Walten, die von dem Lärm unserer äußeren Welt nur maskiert wurden. Ein tiefes Schicksal, das viele, viele Leben zurückreicht, verband diese zwei Menschen, die an jenem heißen Sommertag in der Welt unserer Gerichte um den Sieg kämpften. Obwohl sie letzten Endes den Sieg davontrug, wusste ich doch genau, dass sie das war, was man eine Betrügerin nennt. Und obwohl das so war, erkannte ich, dass sie nicht anders handeln konnte, denn es hieß, eine innere Gerechtigkeit wieder herzustellen. Auf der schweigenden Tiefebene unserer seelischen Wahrheit hatte sie äonenlang auf diese Gerechtigkeit gewartet. Sie hatte ein Verbrechen begangen – war dank der Hilfe eines Stofftaschentuches gnädigerweise freigesprochen worden und hatte somit ausnahmsweise eine Gerechtigkeit erfahren, die auf einem Justizirrtum beruhte.

Das ist nicht immer so. Wie oft habe ich es erlebt, dass unsere Entscheidungen – ich meine natürlich die Entscheidungen unserer Richter – nur Unrecht vermehren. Sie müssen Unrecht vermehren, weil sie lediglich Aktionen in der sichtbaren Welt beurteilen. Das ist die Quelle stetigen Unrechtes.

In früheren Zeiten wussten die Menschen über diese Diskrepanz Bescheid. In diesen Zeiten kannte man den Begriff des Gottesurteils. Nein, nein, ich bitte Sie – glauben Sie bitte nicht, dass ich mich auf das weite Feld des Aberglaubens und der Spekulation verirren möchte. Ich bin mir der Perversion durchaus bewusst, die sich aus diesem Wort abgeleitet hat. Wie soll es ein Urteil Gottes über eine Frau geben, der man angelastet hatte, eine Hexe zu sein? Daraufhin steckte man sie in einen Sack, band ihn zu und drückte ihn minutenlang unter Wasser. Wenn die Frau danach noch lebte, war durch Gottes Kraft bewiesen, dass sie eine Hexe war. Auf diese Weise erschufen die Richter im Mittelalter Tausende von Hexen. Nein, diese Abartigkeit meine ich nicht. Eher schon den Schwertkampf zweier gleich starker Männer, bei denen Aussage gegen Aussage stand. Aber auch diese blutige Entscheidung ist letzten Endes anzuzweifeln. Mit Sicherheit aber ist nicht anzuzweifeln, dass es eine Gerechtigkeitsebene gibt, die sich dem menschlichen Erkennen entzieht. Das und nur das hat man in früheren Zeiten deutlicher geahnt, als es uns Heutigen erlaubt ist. Das und nur das hat zu dem kindlichen, unbeholfenen Mittel des Gottesurteils geführt. Wie aber soll man in unserer Zeit mit dieser Einsicht umgehen? Wie soll in einem Streit zwischen Großkonzernen ein Gottesurteil seinen Platz finden? Wie soll in einem Mordfall, der unklar ist und nur auf Indizien beruht, eine Wahrheit gefunden werden, die unfehlbarer zu einem Urteil führen kann als unsere weltlichen Entscheidungen? Ich gestehe, ich weiß es nicht. Ich weiß nur eines. Wir sind die Zeugen einer Zwischenzeit des Menschengeschlechts. Wir haben uns eben erst von mittelalterlichen Irrtümern gelöst und sind noch weit entfernt von unserer Möglichkeit. Unserer Möglichkeit, die Vielfalt an Wahrheiten zu erkennen.

Diese Vielfalt umgibt uns aber in jedem Moment. Sie ist da, und ihre Existenz beginnt nicht erst dann, wenn wir ihr einen Namen gegeben haben. Amerika hat nicht erst dann zu existieren begonnen, als das

Zentrum des Abendlandes sich auf einen Namen für diesen Kontinent geeinigt hatte. Es war immer da. Unser Bewusstsein musste erst reifen, seine Existenz zu erkennen. So ist es mit den großen, blühenden Inseln inmitten unseres Seelenozeans. Sie sind seit Anbeginn aller Zeiten da. Sie warten nur, ob wir die Fähigkeit erleben, sie wahrzunehmen.

Ich danke Ihnen, dass Sie mir schon bis hierher gefolgt sind. Wie gesagt, mein heutiger Tag war lang und aufreibend, und ich genieße es jetzt sehr, mit Ihnen hier in dem kleinen Kaffeerestaurant zu sitzen, das unserem Gerichtsgebäude gegenüberliegt. Es ist sehr praktisch für mich, zwischen zwei Verhandlungen kurz über die Straße gehen zu können und so etwas wie eine zweite Wohnung zu betreten. Ich bin hier bekannt seit vielen, vielen Jahren, und ich schätze es, dass die Besitzer des Lokals meine Vorlieben respektieren. So genieße ich es zum Beispiel sehr, an diesem kleinen Tisch hier am Fenster zu sitzen. Man hat hier in dieser Nische eine hervorragende Aussicht. Zum einen überschaut man das gesamte Lokal. Zum anderen genügt ein kleiner Seitenblick durch das Fenster, und man hat Einsicht in die Geschehnisse auf der Straße und vor dem Gerichtsgebäude. Ich mag diesen Bau sehr. Er erinnert mich ein wenig an Bauten in England. Seine Backsteinbauweise strahlt eine Wärme aus und ist so ein angenehmer Kontrast zum Gerichtsgebäude.

Für alles auf diesem Planeten gibt es den richtigen,

den magischen Zeitpunkt. Das ist Glück. Es ist Glück, wenn wir unter einem Apfelbaum sitzen und die Spätnachmittagssonne wärmt unser Gesicht, und plötzlich hören wir ein feines Geräusch neben uns in der Luft. Wie ein Flügelschlag einer Amsel klingt es, und unmittelbar darauf fällt etwas neben uns in das Gras. Wir beugen uns vor und sehen, dass in dieser göttlichen Sekunde ein Apfel vom Stamm gefallen ist. Reif und süß und rotgelb liegt er neben uns im Gras. Lange Wochen hat er sich gesonnt und ist von Wind und Regen darüber belehrt worden, dass er auf dem Planeten Erde heranreifen darf. Lange Nächte haben die Sterne und der Mond ihm beim Wachsen zugesehen. Oft sind hellgelbe Zitronenfalter um ihn herumgetaumelt, und zweimal hat sich einer von ihnen auf seine rötliche Seite gesetzt. Er ist größer und runder und süßer geworden, und noch dem Gewittersturm vor einer Woche hat er an seinem Baum widerstanden. Heftig hat der Wind an seinem Ast geprüft, ob der Zeitpunkt des Abschieds schon gekommen ist. Aber er und sein Ast haben zusammengehalten. Ein paar Tage sollten sie noch beieinander bleiben. Sonne, milde Nächte, ein letzter Regen – und heute mit einem Mal hat sich die Verbindung gelöst. Ein kleiner Wimpernschlag der Wiesengeister, und der Apfel fällt ins Gras. Wir nehmen ihn in unsere Hand und betrachten ihn. Er ist glatt und prall und saftig. Er ist nicht angefressen. In zehn Tagen würden wir einen halb vermoderten Leichnam an dieser Stelle entdecken. Wespen würden ihn aushöhlen, und seine Haut wäre verschlissen und löchrig. Heute aber ist der magische Moment. Wir riechen an ihm und fühlen seine Gesundheit. Wir danken ihm für den Zufall, dass wir in diesem Moment auf ihn warten durften. Dann essen wir ihn, langsam, und empfinden das Geschenk seiner Lebenskraft und Süße. Sie verwandelt sich in uns zu unserer erneuerten Lebenskraft und Süße unseres Bewusstseins.

Das ist Glück. Das ist der wichtige Moment des Lebens. Das ist der Punkt, an dem unendliche, viele Zeitlinien aufeinander zugelaufen sind, um sich jetzt und hier unter diesem Apfelbaum zu kreuzen. Noch vorgestern, als wir im Taxi im Stau gesessen und den Anfang unseres Lieblingsfilmes verpasst haben, waren wir uns nicht sicher, wohin die Lebenslinie führen würde. Heute hat sie zu diesem Apfel geführt. Unerwartet. Und das ist nicht nur Glück, sondern auch noch die Überraschung, so liebevoll belehrt zu werden. Dieser Apfel an diesem Spätnachmittag, neben uns vom Schicksal ins Gras geworfen, ist ein heiterer Fingerzeig. Der Apfel fällt erst dann vom Stamm, wenn er reif ist. Nicht einen Atemzug früher oder später. Das ist der Fingerzeig, der uns aufmerksam machen soll. Alles, was existiert, hat seinen Ablauf in der Zeit. Alles, was geboren wird, verwandelt sich in der Zeit. Alles, was sich verwandelt, erlebt durch diese Verwandlung den Tod eines Zustandes. Diese Zustandsverwandlung ist Geburt im Tod. Ist

Neuanfang im Ende. Warum also trauern wir, wenn ein Lebensmoment sich verabschiedet? Warum sehen wir nur den Tod und nicht die Neugeburt?

Ich glaube, Unglück besteht darin, nicht in jedem Augenblick unseres Lebens im richtigen Tempo zu sein. Das lässt uns unglücklich werden. Wir sind entweder zu schnell oder zu langsam. Entweder müssen wir bremsen oder beschleunigen. Wer aber von uns führt ein Leben, das ihn gelassen lächelnd in dem Moment zu einem Apfelbaum führt, wenn es so weit ist? Wer von uns sitzt ruhend in jener Stunde an einen Stamm gelehnt und fühlt es wissend, dass der Tag gekommen ist? Keiner. Und das ist Unglück ...

Glück ist das Verändern unseres Tempos, wenn wir zu schnell oder zu langsam geworden sind, um an den Offenbarungen des Universums wissend teilzunehmen. Aber wer kann sich das schon leisten? Müssen wir nicht voller Hast und schwitzend durch unsere Notwendigkeiten hecheln, um Geld zu verdienen, das uns befähigt, einen Apfel zu kaufen? Den wir hastig zur Hälfte verschlingen, weil das Telefon läutet und wir ohnehin die andere Hälfte nicht mehr gegessen hätten, weil sie schon etwas schrumpelig war? Nein, nein, missverstehen Sie mich nicht. Ich gehöre nicht zu den Anhängern des Leistungs- und Konsumverzichtes, die von einem Leben auf dem Lande träumen, zu dem ein Esel im Stall gehört. Das heißt – um wahrhaftig zu sein –, Träume erlaube ich mir schon. Der Traum vom Glück lässt mich zeitweilig erleichtert durch das Unglück wandern. Diese Wanderung kann manchmal sehr ermüden, und so ein Traum lässt uns durchatmen und weitermachen. Ich trage dann etwas leichter die Einsicht, dass wir die Tore zum Paradies noch immer erblicken können. Wir erblicken sie, wenn wir so kühn sind, in ihre Richtung zu sehen.

Es ist sehr kühn. Der Anblick dieser Pforte könnte uns nämlich dazu verleiten, uns auf den Weg zu machen. Was dann? Ist es nicht so, dass der Duft des Paradieses, der hinter diesen Türen blüht, uns verführt, den selbst erschaffenen Notwendigkeiten unseres Alltags den Rücken zu kehren? Und was dann? Wo bleiben die Termine unserer Verpflichtungen? Wen lassen wir fassungslos zurück, wenn wir uns vom Zwange unseres Alltags verabschieden? All das zwingt uns zurück und zwingt uns, den Blick wieder abzuwenden von der Schrift, die über dem Eingang zum Paradies zu entziffern ist: ›Freiheit‹.

›Freiheit‹ steht dort zu lesen, und dieses eine Wort ist zu erschütternd, um ihm zu folgen. Darum senken wir den Blick in die Verpflichtungen unseres Alltags. Erstaunlich ist es nur, dass wir tatsächlich glauben, Widerstand leisten zu können. Widerstand gegen den nicht zu bezwingenden Sog, der von diesen Toren ausgeht. Ein Leben lang locken uns diese Tore, uns ihnen zu nähern und unser Dasein in Gesundheit, Heiterkeit, Gelassenheit und Liebe zu verbringen, nachdem wir endlich durch sie hindurchgeschritten sind. Wir aber tun es nicht und leisten auch noch Widerstand. Dieser Widerstand wird mit Krankheit, Krieg, Liebesverlust und innerem Tod beantwortet. Und all das nehmen wir eher in Kauf als das Besiegen der Furcht. Uns befällt Todesfurcht, wenn wir aufstehen sollen und unser Leben ändern. Todesfurcht stellt sich ein, wenn wir der Gewohnheit Lebewohl sagen sollen, ein Leben voll liebloser Pflichten zu führen.

Das ist ein Rätsel, das ich mich unentwegt zu entschlüsseln bemühe. Wissen Sie, ich habe so oft beobachten dürfen, was mit den Menschen geschieht, wenn sie glauben, stärker zu sein als die göttliche Wahrheit. Erst gestern wieder habe ich einen Tag verbracht, an dem ich so viel Missverständnis und Kampf und Egoismus beobachten durfte. Ich habe einen sehr langen Spaziergang machen müssen, um all diese Bilder wieder hinter mir zu lassen. Nicht unweit von hier befindet sich ein wunderschöner Park mit einem Teich in seiner Mitte. Dort wandere ich gerne nach meiner Arbeit umher und beobachte die Enten. Das hilft. Es hilft mir sehr, zu vergessen, wie deutlich ich das Unglück beobachten muss, ohne auch nur im mindesten helfen zu können. Gestern habe ich – wie gesagt – so viel Unglück erleben dürfen. So viele Tränen wurden geweint. So viel Wut und Hass haben sich entladen. Und ich? Ich habe mitgeschrieben. Glauben Sie mir – es gibt Momente, in denen ich von meinem Stuhl aufstehen möchte und laut rufen: Hört auf! Wacht doch endlich auf, und schaut euch an, welchen Irrsinn ihr in eurem Leben vollführt! Aber was hätte das zur Folge? Man würde übereinstimmend feststellen, dass ich verrückt geworden bin. Ich würde meine Arbeit verlieren, und diejenigen, die ich hätte aufrütteln wollen, würden kopfschüttelnd zur Geschäftsordnung übergehen. Aber gerade gestern war ich sehr darum bemüht, sitzen zu bleiben und nicht aufzuspringen. Ich darf Ihnen kurz erzählen, was der Anlass meiner inneren Bewegung war:

Ich erlebe in den Zimmern dort drüben in diesem Gerichtsgebäude alle Farben der menschlichen Irrtümer. Geldwäsche, Betrug, Mord – alles, das den Menschen zu mehr Glück verhelfen soll und sie mit apodiktischer Gewissheit ins Unglück führt, kann ich beobachten. Sehr traurig machen mich allerdings die Verhandlungen, in denen zwei Menschen in die letzte Schlacht ziehen, die dazu dient, sie zu scheiden. Wenn der Lebenspunkt gekommen ist, an dem sie sich nicht mehr selbst belügen können. Wenn die Weiche da ist, die sie zwingt zu erkennen, dass das, was sie einmal Liebe genannt haben, gescheitert ist.

Wenn die offizielle staatliche Form der Sicherheit, die man Ehe nennt, zerbrochen ist. Dann werde ich sehr traurig, wenn ich diesen Offenbarungen der Enttäuschtheit folgen muss, die sich in Hass verwandelt haben. Natürlich wissen sie nicht, dass es keine Sicherheit im Stillstand geben kann. Natürlich hat ihnen niemand jemals erklärt, dass nur der wachsam gelebte Wandel eine Chance auf Wohlbehagen gibt. Natürlich haben sie den Eltern, den Lehrern, den

Priestern und der Werbung geglaubt, die ihnen versichert haben, dass eine feste Verbindung eine Garantie für Liebe, Glück und Seelenfrieden ist. Nun stehen sie da mit Tränen der Wut in den Augen und bekämpfen einander bis aufs Messer. Die meisten haben noch eine zivilisierte Angstsperre in sich, sonst würden sie den Liebesmenschen auf der Stelle töten. So groß wird der Hass auf den Begleiter im Gefängnis des Daseins, dass einige in den Stunden höchster Not tatsächlich zu einer Hacke greifen und sie krachend in den Kopf des Menschen versenken, dem sie einmal zugesagt haben, so lange bei ihm zu bleiben, bis der Tod sie scheidet. An einem Tag plötzlich, an dem ihnen ihr Unglück über den Kopf gewachsen ist, erinnern sie sich an diese Formel und helfen dem Schicksal auf die Beine. Niemand hat ihnen gesagt, dass man eine Türe öffnen und ins Freie gehen kann. Darum reißen sie mit Dynamit das ganze Haus ein. Ich danke Gott, dass das nicht allen widerfährt. Die inneren Tötungen allerdings sind schrecklich genug.

Wissen Sie, ich habe gestern so viele Tränen gesehen – so viele Tränen … und ich habe mich gefragt, wem sie wohl galten. Aus welchem Grund werden bei einer Trennung zweier Menschen so viele Tränen verschüttet? Ist es Wut, ist es Trauer über das eigene Scheitern, ist es die Erkenntnis, Lebenszeit vergeudet zu haben? Ich muss Ihnen sagen, dass meine Neugier auf das menschliche Dasein mit jedem Tag zunimmt. Vor vielen Jahren, als ich meinen Beruf erst kurze Zeit praktiziert hatte, vermutete ich das Gegenteil. Ich war damals zu dem voreiligen Schluss gekommen, sehr bald schon alles zu wissen. Ich meine – alles darüber zu wissen, was Menschen zu bösen Taten treibt. Neid, Gier, Hass und Wut waren die Antriebskräfte, die ich sehr schnell entziffern konnte. Es schien mir nach dem elften Mord aus Eifersucht und dem dreiundzwanzigsten Betrug aus Geldgier keine Neuigkeiten mehr zu geben. Bis ich nach und nach eines Besseren belehrt wurde. Und das kam so: Wenn ein Fall abgeschlossen war, standen alle Beteiligten auf und grüßten einander und verließen den Saal. Die streitenden Parteien stehen im Anschluss an die Strapazen ihres Kampfes mit ihren Anwälten auf dem Gang vor dem Gerichtssaal beisammen und flüstern. Die Richter, die Beisitzer und die Gerichtsschreiber gehen schnellen Schrittes in ihre Zimmer. Es ist so, als wollte man ein Lokal verlassen, in dem mit altem Fett gebraten wird. Man hat innerlich die Luft angehalten und gehofft, dem Odeur zu entgehen. Der Geruch von Aggression und Verzweiflung und Ohnmacht, der sich in Gerichtssälen verbreitet, erinnert mich jedenfalls daran … Diesem Eindruck wollen wir, die wir jeden Tag viele Stunden mit den kämpfenden Seelen verbringen, so rasch wie möglich wenigstens auf eine Stunde entfliehen. Darum eilen und hasten Richter nach Prozessende so seltsam lächelnd davon. Sie wissen, dass in ihren Aufenthaltsräumen ein paar private Kleinigkeiten auf sie warten. Seife, Tabak und meistens auch

Rasierwasser. Die Richter waschen sich nach jedem Fall die Hände und manchmal auch das Gesicht. Insgeheim denken sie vielleicht dabei an die Illusion, es könnte sie unschuldig werden lassen.

Auch ich habe mich immer schnellen Schrittes vom Gerichtssaal entfernt. Bis ich eines Tages vor vielen Jahren in diesem Ritual gebremst wurde. Mir war ein wenig seltsam in der Brust, nachdem ich viele Stunden lang die Geschichte einer Frau mitgeschrieben hatte, die angeklagt war, ihren Mann mit Küchengeräten attackiert zu haben. Der Fall bewegte sich über weite Strecken auf des Messers Schneide und drohte, ins Komische abzugleiten. Zu irritierend waren die detaillierten Angaben des Ehemannes, der angab, von seiner Frau mit einem Teigmixer, einem Nudelbrett und einem Staubsaugerrohr malträtiert worden zu sein. Nach und nach enthüllte sich aber ein schwerer Kampf um Eigenständigkeit und Zugriff auf das Haushaltsgeld hinter diesen Attacken. Der Fall endete mit einem Schuldspruch gegen den Mann, dem nachgewiesen werden konnte, seine Frau dermaßen gedemütigt und provoziert zu haben, dass sie sich in ihrer Not nicht mehr anders zu helfen gewusst hatte, als handgreiflich zu werden. Erst am Prozesstag enthüllte sie ihren linken Unterarm, an dem noch die lange rötliche Narbe zu sehen war, die ihr als Folge einer Messerattacke ihres Ehemannes geblieben war. Das gab den Ausschlag. Sie hatte dieses Beweismoment bis zum letzten Augenblick zurückgehalten. Scham war einer ihrer Beweggründe. Und gleichzeitig auch noch eine irritierende Restloyalität zu ihrem Mann. Obwohl sie ihn bekämpfte, nachdem er sie wegen schwerer Misshandlung angezeigt hatte, schützte sie ihn vor Gericht bis zu dem Moment, an dem die Würfel fast schon gegen sie gefallen waren. Das mag seltsam anmuten – kommt aber öfter vor, als man sich vorzustellen vermag. Nun gut – der Fall wurde geschlossen, und alle Beteiligten verließen den Gerichtssaal. Nur ich blieb zurück, um ein Fenster zu öffnen und eine Weile durchzuatmen. Das Klima verbesserte sich zusehends, und nach einer Viertelstunde verließ ich den Saal. Zu meinem größten Erstaunen saßen der Mann und die Frau, die sich eben noch erbittert befehdet hatten, eng umschlungen auf einer Bank vor dem Gerichtssaal. Ich stockte kurz und blickte sprachlos auf das Bild, das sich mir bot. Der Mann hatte seinen Kopf in ihrem Schoß vergraben und weinte haltlos. Die Frau streichelte langsam, wie in Zeitlupe und mit einem entrückten Lächeln, über sein Haar. Sie nahmen mich nicht zur Kenntnis, selbst als ich nach einem Moment des Innehaltens schließlich an ihnen vorbeieilte.

Dieser Tag war der Beginn einer neuen, erregenden Perspektive meines Berufes. Es war alles ganz anders. So jedenfalls sagte ich es zu mir, als ich dieses Paar in meinem Rücken ließ, das sich der nächsten Strophe seines Beziehungsliedes hingab. ›Es ist alles ganz anders‹, erkannte ich, als ich den Aufenthaltsraum betrat und damit begann, mir die Hände zu waschen. Ich hatte mir von einer Urlaubsreise aus Italien einige Schächtelchen mit Fliederseife mitgebracht. In diesem Duft verlor ich mich gerne minutenlang. Die Seife hatte einen hellvioletten Farbton und sah aus wie ein kleiner glatter Brotlaib. Rechteckig und doch von feiner, ovaler Form. Auf der einen Seite war eine erhabene Fliederblüte auf die Seife aufgeprägt. Die Fliederblüte verlor sich leider nach der siebenten oder achten Waschung, aber der Duft dieser italienischen Fliederseife ist zu einem beglückenden Bestandteil meines Lebens geworden ... Ich wusch mir also die Hände und betrachtete versonnen, wie der Schaum um den Ausfluss des Waschbeckens kreiselte. ›Es ist offensichtlich alles ganz anders‹, dachte ich noch einmal und fasste in diesem Moment den Entschluss, mich dieser Beobachtung zu widmen. Hass, Neid, Gier, Mordlust und Liebeskampf schienen mit einem Mal nur das Spiegelbild einer völlig anderen, völlig entgegengesetzt gepolten, inneren Wirklichkeit zu sein. Wie sonst wäre es dazu gekommen, dass dieser Mann, dessen Wutausbrüche über seine Ehefrau, die ich vor kaum einer Stunde mitgeschrieben hatte, kurz nach dem Urteil, das sich gegen ihn gerichtet hatte, weinend in den Armen seiner Feindin lag?

Eine andere Wirklichkeit musste am Werke sein, erkannte ich. Eine Wahrheit hinter der Wirklichkeit, die wir vorgeführt bekamen. Eine zweite Wahrheit. Das war es. So wie ich den ersten Ton der Menschen ergänzt und korrigiert fand durch ihren zweiten Ton, enthüllte sich hinter der großen, ersten, offensiv gespielten Wahrheit der Menschen eine zweite Wahrheit. Diese zweite Wahrheit blieb auf erstaunliche Weise länger und perfekter verborgen als der zweite Ton. Der zweite Ton war nach längerer Übung zu vernehmen, wenn ein Mensch sprach. Die zweite Wahrheit jedoch nicht. Das war in höchstem Maß erregend. Ich erforschte in der Folge, ob es vielleicht so war, dass der erste und der zweite Ton diese Wahrheit hinter der Wirklichkeit übertönten. So schien es zu sein. Das laute Reden der Menschen, in dem sich schattenhaft ihr zweiter Ton verbergen konnte, schien nur eines zu kennen. Die Absicht der Menschen. Die Absicht der Menschen zu gewinnen, war die Bühne ihrer Töne. Sowohl der erste wie auch der zweite Ton wurden von der Absicht getragen zu gewinnen. Den Prozess, das Leben, das Glück, die eigenen Phantasien – all das zu gewinnen war die ununterbrochene Absicht aller Menschen. In ihrem Schreien war dann das Flüstern des zweiten Tones zu hören und in ihrem Flüstern ein Schreien. So viel hatte ich erkannt. Nun aber wurde ich mit der Tatsache konfrontiert, dass auch dieses Spiel nur die perfekte Inszenierung einer zweiten Wahrheit darstellte. Um diese Wahrheit hinter den Tatsachen zu erkennen, bedurfte es der absoluten Kraftlosigkeit. Das war das Zauberwort für den Bereich des Wesens der Menschen, in dem die zweite Wahrheit lebte. Kraftlosigkeit. Ein makabres Bild drängt sich mir auf, um Ihnen zu vermitteln, was ich meine. Sie wissen doch sicher, dass die Bauern früher ihre Hühner geköpft haben. Ein wuchtiger Schlag mit der Axt auf den Hals des Huhnes, das auf einem Hackstock vor dem Stall festgehalten wurde – und das Leben des Tieres war beendet. Auf jeden Fall hätte das Leben ordnungsgemäß beendet sein sollen. Jeder Bauer wird Ihnen berichten können, dass manches Huhn, nachdem ihm der Kopf abgeschlagen worden war, flügelschlagend umhergerannt war – bis es endgültig zusammenbrechen durfte. Die endgültige tödliche Kraftlosigkeit hatte es übermannt. Bis dahin aber war in einem unglaublichen, an ein Wunder grenzenden Kraftakt die gesamte Lebensenergie des Tieres auf ein einziges Ziel ausgerichtet gewesen. Flucht. Oder – gewinnen. Doch noch gewinnen. Gegen den Tod, gegen das Lebensende, gegen das Endgültige.

So ergeht es auch den Menschen. Ein Hieb des Schicksals hat schon längst alles beendet – und trotzdem läuft der Motor des inneren Lebenstheaters erst recht zu Höchsttouren auf. Erst recht bläht sich die Persönlichkeit auf und gestikuliert und schreit und spielt um ihr Leben, bis die Antriebsstoffe verbraucht sind. Dann ist die Kraftlosigkeit da. Dann ist die Chance für die Wahrheit da. In der Stille nach der Schlacht liegt der Moment, zu erkennen, wie kostbar das Leben ist. Fassungslos blickt der Feldherr der Gefühle in unserem Herzen auf die zerstückelten Toten und erkennt, wie schön es gewesen wäre, niemals in die Schlacht gezogen zu sein. Nur in dieser Kraftlosigkeit erlauben wir uns, die Wahrheit in uns ans Licht treten zu lassen. Die tiefste, letzte, größte aller Wahrheiten. In dieser Wahrheit liegt das Erkennen, dass wir sterben werden. – Danach sehnt sich alles in uns nach Frieden und Liebe. Das ist die tiefste aller Wahrheiten. Schon im nächsten Atemzug aber misstrauen wir dieser inneren Stimme und mobilisieren all unsere Kräfte, um zu gewinnen ...

Wie oft noch? Wie oft noch, frage ich mich manchmal, wenn ich die zusammengesunkenen Gestalten sehe, die sich nach einem Tag vor Gericht aus dem Gebäude schleppen. Wie oft wird ihr Geist, ihre Seele und ihr Körper diese Ausdehnung im Größenwahn und den darauf folgenden Zusammenbruch noch ertragen? Wie oft muss ein Mensch stürzen auf dem Weg zu seiner Erkenntnis? Die Erkenntnis kann nur lauten: Gib auf! Gib deinen Größenwahn auf, gib deinen Machtwillen auf, gib deine Phantasie auf, stärker zu sein als die tiefste Wahrheit deiner Seele. Gib auf!

Es ist tatsächlich so, dass es nur wenigen geschenkt ist, dieses Aufgeben zu lieben. Nur denjenigen ist es geschenkt, ihren Antrieb zu verwandeln, die schon einmal die stille Hand des Todes verspürt haben. Nur er lässt uns aufgeben, so lange wir noch leben. Nein,

nein – verzeihen Sie. Missverstehen Sie mich bitte um Gottes willen nicht. Ich bin Lichtjahre von einer morbiden Todessehnsucht entfernt. – Lichtjahre! Auch wenn es in den letzten Sätzen vielleicht so geklungen hat. Aber wissen Sie – um es einmal etwas salopp zu formulieren: Nur der Tod macht uns lebendig. So habe ich es gemeint. Die Verwandlung unseres verbissenen Strebens nach dem Sieg in warme, strömende Lebenskraft. Das ist es, was der Tod uns schenkt, wenn wir ihn begreifen wollen. Ich darf Ihnen vielleicht etwas später noch ausführlicher von diesen Gedanken berichten? Ich habe meine Begegnungen mit dem Freund Tod gehabt, die ich Ihnen gerne nahe bringen möchte. Ich fühle, dass ich dies tun muss, um die Möglichkeit eines Missverständnisses auf Ihrer Seite zu beseitigen. Zuerst aber lassen Sie mich bitte von dem gestrigen Tag weitererzählen.

Es war – wie gesagt – ein Prozess, der die Scheidung eines Paares zum Ziel hatte. Ich könnte Ihnen von unzähligen anderen Scheidungen erzählen, die mit größerer oder kleinerer Grausamkeit endeten – lassen Sie mich aber bitte von meinen Beobachtungen am gestrigen Tag berichten. Es war selten so klar zu erkennen, worin das Elend der Menschen besteht … Wir saßen in einer geballten Atmosphäre der Wut. Das Ehepaar, der Richter, seine Beisitzer, die Anwälte und ich. Die Gesichter des Mannes und seiner Frau wirkten versteinert. Besser gesagt – sie glichen dem Stein am Abhang eines Vulkans. Schroff und ohne

Lieblichkeit. Verkrampft saßen sie einander gegenüber. Ihre Anwälte bemühten sich um eine sachliche Atmosphäre. Sie scheiterten allerdings mehrmals im Laufe der Verhandlung. Sie mussten scheitern, da ihre Mandanten von den Ausbrüchen ihrer Wut mitgerissen wurden und mehrmals die Würde des Gerichtes verletzten. Bei der Frage, wie viel Geld der Ehemann nach der Scheidung zu zahlen hatte, sprang er zweimal auf und rief erregt in die Runde, dass ihm ohnehin nichts zum Leben bleibe und dass ihm seine Frau ohnehin schon alles genommen habe. In der Folge betonte er, dass er überhaupt nicht daran denke, etwas zu zahlen, da er ja überhaupt keine Geldmittel mehr zur Verfügung habe. Er schrie diese Sätze mit gepresster Stimme dem Richter entgegen und ahnte nicht, welchen schweren Fehler er damit begangen hatte. Es war der schwerste Fehler, den man vor Gericht machen konnte. Er zeigte Gefühle. Starke Gefühle. Noch dazu die Gefühle der Wut. Genau betrachtet, hätte ihn das in den Augen eines gütigen Menschen beschützenswert gemacht. Richter aber erleben die Welt nicht aus der Stimmung der Güte heraus. Richter wollen Ruhe und Klarheit und schnell zu einem Urteil kommen. Jeder Mensch, der vor einem Gericht vor Wut schreiend sein Recht einklagt, hat, für sich gesehen, völlig normal gehandelt. Sein Leid lässt ihn wütend werden – die Wut treibt ihn zu schreiendem Wehklagen. Seine Welt will verteidigt werden. Und wenn ein Mensch bemerkt, dass seine

Fassade der Stille, Ruhe und Höflichkeit ihn nicht zum Sieg verhilft, wird er ungeduldig. Diese Ungeduld steigert sich zur Raserei, und der Mensch beginnt, schwitzend und mit hochrotem Kopf zu brüllen. Die Adern am Hals treten heraus, und die Wangen färben sich in hektisches Rot. All das muss ein Richter mehrmals in der Woche mit ansehen. Das will er nicht mehr. Der Richter hat vielleicht in seinen jungen Jahren und bei seinen ersten Prozessen noch mitgefühlt und mitgelitten. Das Schreien und Pöbeln und Weinen der Menschen vor seinem Richtertisch gingen ihm noch nahe. Dann aber hat er bemerkt, dass genau das nicht sein darf. Der Richter darf nicht angesteckt werden vom Bazillus der heißen Emotion. Es trübt sein Urteil, und es raubt ihm Kraft. Der Richter will nicht als Mensch von Menschen bewegt werden. Er könnte sonst seinen Beruf nicht ausüben. Er muss sich vor den Stürmen der erregten Herzen, die um ihr Recht klagen, verschließen. In diesem Sinn ist der Richter mit einem Unfallchirurgen zu vergleichen. Äußerste Kühle und Genauigkeit sind gefragt, wenn ein schreiendes, zerfetztes Bündel Mensch von einem Unfall zu ihm gebracht wird. Ruhige, klare Aussagen müssen getroffen werden, jede Hast und Erregtheit sind vom Arbeitsplatz zu verbannen. So auch bei einem Richter. Er muss. Klar sehen – kühl beurteilen. Richten. Aus diesem Grund geht es dem Richter unsäglich auf die Nerven, wenn an seinem Arbeitsplatz geschrien wird. Der Ehemann des gestrigen Prozesses beging diesen schweren Fehler. Er wurde daraufhin belehrt, dass seine Gehaltsabrechnungen vorliegen würden, und die Summe der Zahlungen erhöhte sich dank der gereizten Richterseele beträchtlich. Geschockt nahm der Ehemann wieder Platz und schaute fassungslos zum Richter, zu seiner Frau und zu seinem Anwalt. ›Ich habe Sie doch beschworen, ruhig zu bleiben‹, flüsterte dieser seinem Mandanten ins Ohr, und nach einigen weiteren Wortwechseln und Formalitäten war die Scheidung vollzogen. Die Beteiligten grüßten einander, und dann ging man auseinander. Ich hatte den beiden Eheleuten lange in die Augen geblickt und sehr genau in ihren zweiten Ton gelauscht. Ich war interessiert mitzuverfolgen, was sich im Anschluss an den offiziellen Akt der Trennung mit ihnen abspielen würde. Ich ging nach der Verabschiedung von dem erleichterten Richter langsam zurück zu dem Verhandlungssaal mit der Nummer 676, in dem wir Recht gesprochen hatten. Nur mehr die Frau saß auf einer der langen Holzbänke, die auf den Gängen des Gerichtsgebäudes vor den Sälen aufgestellt waren. Es hatte einen tiefen Sinn, dass dort keine Stühle standen, sondern lange Holzbänke. Sehr oft nämlich kam es vor, dass die Erregung über erlittenes Unrecht zu einem Kreislaufkollaps führte. Oder gar zu einer Herzattacke. Dann war es sehr von Vorteil, diese langen Bänke bei der Hand zu haben, auf die man die Menschen betten konnte. Es kam auch vor, dass auf diesen Bänken ein Mensch verstorben war, dessen Herz an der Aufregung gescheitert war.

Nun, gestern kam es glücklicherweise zu keinem tödlichen Ausgang des Geschehens. Ich ging langsam den Gang entlang und sah die Frau auf einer der langen Bänke sitzen. Sie saß aufrecht da und blickte zum Fenster hinaus. Das Fenster führte in den Innenhof des Gerichtsgebäudes, und man konnte von ihrem Platz aus nur die umliegenden Mauern sehen. Die Mauern und ein Ausschnitt des Himmels, der über dem Hof lag, waren alles, was sie sehen konnte. Der Ausdruck in ihrem Gesicht aber ließ mich verwundert stehen bleiben. Die Kraftlosigkeit hatte bereits Besitz ergriffen von ihr. Das war deutlich wahrzunehmen. Sie weinte. Sie saß da, blickte aus dem Fenster in den kleinen, rechteckigen Himmel über den Backsteinmauern und weinte. Sie weinte aber nicht in sich zusammengesunken und von heftigen Gefühlen geschüttelt. Die Kraftlosigkeit äußerte sich in ihrem Weinen auf sehr bemerkenswerte Art und Weise. Sie lachte. Sie lachte in ihrem Weinen. Sie saß aufrecht da, und ihr Körper war müde und entspannt. Trotzdem saß sie aufrecht da und hielt sich an einem kleinen Schirm fest. Sie hatte einen dieser kleinen Sicherheitsschirme bei sich, die in jeden Mantel passen und einen gewissen Schutz bieten, falls ein plötzlicher Regen hereinbricht. An diesem Schirm hielt sie sich fest und weinte – und gleichzeitig lachte sie. Sie sah hinaus in den Himmel und schüttelte den Kopf. So als wollte sie etwas Unwirkliches von sich abschütteln. Dann lachte sie kurz und weinte wieder. Sie bot ein Bild, das mich zutiefst anrührte. Ich konnte sehen, dass sie schon sehr, sehr lange keines dieser beiden Gefühle in ihrem Leben zugelassen hatte. Sie hatte unendlich lange Zeit schon nicht mehr gelacht oder geweint. Sie war versteinert. Was immer in den letzten Jahren ihrer Ehe vorgefallen war – es hatte zur Folge gehabt, dass ihr Körper sich immer mehr und mehr verhärtet hatte. Ihr Körper war zum Schutzschild geworden und letzten Endes zu einem Panzer. Dieser Panzer aber war zu ihrem Gefängnis geworden. Das Gefängnis ihrer Gefühle trug sie jeden Tag und zu jeder Minute mit sich herum. Ihr Blick war leer geworden und nach innen gerichtet. Ihre Stimme hatte alle liebevollen Klänge verloren. Sie hatte begonnen, wie ein Roboter zu gehen, weil sie in ihren Bewegungen keine Lebendigkeit mehr zulassen durfte. Sie war von früh bis spät auf der Hut gewesen. Sie lebte in einer nicht endenden Bereitschaft, auf einen Angriff ihres Mannes zu reagieren. Seine Pfeile hätten Löcher in ihre Aura geschlagen, wenn sie so unvorsichtig gewesen wäre, sich ungeschützt und unkontrolliert zu bewegen. Darum hatte sie ihre Bewegungen verkleinert und angespannt, bis sie eine harte, traurige, kantige Frau geworden war. Nun endlich war die Schlacht vorbei. Sie saß da und begann wieder zu atmen. Ich konnte sehen, wie sie mit schweren Seufzern den Atem in ihren traurigen Körper holte. Ich konnte sehen, wie sich ihre Brust zum ersten Mal seit langen, langen Jahren wieder ausdehnte. Nur ein wenig mehr ausdehnte, als sie es von den letzten Zeiten gewohnt war. Aber schon dieser kleine Fortschritt machte sie glücklich.

Sie hatte die Unarten der Lieblosigkeit schon so lange ertragen, dass sie vergessen hatte, wie schön es sein konnte, frei zu atmen. Freier zu atmen wenigstens als in den letzten Jahren. Wie oft hatte sie daheim gesessen und, still geworden, vor sich hin geblickt. Oder in den Fernseher. Oder in eine Zeitschrift. Die Bilder der neuesten Herbstkollektion dienten ihr nur dazu, irgendetwas in der Hand zu halten. Ein Geländer war nötig in ihrem Leben, dessen Weg in immer dunklere Schluchten geführt hatte. Der Pfad war schon nur mehr so breit wie ein Schritt, und der nächste unbedachte Moment hätte den totalen Absturz bringen können. Ihr schauderte bei der Erinnerung an die vielen, vielen langen Abende, an denen sie neben ihrem Mann auf dem Sofa gesessen und in den Fernseher geblickt hatte. Sein Körper war ihr so fremd geworden. Seine Atmung so befremdlich. Das leichte Kratzen am hinteren Gaumen, das man hören konnte, wenn er einatmete, trieb sie in eine tiefe Verzweiflung. Es war so unkontrolliert. Ihre Abneigung gegen seinen Körper war so unüberwindlich geworden. Er saß neben ihr und blickte in den Fernseher, und leise rauschte es in seinem Mundraum, wenn er einatmete. Wie bei ihrem Großvater, den sie manchmal im Altersheim besucht hatte. Sie wollte ihren Großvater nicht mehr besuchen, weil dieses Atemrascheln und die kurzen weißen Bartstoppeln in seinem Gesicht und der alte Morgenmantel sie zutiefst deprimierten. Sie sah in das Gesicht ihres Mannes und sah, dass es am Ende des Tages von Bartstoppeln übersät war. Er hatte einen sehr starken Bartwuchs und gehörte zu den Männern, die sich eigentlich zweimal am Tag rasieren müssen, um ein gepflegtes Äußeres zu erhalten. Am Abend aber war er immer sehr, sehr müde, wenn er von seiner Arbeit nach Hause kam, und dann hatte er keine Kraft und keine Lust, ins Bad zu gehen und sich zu rasieren. Er war froh, den Anstrengungen seines Berufsalltags entflohen zu sein, und saß nur mehr still da.

Das Fernsehen war zu ihrem Kaminfeuer geworden. Vor vielen tausend Jahren waren die Männer am Abend erschöpft in die Hütten und Zelte heimgekehrt und hatten lange in das Feuer gestarrt. Das Feuer brannte im Zentrum der Hütte, und der Mann ließ seine Gedanken in die aufsteigenden Flammen strömen. Sie verbrannten in nichts, und nach einer Weile rollten sie sich unter ihr Fell und schliefen ein. Vielleicht raschelte ihr Atem dabei ein wenig. Heute saßen sie mit ihren Frauen vor dem Fernseher und blickten müde und gedankenleer in die Flut der Bilder. Die Frau betrachtete ihn manchmal bei diesem Ritual, das sich jeden Abend wiederholte. Er kam nach Hause, sie nahmen ihr Essen auf den Tisch vor dem Fernseher mit, aßen und schauten geradeaus. Seltsam war es geworden – ihr Leben. Seltsam war nicht so sehr, dass sie all das taten, was in den meisten Wohnungen ihrer Stadt zu dieser Zeit getan wurde. Seltsam war vielmehr, dass es so ähnlich war wie das, was sie am Anfang miteinander erlebt hatten. Sehr bald schon nach ihrem Kennenlernen hatten sie einander gestanden, dass es eine hohe Freude für sie war, am Abend gemütlich vor dem Fernseher zu sitzen und auszuspannen. Sie hatten lange Wochen beide damit gezögert, das zuzugeben. Es schien ihnen nicht schick genug zu sein. Sie vermuteten, der andere würde lieber tanzen oder in eine Bar gehen. Oder ein Freiluftkonzert besuchen. Aber fernsehen? Es war so sehr das, was ihre Eltern jeden Abend taten, und sie wollten doch nicht aufeinander wirken wie Vater und Mutter. Die Frau konnte sich nicht mehr daran erinnern, wer es zum ersten Mal zugegeben hatte. Es könnte sein, dass es in einem mexikanischen Restaurant gewesen war. Ja, daran erinnerte sie sich plötzlich. Es war in einem mexikanischen Restaurant. Es hieß ›Los Alamos‹, und zum Dessert spielte ein verstecktes Radio ein Trompetensolo. Sehr langsam, wehmütig, melodisch und süßlich schwer klang die Musik zärtlich durch das Lokal. Ihr Mann ließ die Gabel sinken und hörte verträumt auf die Musik. ›Das haben sie gespielt, bis das Fort gefallen war‹, sagte er leise und nickte vor sich hin. ›Wie bitte?‹ Die Frau beugte sich vor und suchte lächelnd seinen

Blick. ›Welches Fort?‹ – ›Als die Mexikaner und die Amerikaner um Texas gekämpft haben. Da haben sie das Lied gespielt, bis das Fort gefallen war. Die Amerikaner haben sich in einem Fort verschanzt, und das hieß *Los Alamos*. Da gab es einen mexikanischen General, der sie belagert hat, und der hieß Santa Ana. Und Santa hat dieses Lied spielen lassen. Ununterbrochen. Bis der letzte Sturmangriff vorüber war und Los Alamos gefallen war.‹

›Was du alles weißt …‹ Sie lachte und griff nach seiner Hand.

›Fernsehen‹, sagte er.

›Bitte?‹

›Ich sage nur: Fernsehen – kennst du den Film *Rio Bravo*?‹

›Nein.‹

›Da wird dieses Lied auch gespielt. In dem Film bewachen Dean Martin und John Wayne einen Gangster in einem Gefängnis. Sie sind von der Umwelt abgeschnitten, weil die Postkutsche ausgefallen ist. Und der Bruder des Gangsters belagert sie mit seinen Spießgesellen tagelang, um seinen Bruder freizubekommen.‹

›Aha‹, sagte sie, ›und der Bruder lässt Dean und John dieses Lied vorspielen, um ihnen zu signalisieren: Seht her, ich bin wie Santa Ana, und ihr dort in Los Alamos werdet letzten Endes fallen.‹

›Ja!‹ Der Mann lachte und küsste seine Frau auf den Mund. ›So ist es – und um die Zeit bis dahin erträglich zu gestalten, singt Dean Martin im Gefängnis ein nettes Lied.‹

›Wie heißt der Film?‹, fragte die Frau noch einmal nach, obwohl sie sich den Titel schon genau gemerkt hatte. Sie wollte ihrem Mann aber an diesem Abend eine Freude bereiten und zeigte sich neugierig.

›*Rio Bravo.* Wollen wir uns den mal ansehen?‹

›Ja, bitte!‹

›Ich habe ein Video davon.‹

›Worauf warten wir?‹

Sie zahlten und gingen nach Hause. Dort kramte er eine Weile in seinem Schrank und holte eine Videokassette hervor. Sie legten sie ein, und der Film begann. Sie hatten das Licht abgedreht in der Wohnung und ein paar Kerzen angezündet. Er hatte eine Flasche Rotwein aufgemacht. Eng aneinander geschmiegt saßen sie bei dem warmen Licht, das die Kerzen verbreiteten, auf dem Sofa und sahen *Rio Bravo*. Obwohl sie John Wayne nicht so sehr schätzte, musste sie feststellen, dass er in diesem Film zum ersten und einzigen Mal doch wie ein liebenswerter Mensch wirkte. Sie lehnte sich an die Schulter ihres Mannes und trank in langsamen Schlucken den spanischen Rotwein, den er extra passend zum Film aufgemacht hatte.

Und dann war alles so anders gekommen. Wie konnte das geschehen? Wieso saß sie auf demselben Sofa neben demselben Mann und lehnte nicht mehr an seiner Schulter? Wieso raschelte sein Atem, und wieso war sein Blick so müde geworden? Wieso hoffte sie am Ende eines Fernsehabends, dass er zu müde sein würde, um Sex mit ihr zu haben? Vor ein paar Jahren noch hatte sie ungeduldig darauf gewartet, dass er die Fernbedienung in die Hand nehmen würde, um den Fernseher etwas lauter zu stellen. Dann wusste sie, dass er Lust darauf hatte, sie auszuziehen und sich zwischen ihre Beine zu legen und sie ganz langsam zu küssen. Sie presste dann sein Gesicht zwischen ihre Beine und spürte seine Lippen und seinen heißen Atem und seine Zunge, und dann musste sie laut stöhnen und schreien vor Lust. Der Fernsehton war so laut aufgedreht, dass die Nachbarn nichts davon mitbekamen, und an manchen Abenden lächelten sie einander wissend zu, wenn aus der Wohnung nebenan der Nachrichtensprecher dröhnte …

In den letzten Jahren allerdings hatte sie ihm manchmal noch ein weiteres Bier geholt und zu den Erdnüssen gestellt. Es war nicht so, dass besonders große Fürsorge aus dieser Tat sprach. Sie wollte nur, dass ihn ein zweites Bier so müde machen würde, dass er Sex vergessen konnte. Er trank es gedankenlos aus und entspannte sich dabei noch mehr. Sex wäre auch ohne das zweite Bier nicht mehr in Frage gekommen, da auch ihm schon seit langer Zeit die Lust auf seine Frau abhanden gekommen war. An diesen Abenden fragte sie sich manchmal, warum sie eigentlich zu Hause vor dem Fernseher saß. Sie träumte davon, mit ihren Freundinnen auszugehen. Warum besuchte sie eigentlich niemals im Sommer ein Freiluftkonzert?

Warum flirtete sie dort nicht mit durchtrainierten, jungen Männern, die selbstsicher ihre gebräunten, muskulösen Oberkörper zeigten? Erst unlängst hatte sie im Fernsehen einen Bericht von einem Rockkonzert gesehen. Viele starke, junge Männer waren da im Bild gewesen. Tausende von lebendigen, lebensfrohen Menschen feierten ihr Leben in den Sommernächten im Freien. Wie lange noch, und die Männer würden sich nicht mehr umdrehen nach ihr? Sie saß neben ihrem Mann, und ihr Atem wurde flacher und hilfloser. An irgendeinem Tag war es dann so weit. Sie konnte nicht mehr richtig Luft holen. Sie saß da und fing an, ein wenig zu husten. Ganz leise und kurz, und dabei spürte sie ein Kitzeln in der oberen Lunge.

›Hast du Husten?‹, fragte er und legte ihr sogar kurz die Hand auf den Rücken.

›Nein, nein, es geht schon‹, sagte sie. ›Ich habe nur ein Bröselchen in den Hals bekommen‹, antwortete sie und hoffte, dass das Kitzeln im oberen Lungenbereich wieder verschwinden würde. Seltsamerweise war es während des Tages auch nicht so stark. Es begann am Abend, wenn ihr Mann nach Hause kam, und zog sich die Nacht hin, bis sie endlich schlafen konnte … Bis sie endlich schlafen konnte. Die Stunden zogen sich dahin wie Schneetreiben in den Weiten Sibiriens. Sie lag stundenlang wach und lauschte in die Nacht. Der leise rauschende Atem ihres Mannes hatte sich in tiefes Röcheln verwandelt, aus dem er nur hie und da in ein kurzes Husten ausbrach. Er räusperte sich hustend, dann folgten einige Sekunden der absoluten Stille, die schlagartig von dem neu einsetzenden Röcheln beendet wurde.

Wie war das früher anders gewesen. Die Schlaflosigkeit ihrer ersten Wochen war getragen von einem süßen, sich drehenden Rausch. Sie lagen oft nebeneinander im Bett und schworen sich hoch und heilig, nicht noch ein weiteres Mal mit dem Sex anzufangen. Zumindest für diese Nacht. Sie brauchten natürlich auch Schlaf, aber noch mehr brauchten sie Liebe und Sinnlichkeit und heißen Sex.

›Ich habe lange genug geschlafen‹, hatte sie ihm damals eines Morgens ins Ohr geflüstert. Das Schlafzimmerfenster stand weit offen, und die ersten Vögel begannen zu singen. Die ganze Nacht lang hatte es nur Leidenschaft und noch nie Erlebtes in ihrem Bett gegeben.

Nach Stunden der Zärtlichkeit und der Hingabe hatte er gesagt: ›Glaubst du nicht, dass wir irgendwann einmal schlafen sollten?‹

Sie hatte ihm lange in die Augen gesehen und gesagt: ›Ich habe lange genug geschlafen … mein Leben vor dir war ein einziger, trauriger Schlaf … jetzt bist du da, und ich bin endlich aufgewacht …‹

Er hatte sie lange umarmt an diesem Morgen und in ihr Ohr die Worte geflüstert: ›Ich liebe dich.‹ Sie hatte die Augen geschlossen und seinen Duft eingeatmet. Sie fühlte sich so unendlich geliebt und beschützt in den Armen ihres Mannes. So unendlich geliebt und verstanden und aufgehoben und befreit. Sie hielt ihn fest in ihren Armen und sagte leise: ›Ich liebe dich auch … so sehr … ich liebe dich, wie ich noch niemals einen Menschen geliebt habe …‹ Langsam waren Tränen in ihre Augen getrieben. Tränen des nie gekannten Glücks. Sie hielten sich umarmt und lauschten den Stimmen der Vögel …

Ich hatte mich leise auf die nächste Bank gesetzt und blickte zu der weinenden Frau. Sie saß da und blickte immer noch hinaus in den Hof. Die Tränen rannen ihr über das Gesicht. Aber es waren andere Tränen als damals an jenem magischen Morgen. Damals hatte sie geglaubt, dass nichts im Leben sie jemals von der Seite dieses Mannes wegholen konnte. Keine Gewalt der Erde hatte die Macht, sie von der Seite des geliebtesten Menschen zu trennen. Bis auf das Leben. Das Leben war gekommen und hatte mit einigen wenigen, harten Griffen die Verbindung zwischen ihnen gelöst. Die auf ewig verschweißten Nahtstellen zwischen ihren Herzen wurden vom Leben innerhalb sehr kurzer Zeit durchlöchert, zerbrochen und auseinander bewegt. Am Ende saß sie auf einer braunen, harten, über zwei Meter langen Holzbank allein in einem Gericht und weinte. Und lachte …

Das machte mich neugierig. Wie konnte es zum Bruch kommen und wie zu diesem Lachen am Grund der tiefsten Tränen? Ich atmete einmal tief ein und aus und hoffte, mich durch diese kleine Bewegung in ihr Bewusstsein zu schieben. Es gelang. Die Frau wendete langsam den Kopf und sah mich an. Sie hatte sehr schöne Augen. Ich konnte durch den Schleier ihrer

Tränen sehen, dass sie sehr schöne Augen hatte. Der Schmerz hatte sie noch schöner gemacht. Schon im Saal war mir während der Verhandlung aufgefallen, dass sie sehr schöne Augen hatte. Interessanterweise konnte ich das auch bei ihrem Mann feststellen, auch er hatte warme, tiefe, etwas traurige, sehr empfindungsstarke Augen. Hinter den Blitzen seiner unendlichen Wut konnte man auch bei ihm schon während der Verhandlung einen bemerkenswerten Urgrund der Seele in seinen Augen entdecken. Das geschah nicht häufig. Oft konnte ich sehen, dass sehr kaltherzige Menschen im Gerichtssaal gegeneinander antraten. Ihre Augen verrieten keine besondere Empfindungstiefe. Nur blanker Machtwille war in ihnen zu lesen. Überlagert von Gefühlen der Ungeduld und des Zornes. Glauben Sie mir, in den Momenten vor Gericht, wenn es um Geld geht – dort erkennt man, ob ein Mensch eine Seele hat oder nicht. Nur dort. Jede andere Gelegenheit des Lebens wirkt wie Opium auf das schwankende Schiff unserer Gefühle. Sonnenuntergänge, Symphonien von Mozart, ein lauschiges Essen zu zweit an einem Sommerabend in Rom … all das sind Ereignisse, bei denen der Mensch so gerne glauben möchte, die Seele in den Augen des anderen erkannt zu haben. Er hat im besten Fall das Blitzen eines Hormonrausches gesehen. Wenn Sie wirklich sehen wollen, ob dieser Mensch eine Seele hat, dann treffen Sie sich mit ihm vor Gericht und streiten um das Fonduegeschirr, das Sie doch gemeinsam geschenkt bekommen haben. Und um den Wert der Eigentumswohnung, die verliebterweise auf Sie beide im Grundbuch eingetragen ist. Dann und nur dann sehen Sie die Farben der Wahrheit. Es ist eines der größten Missverständnisse, allen Menschen eine gleich große Seelenkapazität zuzugestehen.

Verzeihen Sie meine Direktheit, aber das ist Unsinn. Es gibt Lämmer, Wölfe und Bestien. Im Tierreich und unter den Menschen. Natürlich sind alle eingebettet in die allumfassende Weltseele Gottes – aber ihre Eigenseele ist öfter, als man denkt, purer Dreck. So wie es in der Natur Materie gibt mit unterschiedlicher Dichte und Ausprägung, so gibt es in den Seelenrealitäten giftiges Blei und strahlendes Gold. Natürlich ist es so, dass nur eine Engelshaarbreite das schwere Blei von Gold trennt – aber um diese Engelshaarbreite geht es. Wer diesen Unterschied nicht erkennt, wird vom Leben böse bestraft. Ein Atom unterscheidet die Erscheinungen Gottes in der materiellen Welt voneinander, aber wer nicht in dem Bewusstsein lebt, dass es um ebendieses Atom geht, hat keine Ahnung, weiß nichts von der Realität des ewigen Kampfes von Gut und Böse. Und diejenigen, die diesen Kampf leugnen wollen, indem sie vermuten, es gäbe kein Gut und vor allem kein Böse, arbeiten dem Bösen leichtfertig in die Hand. Es gibt einen Satz, den ich sehr schätze: ›Sein Meisterwerk hat der Teufel in unserem Jahrhundert vollbracht, in dem niemand mehr an ihn glaubt …‹

Nein, nein – ich bitte Sie, ... Ich bin weit davon entfernt, Ihnen mich als mittelalterlichen Menschen zu offenbaren, Lichtjahre bin ich von der vereinfachenden Bildsprache jener Zeit entfernt. Die Menschen waren damals ja noch Kleinkinder des Geistes – sozusagen. Aber in ihren Ahnungen waren sie weiter als wir Heutigen. Es ist so wie mit dem Gottesurteil, über das wir eben vorhin gesprochen haben. So ist es mit dem Teufelsbild. Es gibt das absolute Böse – die Frage lautet nur: Wie ist es zu erkennen? Wie erkennen wir Gut und Böse, und wie wollen wir dann unser Urteil fällen? Eine interessante Frage aus dem Mund eines Mannes, der sein Leben bei Gericht verbringt – finden Sie nicht? Diese Frage aber ist die Kernfrage unseres Daseins, und sie ist nur zu beantworten, wenn wir uns über eine Sache völlig klar sind. Das Böse hat die Fähigkeit, uns zu täuschen. Das Gute – nicht. So einfach ist das. Das gilt es zu wissen und nicht mehr außer Acht zu lassen – dann können wir uns der weiteren Erforschung von Gut und Böse widmen.

Das Böse hat die Fähigkeit, uns zu täuschen. Immer wieder muss man diesen Satz sagen und ihn zum eigenen Fleisch und Blut werden lassen. Sonst wäre es nicht möglich, dass wir glauben, dem Guten zu dienen, um doch letzten Endes das Böse zu stärken. Das Böse kann sich als das Gute zeigen, und das ist seine Täuschung. Äußerste Wachsamkeit ist gefragt, um diese Täuschung zu erkennen. Das Böse hat die Fähigkeit, uns zu täuschen. Sagen Sie diesen Satz, wo Sie gehen und stehen, und Sie werden erstaunt feststellen, dass sich die Welt zu verändern beginnt ... Die Welt der einsamen Frau, die lachend und weinend auf der schmalen Holzbank vor dem Gerichtssaal 676 saß, hatte sich am heutigen Tag ebenfalls dramatisch zu verändern begonnen. Ein Polsprung hatte in ihren Gefühlen stattgefunden, und jetzt in diesem Moment der tiefsten Erschütterung lag ihre Chance, sich auf den Weg zu machen. Ihre Schmerzen waren ein Geschenk, das das Leben ihr machen konnte. Es waren nur die Schmerzen, die entstehen, wenn man vom Leben gezwungen wird, einen Fehler nicht weiter zu begehen. Jede Trennung schmerzt. Auch die Trennung von unseren Fehlern.

Doch ich frage Sie, was gibt es Schöneres als das Ende einer Täuschung? Ich bin nur erstaunt. Erstaunt über die maßlose Energie, die die Menschen dafür aufwenden, sich bei lebendigem Leib zu begraben. Man könnte auch an den alten chinesischen Satz denken, der da lautet: ›Der Weg ins Freie führt durch die Türe – warum nimmt niemand diesen Weg?‹

Was denken Sie – war Lao Tse in diesem Moment verbittert, als er diesen Satz niedergeschrieben hat? Oder nur erstaunt? Was mag er alles beobachtet haben, um dann diesen Satz sagen zu können? So fassungslos. So ein Erkennen unserer Unfähigkeit. So eine Einsicht in der Frage ... Nun gut. Es gibt Flügelschläge unserer Schutzengel, in deren Zeitmaß es uns erlaubt ist, eine Veränderung im Leben zu erahnen. Diese Flügelschläge sind unsere Kraftlosigkeit nach dem Kampf.

Die Frau, die auf der langen, schmalen Holzbank vor dem Gerichtssaal mit der Nummer 676 saß, war an diesem Punkt angekommen. Sie saß lachend und weinend da und sah mich mit ihren sehr schönen Augen an. Aufrecht saß sie da und gestattete es ihrem Wesen, ohne Vorbehalt aus ihren schönen Augen zu strahlen. Im größten Schmerz erlebt die Seele ihre Geburt. Sie befreit sich aus der Enge der absichernden Persönlichkeit und tut einen tiefen Lebensatemzug. An diesem Tag und in diesem Moment atmete diese Frau wieder auf. Sie sah mich lächelnd an, während ihr die Tränen über die Wangen liefen. Ich lächelte sie vorsichtig an und nickte ihr zu. Sie nickte ebenfalls und seufzte tief auf.

›So ist das‹, sagte sie dann und zuckte mit den Schultern.

›Ja … so ist das‹, antwortete ich und atmete tief durch. Wir schwiegen wiederum eine Weile. Ich wollte sie nicht bedrängen. Ich wollte nur, dass sie fühlte, dass ein Mensch in ihrer Nähe saß, der sie verstand.

›Wir haben uns sehr geliebt …‹, begann sie nach einigen Minuten zu sprechen. ›Vor langer Zeit.‹

Ich hörte ihr zu und wusste, dass es nicht an der Zeit war, ihr zu widersprechen. Sie empfand das, was sie mit ihrem Mann erlebt hatte, als Liebe. Es wäre der falsche Moment gewesen, sie darauf aufmerksam zu machen, dass genau das der Irrtum war. Ich schwieg also und nickte ihr zu. Ich wollte sie ermuntern weiterzuerzählen. So viel Ballast lag noch auf ihrer Brust. Ich wollte ihr gerne dabei eine Begleitung sein, wenn sie ihn fallen lassen konnte. Sie war von einer wunderschönen Kraftlosigkeit. Ihre Stimme klang still und voller Demut. Alles Aufbrausende und jedes Rechthabenmüssen war aus dem Klang ihrer Worte verschwunden.

›Es ist seltsam – eigentlich hätte ich es wissen müssen ...‹, fuhr sie fort, und dieser Satz ließ mich aufhorchen. ›Ich hätte es wissen müssen, dass es so kommen würde. Unser Anfang, wissen Sie, war ... wie soll ich es sagen ... unser Anfang war ein einziger Irrtum ... aber ich habe das wohl mit der Zeit vergessen wollen ...‹

Ich war erstaunt. Die Kraftlosigkeit hatte es ihr erlaubt, den Blick auf die ersten Atemzüge ihrer Begegnung mit ihrem Mann zu werfen. Dort und nur dort lag der Schlüssel zur Lösung aller Rätsel. Ob wir wollen oder nicht. In der ersten Milliardstelsekunde liegt die Potenz des Urknalls jeder unserer Begegnungen auf diesem Planeten. Ungetrübt nimmt die Seele die Realität der anderen Seele wahr, der sie begegnet. Alles erkennt man. Alles. Nicht die Tatsache, ob jemand drei oder vier Löffel Zucker in den Kaffee nimmt, sondern die Potenz, ob er unser Glück sein wird oder unser Unglück. Alles andere ist Lüge, Selbstbetrug und Heuchelei. Wir erkennen den Abgrund und stürzen uns im nächsten Moment hinein. Warum? Weil er so hübsch verkleidet ist.

Aber gut ... ich wollte dieser Frau weiter zuhören und sagte: ›Wieso hätten Sie es wissen müssen?‹

›Christian war so toll und erobernd – ich weiß noch genau, wie er mir zum ersten Mal aufgefallen ist. Ich saß in einem Straßencafé. Es war ein warmer Tag im Juni, und ich war mit einer Freundin unterwegs, um meinen Geburtstag zu feiern.‹

›Sie haben im Juni Geburtstag‹, antwortete ich, um ihr zu zeigen, dass ich sehr genau zuhörte.

›Ja ... ich bin Zwilling‹, sagte die Frau und lächelte, ›was immer das auch heißen mag.‹

›Und Ihr Aszendent?‹

›Löwe.‹

›Aha.‹

›Wieso *Aha*?‹

›Ich bin nur ein Dilettant in Fragen der Astrologie – darum habe ich *Aha* gesagt. Bitte erzählen Sie weiter ... wenn Sie mögen.‹

›Ja, ich mag‹, sagte die Frau, und ich sah, dass ihre Tränen langsam versiegten. Sie ließ sich in ihre Erinnerung zurücktragen. Ihr Gesicht wurde für einen Moment lang von den Gefühlen durchglüht, die Christian mit seinen ersten Worten bei ihr ausgelöst hatte.

›Ich weiß genau, wie wir deinen nächsten Geburtstag feiern werden.‹ Er lachte vom Nebentisch herüber und nahm seine Sonnenbrille dabei nicht ab.

Sie empfand eine Mischung aus Bewunderung und Belästigung. Zum einen imponierte es ihr, dass dieser wildfremde Mann es wagte, sie in aller Öffentlichkeit anzusprechen. Darüber hinaus hatte er auch noch die Unverfrorenheit, eine gemeinsame Zukunft als Selbstverständlichkeit anzusehen. Was machte ihn so siegessicher? Etwas war an ihm, das ihn von all den anderen Langweilern unterschied. Mein Gott, wie viele Verehrer hatten schon vorgestern Nacht auf ihren Anrufbeantworter gestammelt, dass sie die Ersten sein wollten, um ihr zu ihrem Geburtstag zu gratulieren. Kaum einer war übrig, um ihr tatsächlich rechtzeitig eine Huldigung darzubringen, weil sie alle schon, nur um möglichst originell zu sein, ihr Pulver verschossen hatten. Und nun dieser Kerl. Der nicht einmal seine Sonnenbrille abnahm, während er das Wort an sie richtete … Frechheit … Sie wusste, dass sie ihm diese Sachen ganz schnell austreiben wollte. Wenn nicht gleich, dann spätestens bis zu ihrem nächsten Geburtstag …

Was aber tat sie?

Ich beugte mich etwas vor und fragte die Frau: ›Und was taten Sie?‹

Sie lachte kurz und nickte resigniert. Das Gefühl der Resignation beschlich sie, als sie an jenen Tag zurückdachte und an die verpasste Chance, ihr wahrhaftiges Leben zu gestalten. Sie nahm den ausgelegten Köder an und spielte mit ihm. ›Ich habe ihn angesehen und gesagt: *Ich kann mir nicht vorstellen, meinen*

Geburtstag mit jemandem zu verbringen, dessen Augenfarbe ich nicht kenne. Kann es sein, dass Sie einen kleinen Komplex haben?‹

Christian lächelte sie an und sagte einen langen Moment lang nichts. Dann griff er wie in Zeitlupe zu seiner Sonnenbrille und nahm sie ab. Himmelblau. Seine unverschämt lächelnden Augen waren von einem strahlenden Himmelblau. Sie musste aufpassen, dass er ihre Begeisterung nicht bemerkte, die langsam begann, das Gefühl zu überlagern, das sie noch vor einer Minute ebenfalls in sich entdeckt hatte. Das Gefühl, belästigt zu werden. Sein Lächeln, seine Augen, seine zur Schau gestellte Selbstsicherheit – all das begann ihr mehr und mehr zu gefallen. Jetzt war es notwendig, dass er diesen Vorgang nicht sofort bemerkte. Wenn er gesehen hätte, dass sich ihr Burgtor öffnet, hätte er ab sofort und in Zukunft allzu leichtes Spiel mit ihr gehabt. Das galt es zu verhindern. Dachte sie. Warum eigentlich? Warum beginnen innerhalb weniger Sekunden zwischen zwei Menschen dieselben Rituale abzulaufen wie bei dem Paarungsverhalten der Tiere?

›Weil in erster Linie das tierische Element im Menschen an diesem Spiel interessiert ist und sein Wesen in diesen Momenten dominiert‹, antwortete mein Schutzengel.

›Ich verstehe‹, sagte ich, ›dann darf der Mensch sich aber auch nicht wundern, wenn es in der Folge tierisch weitergeht.‹

›So ist es.‹ Ich beendete dieses kurze Gespräch mit meinem ewigen Begleiter und richtete meine Aufmerksamkeit wieder auf die Frau, die vor mir auf einer langen, schmalen Holzbank saß. Wie mochte sie wohl heißen?

›Als Nächstes hat er mich dann gefragt, wie ich heiße‹, sagte sie.

›*Ich heiße Christine*, habe ich damals geantwortet, und das hat ihm die Gelegenheit gegeben, seine Arme weit und pathetisch auszubreiten. *Wenn ich bis heute nicht an Zufälle geglaubt habe, dann tu ich es ab sofort erst recht nicht!*, rief er aus. *Christian und Christine! Ich glaub es ja nicht – jetzt sag bitte nicht, dass du das Christkind bist!* So plump dieser Scherz auch war – ich musste damals lachen‹, sprach Christine weiter und strich sich eine Strähne aus der Stirn. Sie hatte ihr dunkelblondes Haar zu einem Pferdeschwanz gebunden und hatte für die Verhandlung sehr adrett ausgesehen. Ihr Anwalt wusste genau, dass man einen Richter als Frau mit dem Gegenteil davon beeindruckt, womit Frauen außerhalb des Gerichtssaals beeindrucken. Also trug Christine ein schlichtes dunkelblaues Stadtkostüm, nur ein wenig Puder im Gesicht, um nicht zu glänzen, und die Haare streng zum Pferdeschwanz gebunden. Ich sah während der Verhandlung, dass die emotionslosen Augen des Richters nicht zu flackern begannen, wenn sein Blick auf ihr ruhte. Das hieß, dass sie in diesem Rennen um Gerechtigkeit die besten Chancen hatte. Nun gut, jetzt hatte sich eine Strähne gelöst, die sie wieder zurückstrich.

›Ja, so lächerlich war unser Anfang‹, fuhr sie fort, und ich sah, dass sie es nicht glauben konnte. Sie konnte es nicht glauben, so dumm gewesen zu sein. Wie oft gelangt man im Leben an diesen Punkt … Er ist immer an den Zustand der Kraftlosigkeit gebunden. Wenn der Mensch durch Müdigkeit gezwungen wird, sich auf das Wesentliche seiner inneren Wahrheit zu besinnen, dann kann er es nicht glauben. Er kann nicht glauben, dass er so viel Zeit, Energie und Kreativität darin investiert hat, den Blödsinn zu inszenieren, den das Tier in ihm verlangt. Warum das alles? Nur, um Sex zu erhalten. Das ist die schlichte und einzige Antwort. Nur, um tierischen Sex zu erhalten, muss die absolute, präziseste Form dieser Antwort lauten. Da es mehrere Dimensionen von Sex gibt, kann sie nur so lauten. Tierischen, menschlichen, teuflischen und göttlichen Sex, das sind die vier Spielarten dieser alles bewegenden Lebenskraft. Natürlich wollen die meisten nicht sofort teuflischen Sex, das steht außer Diskussion. Aber die erste Triebkraft der meisten Menschen ist das Bedürfnis nach tierischem Sex. Darum lassen sie es zu, dass ihre Verhaltensformen tierisch werden. Obwohl die menschliche Seele in ihnen, vom Göttlichen inspiriert, warnt und in diffusen Stimmungen das Wort ›Halt‹ ausspricht, überhören wir es. Wir wollen es überhören, weil man uns zu wenig oder gar nicht darüber informiert hat, dass es noch drei andere Formen der Sexualität gibt. Von klein auf beobachten wir nur die Formen der tierischen Sexualität beim Menschen – und das prägt.

Schade eigentlich. Wie friedlich, liebevoll und erregend könnte das Leben der Menschen sein, wenn sie nicht nur tierischen, sondern auch menschlichen und göttlichen Sex anstreben würden. Es wird noch ein paar tausend Jahre dauern, vermute ich. Das liegt daran, dass es zu wenig allgemein verbreitete Vorstellungen davon gibt, wie erregend göttlicher Sex sein kann. Interessanterweise vermuten wir lange Zeit, dass nur das Schlagen von Wunden erregend ist. Darum die Dominanz des tierischen Sex. Und die Perversion des satanischen Sex. Tierischer Sex führt unseren Körper und unsere Emotionen dazu, einander zu locken, zu umkreisen, sich so lange zu verweigern und eine Hingabe in Aussicht zu stellen, bis die Spannung unerträglich wird. Alles, was beim tierischen Sex angestrebt wird, ist das Steigern der sexuellen Spannung. Bis zum eben noch Erträglichen. Dann fallen die Beteiligten übereinander her und lösen die Spannung explosionsartig wieder auf. Das geht so eine ganze Weile und kann sogar jahrelang erregend sein. Irgendwann wird es zur Gewohnheit, weil einem nichts Neues mehr einfällt, um Spannung zu erzeugen. Gewohnheit ist das Gegenteil von Spannung, und dann hört das tierische Begehren auf. Anstatt menschlichen Sex zu üben und über ihn zum göttlichen Sex zu kommen, konzentrieren sich die Beteiligten nur auf ihre Frustrationen. In den ersten Nächten haben sie noch gestöhnt: ›Ich liebe dich, ich begehre dich, so schön wie mit dir war es noch nie. Ich werde dich ewig lieben und begehren auf immer und ewig!‹ Dann hört das auf, und die ewig gleiche Abfolge von Sexualhandlungen wird öde. Es könnte eine Herausforderung sein, über das Leben, die Liebe und die Sexualität nachzudenken. Ist es aber meistens nicht. Wie bei einem Säugling, dem der Schnuller an der blauen Flasche zu bekannt ist, wird das Objekt der Begierde weggeworfen und ein roter Schnuller als beglückender empfunden. Natürlich voller Liebe und auf ewig. Oh, wie seltsam ist all dies …

Gefährlich wird es dann, wenn die Menschen in diesen Momenten dem Teufel die Türe öffnen. Es kann geschehen, dass die gewohnten Reize keine Wirkung mehr haben. Es ist ein ritualisiertes Spiel der Geschlechter, dass der Sex eine Form der spielerischen Gewaltanwendung ist. Das ist auch in Ordnung so, wenn es keinen Schaden anrichtet. Sowohl am Körper als auch an der Seele. Der Teufel bietet uns in dem Moment einen zweiten Weg an. Er zeigt uns die Abgründe der schwarzen Lust. Er lässt uns vor Erregung vibrieren, wenn aus dem Spiel des erotischen Kampfes ein Zustand des tatsächlichen Verwundens wird. Die Abartigkeit, den anderen Körper zu beschädigen, ist Teufelswerk. Darüber hinaus verlangt er auch noch in diesen Perversionen eine Steigerung, weil ein einfacher Schmerz bald nicht mehr genügt. Die Schmerzen müssen vielfältiger, erfindungsreicher und grausamer werden. Sonst erstirbt diese Variante der sexuellen Lust. Darüber hinaus bekommt eine zweite Dimension gefährliche Macht. Die Dimension der seelischen Demütigung bis hin zur seelischen Zerstörung. Das ist die wahre Absicht des Teufels. Das ist das Böse an der Abartigkeit von Sexualität. Den Menschen zu verwunden, abhängig zu machen und letzten Endes zu zerstören ist eine Möglichkeit der Sexualität. Diese Möglichkeit ist teuflisch. Natürlich hat diese Gefahr in allen Zeiten die Gelangweilten interessiert. Natürlich ist der Teufel nicht dumm. Natürlich gibt er die verlockendsten Werbeprospekte heraus. Er stellt sich als erwachsen, mutig, experimentierfreudig dar. Er lächelt und verströmt eigenartige, aufreizende Düfte. Das Resultat sind zerstörte Seelen und ein zerstörtes Leben. Es ist deswegen zerstört, weil es keine Heilung einer zerstörten Seele gibt. Nicht auf dieser Erde. Im Jenseits beginnt der Erneuerungsprozess von vorne. Wer aber hier auf dieser Erde den Weg in die Finsternis gegangen ist, der ist verloren. Verloren, weil das Zarte, Helle und Liebevolle nicht mehr wirken kann. Wenn der Atomblitz der Grausamkeit ein menschliches Herz einmal geblendet hat – bleibt es blind. Satan ist vielfältig. Das ist sein Erkennungszeichen. Das Angebot an den menschlichen Geist ist das Angebot der Abwechslung.

Ein Blick aus dem Fenster genügt, und wir dürfen

erkennen, dass Gott in seiner unermesslichen Freude die Unendlichkeit in seinen Kreationen feiert. Nicht nur eine Blume blüht da draußen vor unserer Türe, nicht nur ein Tier läuft uns entgegen, nicht nur eine Edelsteinfarbe glüht im Granit der unendlich vielfältig geformten Gebirge auf diesem Planeten – nein. Tausende sind es und Abertausende. Eine sich selbst bespiegelnde und ergänzende, sich gegenseitig ermunternde und befruchtende Vielfalt sind die Linien im Gesicht der ewigen Unendlichkeit.

Das ist die Freude des Lebens: die Vielfalt vorzuführen. Sein zu lassen. Die Existenz in ihrer unendlichen Energie zu feiern. Die Wahrheit des Lebendigen brilliert wie das Feuer eines geschliffenen Diamanten in allen sichtbaren und unsichtbaren Farben. Dieser Anblick kann das Göttliche in uns wecken. Es kann – ist voll Wehmut anzumerken. Es kann uns zu unserer höheren Wahrheit führen, eine Hyazinthe im Morgentau zu betrachten oder die weich geschwungenen Linien eines Katzensprungs auf eine kreiselnde Fliege. Es kann. Dieser Blick in die Außenwelt der Erscheinungen kann eine unendliche, wärmende Freude hervorrufen. Ein Gefühl der Geborgenheit inmitten all dieser ermahnenden Schönheiten des Daseins. Die Schönheit ermahnt uns gütig, freundlich und unbeschwert von diesem Blick nach außen den Blick nach innen zu lenken. Wir müssen uns diesen Blick wie einen goldenen Strahl vorstellen, der uns und unser Herz mit dem Herzen aller Dinge verbindet. Von der Mitte unseres Wesens steigt eine Energie zu unseren Augen und tritt dort aus uns heraus und schließt sich an das Objekt, dem unsere Betrachtung gilt, an. Wir gehen mit diesem besitzergreifenden Blick nach außen. Das ist gut. Das fördert die Bewegung unseres Herzens, das lässt uns zugreifen und fördert unseren Willen, in Bewegung zu bleiben. Danach aber muss Wachsamkeit eintreten. Wachsam müssen wir den Strom der Lebensenergien auch in die Gegenrichtung fließen lassen. Auf diesem goldenen Strahl muss das Pulsieren des Lebens in uns zurückfließen und unser Herz beleben. Wir müssen zu dem Punkt gelangen, an dem der Blick nach außen zu einem Blick in unser Innerstes wird. Dann werden wir uns in der Welt erkennen und die Welt in uns. Dann wird die Verbundenheit mit allem, was existiert, zu einer niemals versiegenden Freude werden. Dann sind wir in der Vielfalt der Abwechslungen in der Besonnenheit auf unser Herz. Dann ist Abwechslung in der Vielfalt die Aufforderung, ein einziges Herz in allem, was existiert, zu fühlen.

Nur wenn das nicht gelingt, wird die Abwechslung zur teuflischen Verführung. Wenn es nicht gelingt, von außen nach innen zu gehen, verlieren wir uns. Wir schauen nur mehr hinaus und vergessen uns darüber. Wir lassen es zu, dass unsere Sehnsucht danach, etwas zu empfinden, ausschließlich von der Außenwelt befriedigt wird. Das wird aber niemals die Befriedigung sein, die wir ersehnen. Wenn der Strom der Lebendigkeit nicht von uns zur Welt und zurück fließt, werden wir ausrinnen wie ein leckgeschlagenes Fass. Je mehr wir an Energie von uns zu den Reizen der Welt fließen lassen, umso größer wird die Dosis, die wir von diesen Reizen brauchen, um überhaupt noch etwas zu spüren. Dann ist der Punkt nicht weit, an dem wir beginnen, uns und unsere Kapazität zu überfordern.

Wir spüren tief in uns eine sich steigernde Unlust. Eine sich steigernde Frustration und Ungeduld. Wir ahnen eine ungenaue Stimme, die uns daran erinnern will, bei uns zu bleiben – aber wir verwechseln den Klang ihrer Worte. Wir glauben, diese Stimme fordert uns auf, noch mehr aus uns herauszugehen, noch mehr nach dem Angebot zu greifen, das der Supermarkt der Abwechslung uns bietet. Dann wird es traurig. Wie ein Trinker, dem seine Dosis nicht mehr genügt, sitzen wir auf dem Barhocker unseres Lebens und wollen mehr. Einfach nur mehr. Dann wird unser Blick traurig. Enttäuscht. Wehmütig. Voller Selbstmitleid. Im besten Fall resigniert. Im schlimmsten Fall wütend. So als hätte die Welt Schuld an unserem Irrtum, glotzen wir wütend auf alles, was uns begegnet, und wollen es zerstören. Das, was gestern noch ein bunter Sport war, erfüllt uns nur mehr mit Ekel. Wie ein mit bunten kandierten Früchten angereichertes Cassata-Eis, von dem wir dreiundzwanzig Portionen gegessen haben – anstatt zwei, widert uns die Freude zu leben nur mehr an.

Wenn die Chance vertan wird, ein Mensch zu sein in unserer sexuellen Energie, dann werden wir verbittern, und dann hat der Teufel ein leichtes Spiel. Dann werden die Abwechslung und die Vielfalt zur Eingangstüre der satanischen Kräfte, die unsere zarten Flügelspitzen verbrennen und uns die Möglichkeit rauben, zum Licht unserer Erweiterung zu fliegen. Warum ist das so? Weil niemand uns darauf aufmerksam macht. Niemand ist da, der uns darauf hinweist, den Verlockungen des Teufels zu widerstehen. Das heißt, dieser Satz ist nicht ganz richtig.

Es gibt Abertausende, die so tun als ob. Alle Vertreter aller Religionen tragen diesen richtigen Gedanken auf den Lippen. Im Verbieten und im Verhindern sind sie groß und schnell bei der Hand, wenn es gilt, Freuden zu unterdrücken. Was ihnen allen fehlt, ist das Zeichen der Wahrheit. Wenn sie nicht von den Mächten des Bösen instrumentalisiert wären – könnten sie ja vor Glück leuchten. Tatsächlich von innen heraus vibrieren und strahlen vor Glück und Erleuchtung. Wieso ist das nicht so? Wieso sehen die Hüter der Moral und des Wortes Gottes so entsetzlich leblos aus? So grau, eingefallen und tot. Wieso ist ihre Körperlichkeit so unsinnlich und asexuell? Wieso ist ihr Lächeln nur eine gütig wirkende Fratze? Wieso ist ihr Hass nur verwandelt in Scheinheiligkeit? Die Antwort ist sehr einfach. Weil sie voller Hass sind. Weil sie in den Irrtum verfallen sind, dass es genügt, die Welt und ihre Reize zu verbieten. Weil sie in die Perversion gefallen sind, die Schönheit der Schöpfung unter einen schwarzen Schleier zu stecken, anstatt sich ihrer Herausforderung zu stellen. Darum sind sie gestorben. Bei lebendigem Leib haben sie sich begraben und grinsen nun mit der Attitüde der Seligkeit aus dem Grab ihres Lebens heraus. Mit modrigen, spinnendürren Fingern greifen sie nach unseren Kindern und reden ihnen ein, dass das Leben Sünde sei. Wenn ihnen diese Predigten zu wirkungslos erscheinen, dann pferchen sie die Menschen in Schuldgefühle ein, die ihnen alle Freude nehmen werden. Wem das immer noch nicht genügt, der greift zum Messer und verstümmelt kleine Mädchen im Namen Gottes. Dieses äußerste Zeichen der Grausamkeit darf nicht darüber hinwegtäuschen, dass die unsichtbare Grausamkeit gegen unsere Seelen weiter verbreitet ist als dieses sichtbare Verbrechen. Die Wurzel für beides liegt aber im Missverständnis dessen, was gut ist und was böse.

Der Teufel ist sehr geschickt. Er arbeitet mit seiner Propaganda für sich selbst genauso souverän wie mit der Gegenpropaganda. Er bietet mit der einen Hand die offensichtliche Verlockung zur Sünde. Mit der anderen Hand bietet er die Verlockung, ihm zu widerstehen. Genau betrachtet, ist diese Verlockung sogar noch endgültiger. Niemals ist man dem Satan mehr verfallen, als wenn man glaubt, ihn besiegt zu haben. Wenn man glaubt, zu den Gerechten zu gehören. Wenn man glaubt, gefeit zu sein. Der Gedanke, dass in den Reizen der Welt allein Gott nicht zu finden ist – ist richtig. Aus diesem Gedanken die Zerstörung der Lebensfreude abzuleiten ist falsch. So einfach ist das. Das heißt, dass die erste Triebfeder jeder organisierten Religion einen wahrhaftigen Ansatz hat. Die Weiterführung aber ist pervers. Wenn das einmal verstanden worden ist, kann der Weg zur Selbstbefreiung beginnen. Kann. Wieso ist diese Selbstbefreiung eine so tausendfach verspiegelte Übung? Wir sind nicht mehr Tiere, die ihren Instinkten folgen. Wenn das so wäre, hätten wir zumindest gesunde Körper. Wir sind mit dem rätselhaften Verstand beschenkt und müssen diesen Schlüssel benutzen, um die Pforte zum Paradies zu öffnen. Das Rätsel des Verstandes besteht darin, dass er der Schlüssel zum Glück ist und gleichzeitig sein möglicher Verhinderer. Es kommt darauf an, mit welchen Zielen wir unseren Verstand beleben. Es kommt darauf an, welche Magie welcher Worte wir einsetzen, um seine Kräfte zu entfalten. Was ist gut, und was ist böse? Was hilft uns, zur Unendlichkeit zu gelangen, und was behindert uns bei diesem Wagnis? Jedes Wort ist an eine Empfindung gekettet. Jede Empfindung haben wir mit einer Beschriftung versehen. Was empfinden wir als richtig und falsch? Was ist unser Freund, was ist unser Feind? Wie kann es sein, dass sexuelle Erregung für den einen der Sinn des Lebens und für den anderen die Sünde ist? Und für mich, der ich hier sitze und mit Ihnen plaudern darf – weder das eine noch das andere. Obwohl sie die alles am Leben erhaltende Atomkraft ist, ist sie die unerforschteste aller Kräfte. Zumindest in unserem Kulturkreis.

Verwechseln Sie mich bitte nicht. Ich bin natürlich der Meinung, dass ich mit meinen heutigen Ansichten im Recht bin. Aber ich hoffe, niemals den Gedanken zu verlieren, dass ich mich irren könnte. So wie sich Christine geirrt hatte. Sie saß mir an jenem Tag gegenüber, und ihr Gesicht wurde mit jedem Atemzug wacher und klarer. Warum müssen wir den Umweg des Schmerzes gehen, dachte ich mir, als ich ihrer Verwandlung zusehen konnte. Wie in einer Goldwäscherpfanne, die so lange geschwenkt wurde, bis der Staub und der Lehm sich abgewaschen hatten, das Gold zum Vorschein kommt – so leuchtete ihr Gesicht. Goldene Strahlen der wieder gefundenen Lebendigkeit strömten aus ihren weinenden und lachenden Augen. Welch eine seltsame alchimistische Parabel, dachte ich mir. Ist Gott ein Sadist, fragte ich mich und fühlte kein Gefühl der Sünde bei dieser Wortwahl. Ist er ein Sadist oder ein grausam gütiger Freund, der uns mit seinen Schlägen liebevoll auf uns selbst aufmerksam machen möchte? Sind diese Fragen erlaubt, oder sind sie völliger Unsinn, der aus tausend Jahre alten Gewohnheiten des Denkens entspringt? Kann es nicht auch sein, dass es weder das eine noch das andere ist? Kann es sein, dass er absichtslos ist wie ein Zenmeister und den Pfeil des Lebens einfach nur fliegen lässt? Ohne Kommentar. Ohne Belehrung. Ohne Besserwisserei? Eben weil er es ja im Bild unserer Sehnsucht besser weiß? Alles, alles, alles besser weiß – weil er ja Gott ist? Was soll er denn tun? Uns zu Marionetten seines Allwissens machen, sodass uns keine Chance bleibt, das Glück der Selbstverantwortung zu lernen? Das ist es doch, worauf alles hinausläuft. Die Selbstverantwortung. Abgesehen von den Schicksalsschlägen, die ohne sichtbare Ursache eine Lawine in unser Dasein schicken, die alles vernichtet. Abgesehen also von diesem Unglück von außen, sind wir in Wahrheit ab einem gewissen Zeitpunkt für uns selbst verantwortlich. Der Zeitpunkt ist dann gekommen, wenn wir erkennen, dass es diesen Zeitpunkt gibt. Es klingt wie ein Paradoxon – ist aber keines. Bis wir nicht erfahren, dass alles – alles – alles in unserem Leben unser selbst geschaffenes Glück oder Unglück ist – bis dahin haben wir das Recht, Fehler zu machen. Ab dem Moment, wo wir die Gesetze von Ursache und Wirkung begriffen haben, gibt es keine Ausrede mehr. Natürlich ist es schwer, all die Trümmer zu beseitigen, die wir selbst in den Zeiten unseres unbewussten Taumels angehäuft haben. Ab dem Moment der Bewusstwerdung aber ist kein Zögern mehr erlaubt. Wir können zu Recht einwenden, dass man uns im falschen Glauben erzogen hat und dass wir nicht wussten, was wir taten. Ein Moment des Jammers ist erlaubt. Schon im nächsten Augenblick aber wäre es unentschuldbare Faulheit, nicht aufzusehen und mit dem Wegräumen der Trümmer zu beginnen. Jedem von uns ergeht es so, der den Umweg des Schmerzes beschritten hat. Über Kinderseelen verkrustet sich im Lauf der Irrungen ein kratzendes Korsett, das langsam aufgelöst werden wird – oder aber mit einem Hieb aufgesprengt werden kann.

So war es bei Christine geschehen. Sie saß an jenem Tag nach ihrer Scheidung vor mir auf der langen, abgewohnten Holzbank und betastete zum ersten Mal wieder ihr frisches Herz. Es war, als ob man bei einem Unfallopfer die Verbände abgenommen hatte. Eine zarte, frische Haut lag über den Stellen, wo die größten Verletzungen stattgefunden hatten. Sie war sich der Festigkeit ihres neuen Lebens noch nicht sicher und blickte zögernd, aber voll blühender Hoffnung in die Weite, die vor ihr lag.

›Warum sprechen Sie mich an? Warum haben Sie

sich zu mir gesetzt?‹, fragte sie plötzlich mitten in unserem Gespräch. So als würde ihr mit einem Mal bewusst, wie unerhört es war, einem wildfremden Menschen sein Herz zu zeigen.

Ja, es ist unerhört in unserer auf Verletzung ausgerichteten Welt, und darum sagte ich, so gelassen ich konnte: ›Ich habe mich zu Ihnen gesetzt, um Ihnen zu zeigen, dass Sie nicht allein sind. Vielleicht kommt es Ihnen jetzt so vor, weil Sie eine Gemeinschaft beendet haben. Diese Gemeinschaft hatte vielleicht die sichere Farbe der Gewohnheit. Das ist nun vorbei, und es könnte sein, dass Sie in den Irrtum verfallen zu glauben, Sie wären jetzt alleine. Myriaden von Seelen warten darauf, mit Ihnen in Verbindung zu treten. Sie sind ein willkommenes Leben im Kreis derjenigen, die wissen, dass es keine Einsamkeit gibt. Ein Alleinsein ja – aber keine Einsamkeit.‹

Sie sah mich mit großer Neugier an. ›Sind Sie Seelsorger?‹, fragte Sie dann, und ich musste zum ersten Mal an diesem anstrengenden Tag herzlich lachen.

›Nein, das bin ich nicht, obwohl meine Wortwahl Sie dies glauben lässt. Ich bin Gerichtsschreiber und habe das Glück und die Chance, sehr viel über das Betrachten der Seelen zu lernen, die vor uns antreten. Daraus ergibt sich manchmal das Gefühl der Verpflichtung zu helfen. Aber das, was man gemeinhin unter einem Seelsorger versteht – nein, das bin ich nicht!‹ Ich lachte und sah voll Freude, dass sie herzlich mit einstimmte.

›Ich verstehe‹, sagte sie nach einem erleichternden Moment der Heiterkeit, ›und nun haben Sie mich hier sitzen sehen und fühlten die Verpflichtung zu helfen?‹

›So könnte man es sagen‹, antwortete ich, ›aber mehr als das. Ich war angenehm berührt, das Lachen unter Ihren Tränen zu entdecken, und habe den Eindruck, dass Sie sich selbst am besten helfen können. Ich wollte nur dabei sein – bei Ihnen sein – und Ihnen zeigen, dass Ihre Heiterkeit berechtigt ist.‹

›Sie sagen es‹, erwiderte Christine, ›ich fühle mich zum ersten Mal seit langen Jahren als freier Mensch. Ich fühle wieder die Freude zu existieren und das Glück, am Leben zu sein. Ich schaue zurück und stelle fest, dass ich einem Gefängnis entronnen bin, an dessen Mauern ich jahrelang selbst mitgebaut habe. Ich sitze hier und frage mich, wer dafür verantwortlich ist, dass ich diesen Irrwitz inszeniert habe, und muss mir die Antwort geben: ab einem gewissen Zeitpunkt – ich selber. Bis zu diesem Zeitpunkt habe ich geglaubt, meine Pflicht zu tun.‹ Sie lachte kurz und hell und sah mir lange in die Augen. ›Das Wunderbare ist, zu erkennen, dass alle die Dinge, vor denen ich Angst hatte, nur Hologramme meiner Furcht sind. Wie Seifenblasen, auf denen Monster abgebildet sind, ist alles zerplatzt, vor dem ich bis gestern Todesangst hatte. Ich bin befreit vom Terror meiner eigenen Panik. Wissen Sie, welch ein Genuss das ist?‹

Ich sah sie lange an und erfreute mich an ihrer ungezügelten Vitalität. Dann fragte ich: ›Wollen Sie mir sagen, welche Angst und welche Panik das waren?‹

›Nichts leichter als das. Ich war durchdrungen von der Angst, ein wertloser Mensch zu sein. Unattraktiv zu sein. Eine Last für meine Mitmenschen und mich selbst. Ich war voll Panik, alles richtig zu machen, und als Folge davon machte ich alles falsch. Ich war voll Panik, dass mein Mann endgültig erkennen würde, welche Unperson ich war, und bemühte mich, permanent den Eindruck meiner eigenen Minderwertigkeit zu überspielen. Diese unerträgliche Anspannung, die ich daraufhin in mir aufbaute, belastete mit jedem Tag mehr und mehr die Beziehung zu meinem Mann. Ich wollte seinen Ansprüchen gerecht werden, und im selben Moment reizte er mich bis aufs Blut. Ich versuchte, perfekt zu sein, perfekter als er, und scheiterte täglich mehr an immer einfacheren Dingen. Zuletzt war es mir nicht einmal mehr möglich, einen Kaffee zu brühen. Ich stand vor der Kaffeemaschine und hatte die Reihenfolge vergessen, in der man Wasser, Filter und Kaffeepulver hineingibt. Ich sah mir wie einem schlecht gewarteten Roboter zu, wie ich Kaffeepulver ohne Filter hineinschüttete und mich wunderte, dass sich rund um die chromfarbene Maschine eine schwarze Pfütze ausbreitete. Hatte ich doch vergessen, den Deckel von der Kaffeekanne zu öffnen, sodass der aufgebrühte Kaffee in die dafür vorgesehene Thermoskanne laufen konnte. Ich verfolgte dieses Schauspiel und kam zu der Erkenntnis, dass ich nicht für dieses Leben geeignet war. Mein Mann hatte offensichtlich Recht, als er mir ein ums andere Mal zu verstehen gab, dass es besser gewesen wäre, wenn man mich in der Geburtsklinik vertauscht hätte. Ich verstehe bis heute nicht die Logik in diesem Satz, aber ich verstand sehr gut, was er mir damit sagen wollte. Ich sollte nicht mehr existieren. Keine Kaffeepfützen mehr veranstalten in seiner Küche, die er noch 20 Jahre lang abarbeiten musste. Für die Küche, für die Stereoanlage und all die anderen Geräte, die in unserem Haus stehen. Wir hatten ein kleines Haus angeschafft – am Stadtrand, und dafür hatte er einen Kredit aufgenommen, der mit 25 Jahren eine sehr lange Laufzeit hatte. Ich verstehe, dass er nicht so lange zusehen wollte, wie ich alles zerstörte, was mit diesem Kredit angeschafft war. Eigentlich war ich ja auch mit ein Teil seines Langzeitplanes, und so gesehen war es nur verständlich, dass er den Sand aus dem Getriebe blasen wollte, den ich darstellte.‹

Ich sah sie lange an und forschte hinter dem Ton des heiteren Zynismus nach dem zweiten Ton. Ganz leise lag er daneben und seufzte. Ihr zweiter Ton seufzte wie ein kleines dreijähriges Kind, das im Schlaf von einem Zauberer träumt. Ein lieber, alter Zauberer erscheint dem Kind in seinem Traum. Der Zauberer steht auf einem dicken alten Baumstamm, mitten in einem Tannenwald. Von der Seite trifft ihn ein schräg einfallender Sonnenstrahl, und seine Augen über seinem langen, weißen, wallenden Bart leuchten mild und heiter. ›Was wünschst du dir denn‹, fragt der Zauberer, und das Kind antwortet: ›Eine Zauberkugel, die alle meine Wünsche erfüllen soll ...!‹ Der Zauberer lacht und spricht: ›Du bist ein sehr kluges Kind, weil du mit einem Wunsch alle deine Wünsche erfüllen kannst – verlerne diese Fähigkeit nie!‹ Dann zaubert er mit seinem Zauberstab, und eine wunderschöne Zauberkugel aus schillerndem Edelstein legt sich in die Hände des Kindes. Erlöst und staunend zugleich seufzt es auf, weil dieser Traum so überwältigend ist. Dieses kindliche Seufzen klang als zweiter Ton in der Stimme von Christine mit. Es schien wie der Ruf ihrer Sehnsucht, die am Erwachen war. Welche Sehnsucht war das? Welches neue, fremde, unbekannte Land der Seele ahnte sie vor sich, nach dem sie sich sehnte? Es war mit Sicherheit ein anderes Land als die Höhen und Täler der Leidenschaft, die sie mit Christian erlebt hatte. Es war das Land hinter dem Land, es war – das zweite Land der Seele. Dorthin, wo alles hinströmt im Lauf des Lebens eines Menschen, dorthin, wo alle Ströme aller Irrtümer sich ergießen, um endlich, endlich erlöst zu werden. Die Freiheit. Die Freiheit von den ›tausend Stößen und dem Herzweh‹ war es, wonach sie sich in ihrem Seufzen sehnte. Ihre Seele hatte genug. Ihr Wesen wollte nicht mehr teilhaben an den Ritualen der Verletzungen, die die Menschen einander antun.

Entweder man erlebt es gemeinsam, oder man erlebt es in der Einsamkeit. Die befreite Wachheit. Die erlöste Klarheit. Das Einswerden mit den Möglichkeiten unserer Seele. Es ist wie mit dem Blick nach draußen. Wenn er ein göttlicher Blick ist, dann führt der Blick in das Herz des anderen zurück in das eigene Herz. Wenn der Blick sinnlos ist, dann entleert sich die Schatzkammer unseres Wesens, bis sie hohl ist wie eine taube Nuss. Es gilt auch hier – wie in allen Dingen des Lebens –, die zweite Aufforderung wahrzunehmen. Verliebtheit und all das, was wir so vorschnell Liebe nennen, reißen uns zu einem anderen Menschen hin. Wir öffnen uns einer treibenden Lebendigkeit, die die Schleusen unseres Wesens erschließt und unsere Lebensenergie zu dem Menschen unserer Wahl hintreibt. Herrlich. Wunderbar. Phantastisch. Überwindung der Einsamkeit. Verschmelzung in glühender Ekstase. Verströmen in der Umarmung mit dem Ersehnten.

Warum endet es fast immer in Verzweiflung, Trauer, Wahnsinn und Wut? Es kann doch nur so sein, dass irgendwann im Zuge dieser aufwallenden Energien, die so unendlich beglücken, etwas übersehen worden ist. Es kann doch nur so sein, dass an einem entscheidenden Punkt eine Weiche falsch gestellt worden ist, die Botschaft hinter dem Spiegel nicht entziffert werden konnte. Die Botschaft lautet: ›Umkehr!‹ Am höchsten Punkt der Übergabe unseres Wesens an einen anderen muss die Umkehr erfolgen.

Es ist viel dran an dem schlichten Wort: Geben und Nehmen. Aber in einem delikateren Sinn – in einem zweiten Sinn. Es ist nicht so, dass wir erwarten sollten, von dem anderen, den wir lieben, etwas zurückzubekommen, was wir nehmen sollen. Es ist vielmehr so, dass wir unser eigenes Geben verwandeln sollen in ein gleichzeitiges Nehmen. In dem Moment, in dem wir einen anderen Menschen zärtlich berühren, müssen wir uns selbst berühren. In dem Moment, in dem wir ihn auffangen in seiner Hingabe, müssen wir uns selbst auffangen in unserer Hingabe. Dann werden wir uns nicht entleeren auf dem Weg der Liebe. Dann werden wir nicht erschöpft auf dem Weg der Gemeinsamkeit. Dann und nur dann werden wir erfüllt. Diese Art der Begegnung nennt man die menschliche und letztlich die göttliche Liebe.

Diese Art der Liebe hatte Christine mit ihrem Mann leider nicht erlebt. Erst der Schock der endgültigen Trennung gab ihr einen schmerzhaften Einblick in diese Wahrheiten. Das Fürchterliche ist, dass wir tatsächlich an einem anderen Menschen zu Tode kommen können. Wir können sterben, wenn wir die fundamentalen Gesetze der Lebensenergie nicht beachten. Diese Gesetze lassen sich auf den Satz zurückführen: Liebe deinen Nächsten wie dich selbst. Liebe dich selbst und deinen Geliebten. Den Geliebten und dich selbst wie deinen Geliebten. Wer diesen Hinweis missachtet, wird fürchterlich bestraft. Oder belohnt. Je nachdem, ob man so weit ist, eine Strafe als Belohnung zu erkennen. Es gibt Klöster, in denen ein wachsamer Mönch die suchenden Brüder mit einem Stock schwer und mehrmals auf die Schultern schlägt, wenn ihre Wachsamkeit nachlässt. Sie bedanken sich danach bei ihm für diese erweckenden Aufmerksamkeiten. Sie begrüßen den Schock, der sie wieder in den Zustand der Klarheit führen soll. So ist es auch im Leben außerhalb des Klosters. Wer nicht wachsam ist, wird mit einem Schock bedacht. Trennung heißt der größte Schock in unserem Leben. Trennung von einem Zustand des Lebens, der begonnen hat, uns einzulullen. Wir sind nicht geboren, um zu schlafen, sondern, um wach zu sein. Und wenn wir diesen Zustand nicht durch eigenes, wachsames Handeln ermöglichen, übernimmt das Schicksal für uns diesen belebenden Moment.

So war es auch Christine ergangen. Wie unzählige andere hatte sie etwas verwechselt. Sie hatte das Gefühl gehabt ›endlich angekommen zu sein‹. ›Frieden gefunden zu haben.‹ ›Von ihrer Suche erlöst worden zu sein.‹ Diese Sätze sind durchaus erlaubt. Sie beschreiben das schönste Gefühl, dessen wir Menschen fähig sind. Nur – wie so oft ist auch hier ein tragisches Missverständnis gegeben. All diese Sätze, die ein einziges Gefühl beschreiben, besagen, dass sich der Zustand des Kampfes gegen die Welt in die Seligkeit verwandelt hat, nicht mehr allein zu sein. In dem Moment aber, in dem das berechtigte Ausatmen und Durchatmen in den Seelenarmen des geliebten Menschen zur Endstation wird, ist schon wieder alles verloren. Die Glückseligkeit der Entspannung darf nur als Raststation gesehen werden – niemals als Endstation. Nur wenn wir bereit sind, den Moment der Erleichterung in der Verliebtheit als Aufschwung zu begreifen, entgehen wir der Katastrophe. Genauigkeit ist gefragt. Und Einsatz unseres Verstandes. Die Seele will Bewegung und Entfaltung. Stillstand ist Tod. Es ist verständlich, dass man nicht mehr kämpfen will, wenn man sich endlich fallen gelassen hat. Wenn endlich das Gefühl da ist, geliebt zu werden. Wenn in Kindersprache zärtliche Kosenamen ausgetauscht werden. Welch ein Glück! Ja, ja, ja und tausendmal ja! Aber nur, um am nächsten Tag ausgeschlafen, wach und frisch den Berg zu besteigen, um den es in Wirklichkeit geht. Dieser Berg heißt Wahrheit. Die Wahrheit unserer Seele ist es, die es zu erforschen gilt. In Bewegung. In Leichtigkeit. In Kühnheit. Im besten Fall in Begleitung. Wenn das missverstanden wird, kommt der Schlag. Der Schlag bedeutet: zurück an den Start. Bereit sein für einen neuen Versuch. Trennung. Wenn wir Glück haben, begreifen wir, dass wir den Berg der Wahrheit nur in uns selbst und mit uns selbst ersteigen können. Wenn wir Glück haben, erkennen wir, dass niemand außer uns selbst die Schritte festlegen kann und darf. Es ist schön und gut, in Gemeinschaft zu gehen. Selten ist es bestimmt. Es ist, um die Wahrheit zu sagen, seltener als Schneefall in der Sahara. Weil es so schwer scheint, die Wahrheit in der Liebe zu erkennen. Diese Wahrheit lautet: Ich liebe dich, weil ich dich nicht brauche.

Nicht brauche.

Nicht … brauche …

Eigentlich beschreiben alle Filme und Bücher, Bilder und Lieder das Gegenteil. Das Gefühl mag richtig wirken. Falsch ist es mit tödlicher Sicherheit. Einen anderen Menschen für den eigenen Weg der Seele zu brauchen ist wie Meerwasser trinken. Das Erste, was ein Schiffbrüchiger lernen muss, wenn er im Wasser treibt, ist – kein Meerwasser trinken. Selbst wenn er am Verdursten ist, darf er keinen Schluck von dem riesigen Ozean an Wasser zu sich nehmen, in dem er treibt. Es wäre sein sicherer Tod. Wir treiben so oft in einem Element, das wie unsere Rettung aussieht, und doch ist es nur unser getarnter Tod. So ist es mit dem Zusammenleben der Menschen. Es gilt, klar zu unterscheiden. Brauche ich den anderen, um die Einkaufswege in den Supermarkt und zur Post aufzuteilen und somit Zeit und Energie zu sparen – ist das berechtigt. Glaube ich, ihn zu brauchen, um mein seelisches Glück zu erleben – trinke ich Meerwasser. Das gilt es zu erlernen. Wir müssen uns selbständig voneinander trennen in dem Moment der Verliebtheit, damit wir in Liebe zusammenbleiben können. Wenn wir das nicht tun, trennt uns das Leben trotz aller Gegenwehr unsererseits. Wenn die Seele bemerkt, dass wir uns an einen anderen verlieren in missverstandener Hingabe, beginnt sie ihr Selbstschutzprogramm. Unser Wesen will verhindern, dass es verloren geht in der Biographie eines anderen Wesens, und beginnt mit seiner

Notwehr. Plötzlich wird der geliebte Geruch des anderen Menschen penetrant. Plötzlich ist seine politische Sicht der Weltzusammenhänge pubertär und lächerlich. Die Art, wie er den Suppenlöffel zum Mund hebt und genießend die Augen schließt, wird unerträglich. Seine Bekannten peinlich und penetrant. Sein Auftreten in der Öffentlichkeit beschämend. Und all das hat sich aber nicht verändert. Nein. Es ist genauso wie am ersten Tag, an dem wir es noch bezaubernd fanden, dass es noch Menschen gibt, die ihre Suppe genießen können. Wie kann das sein? Was hat da stattgefunden? Es ist ganz einfach. Unser Wesen schaltet auf sein Notprogramm. Als ersten Schritt. Selten ist es uns geschenkt, die Zeichen der Zeit richtig zu deuten. Nie ist es uns geschenkt in Wirklichkeit. Es ist nicht so, dass wir zu erkennen beginnen, in welche Sackgasse wir mit unserem Lebensmenschen geraten. Es ist nie so, dass wir aufmerksam in uns hineinhorchen, was uns unser Körper zu sagen hat. Niemals hören wir auf seine Warnungen. Niemals teilen wir unserem Begleiter mit, welche feinen Vibrationen wir wahrgenommen haben. Dieses erste Zittern in der Kaffeetasse, wenn der feste Boden unserer Gewohnheiten zu beben beginnt, wird von allen Beteiligten übersehen. Wir warten, bis sich ein Druck aufbaut, der nur mehr durch den Einsturz des Gebäudes erlöst werden kann. Das Gebäude, in dem wir unsere Hoffnungen einzementiert haben, muss erst in einer Wolke aus Schutt und Asche untergegangen sein, bevor wir durchatmen können. Warum sprechen wir nicht miteinander? Warum gehen wir nicht zu dem Menschen hin, der neben uns schläft, und teilen uns mit? Warum sind die Handgriffe der Freundschaftlichkeit so undurchführbar? Weil keiner der Erste sein möchte, der es zugibt. Keiner will als Erster zugeben, dass der Film zu Ende ist. Es wäre so schön. Es wäre so paradiesisch, mit einem Lächeln das Verständnis zu teilen. Die Erkenntnis teilen, dass sich das Zusammensein verwandeln müsste. Eine Verwandlung müsste eintreten, wenn es eine Zukunft geben soll. Diese Verwandlung aber liegt jenseits von alledem, was uns der Teufel einflüstert. Er kann so wunderbar verführerisch flüstern. Er raunt von Gemeinsamkeit und Ewigkeit, er haucht zarte Versprechungen in rosa Tüll, und am Ende steht der Brachialmord im Einfamilienhaus am Stadtrand. Am ehesten dann, wenn Weihnachten sich ankündigt oder Ostern oder einfach nur ein verlängertes Wochenende, das alle Beteiligten zwingt, einander in die Augen zu schauen. Fürchterliche Abgründe kann man da sehen. Vielköpfige Schlangen der Ungeduld, der Unlust und des Unverständnisses sind herangewachsen in den langen Zeiten, in denen man geglaubt hat, so leben zu müssen wie der Nachbar. Der aber lebt auch nur so, wie er lebt, weil er glaubt, sonst aufzufallen und ausgeschlossen zu werden aus der schweigenden Bruderschaft der Leidenden.

›Mein Nachbar wird Augen machen‹, sagte Christine in diesem Moment, und dann zog sie mit leiser Resignation ihre Schultern hoch und ließ sie ruckartig wieder fallen.

›Wieso?‹, fragte ich und lächelte sie fragend an.

›Wir haben es noch niemandem gesagt‹, antwortete sie. ›Es war uns zu lästig, allen Leuten zu erklären, warum wir uns trennen müssen. Es hätte niemand verstanden.‹

›Glauben Sie?‹

›Ich denke, ja.‹

›Vielleicht ist das Gegenteil der Fall.‹

›Bitte?‹

›Vielleicht wartet Ihr Nachbar nur darauf, dieses Gespräch zu führen, um endlich einmal seinen eigenen Kummer zugeben zu dürfen‹, sagte ich und sah Christine offen in ihre schönen Augen.

›Vielleicht haben Sie Recht … Ich habe ihn in den letzten Zeiten häufig dabei beobachtet, wie er eine Zeit lang still und bewegungslos in seinem Wagen sitzt, bevor er das Haus betritt. Und seine Frau geht öfter als früher in das kleine Kaffeehaus bei uns um die Ecke. Dort sitzt sie dann und raucht etwas zu viel.‹

›Was ist – zu viel?‹

›Na ja … ich würde sagen … so acht bis zehn Stück.‹

›An einem Nachmittag?‹

›In ein bis zwei Stunden … ja …‹ Christine nickte mir wissend zu. ›Das ist Wahnsinn – nicht wahr?‹, sagte sie dann und blickte zum Fenster hinaus. Eine Taube hatte sich auf das Fensterbrett gesetzt und sah zu uns herein. ›Was für ein schöner Vogel‹, sagte Christine, und ihre Augen leuchteten wie bei einem kleinen Mädchen.

›Ja – er ist wunderschön‹, antwortete ich und betrachtete die Taube genauer. Es war eine Wildtaube. Ihr Gefieder hatte eine elfenbeinfarbene Tönung, und um ihren beweglichen Hals lag ein dunkelbrauner, schmaler Federkranz wie ein Schmuckstück. ›Sie ist eine kleine Prinzessin‹, sagte Christine und beugte sich vor. Ganz langsam näherte sie ihren Zeigefinger der Glasscheibe und klopfte dagegen. Die Taube legte neugierig ihren Kopf zur Seite und kam zwei Schritte näher.

›Ist das nicht schön‹, sagte Christine. ›Schade, dass ich kein Brot dabeihabe – sonst könnten wir sie füttern.‹

›Tun Sie das oft?‹, fragte ich und näherte auch meinen Finger der Glasscheibe. Ich klopfte zart dagegen, und daraufhin trippelte die Prinzessin zwischen unseren klopfenden Fingern hin und her, als könnte sie sich nicht entscheiden, woher sie eher etwas Futter erwartete.

›Was meinen Sie‹, fragte Christine.

›Füttern Sie oft Tauben?‹

›Jetzt nicht mehr – früher habe ich es geliebt, am Sonntag in den Park zu gehen und zwei, drei Scheiben Frühstückstoast mitzunehmen. Ich hatte meine ganz persönliche Bank, auf der ich fast jeden Sonntag saß. Die Tauben kannten mich schon und waren immer sehr aufgeregt, wenn wir uns setzten und mit dem Füttern begannen.‹

›Wir?‹

›Christian und ich.‹

›Ah – Sie haben gemeinsam Tauben gemästet.‹

›Ja – das haben wir allerdings.‹ Sie lachte und strich sich eine Haarsträhne aus dem Gesicht, sie fiel wieder zurück, und ich griff vorsichtig danach und hob sie von ihrer Stirn. ›Vielen Dank‹, sagte Christine, und unsere Blicke hielten einander für eine Sekunde lang fest.

›Und warum haben Sie es aufgegeben‹, fragte ich und lehnte mich wieder zurück.

›Christian fand es mit der Zeit albern. Er meinte, ich sei doch noch keine alte Frau, die nichts anderes mehr zu tun weiß, als im Herbst die letzten Sonnenstrahlen auf Parkbänken einzufangen. *Es fehlt nur noch, dass du Gesundheitsstrumpfhosen dazu trägst*, hat er gesagt, seit diesem Tag hatte ich keine Lust mehr. Obwohl ich den Zustand der Friedlichkeit manchmal sehr vermisse.‹

Schade ... so traurig war es, was sie mir da erzählte. Warum muss das so sein? Warum schlagen die Menschen in ihrer Trennungszeit immer genau auf diejenigen Stellen des anderen. Dort, wo wir noch Kind geblieben sind – dorthin saust der Hammer der Rücksichtslosigkeit. Wie um sicherzugehen, dass keine

Hoffnung am Leben bleibt, trampelt man wie ein entfesselter Wüterich auf die Vergissmeinnicht des anderen. Dorthin, wo seine Erinnerung zu Hause ist. Seine Erinnerung an sich selbst. Seine Erinnerung an seine ersten Poesien. Ich sah, wie Christine voll Wehmut die Taube beobachtete. Ihr Mund wurde schmal – so als wollte sie sich ein Wort verbeißen, und ihre schönen Augen füllten sich erneut mit Tränen. Ich griff in meine Tasche und holte ein Päckchen mit Papiertaschentüchern heraus. Ich habe mir bei Gericht angewöhnt, nie ohne eine volle Packung Papiertaschentücher zu erscheinen. Zwei bis drei Mal in der Woche rechtfertigt sich diese Vorsicht. Nach Scheidungsprozessen interessanterweise nicht häufiger als bei Erbschaftsstreitigkeiten. In beiden Fällen ist es ratsam, ein Päckchen griffbereit zu haben. Ich kaufe sie immer in der preisgünstigen Vorratspackung, die ich im Richterzimmer aufbewahre. Sie haben einen zarten Minzeduft, und eines davon reichte ich nun Christine.

›Ich danke Ihnen – es ist gleich vorbei.‹

›Nein, nein‹, entgegnete ich, ›ich hoffe, dass Sie endlich damit beginnen, Ihren Gefühlen wieder freien Lauf zu lassen. Sie sind nicht mehr unglücklich verheiratet. Denken Sie daran!‹ Ich legte ihr kurz die Hand auf den Unterarm und beugte mich dabei zu ihr vor. Sie hatte wunderschöne veilchenblaue Augen, die durch ihre Tränen wie Sterne strahlten. ›Sie haben wunderschöne veilchenblaue Augen‹, sagte ich zu ihr.

›Ja, ich weiß‹, antwortete sie, ›und im Moment sind sie sicher rot wie eine Himbeere.‹ Sie versuchte zu lächeln und legte ihre Hand auf meine.

›Nein, im Gegenteil‹, sagte ich, ›sie strahlen durch Ihre Tränen hindurch wie zwei funkelnde Sterne …‹ Sie sah mich lange an und atmete dann tief und lange durch. ›Das ist schön‹, sagte ich, ›atmen Sie aus … werfen Sie alles weg, was da auf Ihnen gelastet hat. Es ist vorbei.‹

›Ist es das wirklich? Es ist vorbei, nicht wahr?‹

›Ja, es ist vorbei‹, bestätigte ich ihr, und dann blickte sie mit einer Mischung aus Abschied und Wehmut und Entschlossenheit aus dem Fenster.

›Ja‹, flüsterte sie, ›es ist vorbei … vorbei …‹ Die Taube verlor ihr Interesse an unserem Fenster und flog mit schnellem Schwung davon.

›Sollten wir das auch tun?‹, fragte ich, und Christine schreckte aus ihren Träumereien hoch. ›Was – was tun?‹

›Sollten wir vielleicht dieses Gebäude verlassen?‹, sagte ich und nickte ihr aufmunternd zu.

›Ja, eigentlich schon … ich habe hier nichts mehr verloren.‹ Sie stand auf und atmete tief durch.

Wir standen auf, gingen langsam auf die Schwingtüre zu. ›Auf und davon‹, sagte ich.

›Haben Sie noch Zeit?‹, fragte sie erfreut. ›O ja … wenn Sie noch Zeit haben. Wartet denn niemand auf Sie?‹

›Nein, nicht mehr … Ich wurde vor neun Jahren geschieden – hier in diesem Gericht.‹

›Oh – praktisch.‹ Sie lachte kurz auf und hielt sich dann erschrocken die Hand vor den Mund. ›O Gott, verzeihen Sie, das war sehr geschmacklos von mir.‹

›Nein, überhaupt nicht‹, sagte ich und hielt ihr die weiße Schwingtüre auf. ›Sie haben völlig Recht – ich habe es an diesem Tag auch so empfunden.‹

›Hat es wehgetan?‹ Christine sah mich mit einem vorsichtigen Ausdruck in ihren Augen an.

›Nicht mehr …‹, antwortete ich, ›an diesem Tag nicht mehr – bis dahin war es die Hölle …‹ Wir verließen das Gerichtsgebäude und wanderten langsam in die Richtung, in der ich einen Park wusste.

›Woran lag es bei Ihnen‹, fragte Christine, und ich musste kurz lachen.

›Die Wahrheit?‹

›Ausschließlich.‹

›Wir haben uns gegenseitig die Herzen und die

Seelen zerfetzt, bis jeglicher Friede ausgeschlossen war. Diese Frau war über viele Jahre mein Ein und Alles, und ich weiß, dass ich es auch für sie war.‹

›Wie konnte es dann aber so weit kommen?‹

›Das fragen Sie mich am heutigen Tag?‹ Ich lachte Christine an und blieb kurz stehen.

›Sie haben Recht – das war nur eine rhetorische Frage ... glauben Sie, dass Sie sich noch einmal verlieben können?‹ Ich mochte die Art, mit der sie fragte. Es war eine Mischung aus Vorsicht und Direktheit. Ihre Töne begannen langsam, langsam zu einem Ton zu werden. Ihr zweiter Ton, der etwas von der Ahnung eines lichten Märchens hatte, wagte sich mehr und mehr in ihren ersten Ton hinein. Wir gingen nebeneinander und redeten über die Schlachtfelder unseres Lebens. Es war schön, dass diese Frau neben mir ging, und nach einer Weile betraten wir den Park.

›Oh, hier ist ein Park‹, rief Christine, ›den kenne ich ja gar nicht!‹

›Ein Geheimtipp‹, sagte ich. ›Hier treffen sich manchmal die Anwälte nach der Verhandlung und lesen ihre Zeitung, um wieder zu Sinnen zu kommen.‹

›Da drüben ist ja ein kleiner See!‹ Christine beschleunigte ihre Schritte.

›Kommen Sie – o bitte –, kommen Sie!‹, rief sie wie ein junges Mädchen und zog mich an der Hand zu einer grün gestrichenen Parkbank, die unweit vom Seeufer stand. Das Wort See ist vielleicht etwas hoch gegriffen, handelt es sich doch um einen Teich. In den

Augen des Betrachters aber liegt die Wahrheit hinter seiner Wahrheit, also war dieser Teich an jenem Tag für Christine ein See. Ich bemerkte, dass das kleine Mädchen in ihr zum Vorschein kam. Dieses Mädchen wollte unbedingt an einem See sitzen, also wurde aus diesem großzügig angelegten Teich ein wunderschöner See.

›Was tun Sie?‹, fragte sie irritiert, als ich von der Bank aufstand und schnell davonging.

›Ich bin gleich wieder da‹, rief ich über die Schulter, ›es dauert nur eine Minute!‹ Ich sah sie auf der Bank sitzen und den Enten auf dem Wasser zusehen. Sie steckte ihre Hände unter ihre Oberschenkel und schaukelte ganz langsam vor und zurück. Auf ihrem Gesicht begann ein zartes Leuchten zu entstehen, und ich bemerkte, dass sie den Vormittag im Gerichtssaal schon fast völlig vergessen hatte. Ich ging zu einer Würstchenbude, die an einem der Parkeingänge stand und kaufte fünf Brötchen. Dann drehte ich noch einmal um und erstand zwei Päckchen Schokoladeschnitten mit Haselnusssplittern in der Schokoladenglasur und zwei Päckchen Trinkschokolade mit je einem Plastikstrohhalm. Die Strohhalme waren weiß mit einer durchgehend aufgedruckten roten Spirale. Mit diesen Schätzen versehen, trat ich meinen Rückweg an.

›Was tun Sie denn?‹, rief Christine lachend, als ich alles zwischen uns aufbaute.

›Ich dachte mir, wir mästen ein paar Tauben‹, sagte

ich und begann, die Brötchen zu zerkleinern. Sie sah mich einen herrlichen Moment lang sprachlos an und sagte dann: ›Ja sicher … wieso nicht.‹ Sie lachte und warf einige Brotstücke auf den Rasen vor unseren Füßen. Der kurze Wurf zwang einige Tauben dazu, sich nahe an uns heranzuwagen. Mit erregtem Gurren begannen sie, sich um die einzelnen Stücke zu balgen. ›Damit wir uns nichts gegenseitig mit Mundraub entwenden müssen, habe ich für uns zwei Schokoladeschnitten mitgebracht und zwei Päckchen Trinkschokolade.‹

›Ich sehe es – woher wussten Sie, wie sehr ich beides mag?‹

›Reine Intuition.‹ Die Stimmung zwischen uns war mit einem Mal von einer leichten Heiterkeit erfüllt. Immer weiter verschwanden die Schatten ihrer Trennung hinter dem Horizont. Immer heller begann ein neues Licht in ihren Räumen zu erstrahlen. Ihre Räume, in die sie zu lange die falschen Schwingungen hatte Einzug halten lassen.

›Als kleines Mädchen habe ich Trinkschokolade über alles geliebt‹, begann sie nach einem langen Punkt des Schweigens. Wir hatten dagesessen und den Tauben zugesehen und hie und da durch unsere rot spiralisierten Plastikstrohhalme getrunken.

›Ja?‹

›Ja‹, fuhr sie fort, ›die erste lebendige Erinnerung daran habe ich, als ich mit meinen Eltern auf einem Gartenfest war. Gute Freunde von ihnen hatten zu einer Maibowle geladen, und wir waren aufs Land gefahren, wo das Anwesen ihrer Bekannten lag. Es war eine unwirklich schöne Feier, die mich damals ungemein beeindruckte. Heute würde ich sagen, dass alles, was ich damals erlebt hatte, etwas aus der Mode ist – aber damals war es meine erste Gartenparty. Und das erste Mal verleiht ja allen Dingen einen unbedingten Glanz.‹ Sie sah über den Teich, während sie erzählte, und wandte mir dabei manchmal ihren Blick zu. Ich tauchte dann in ihre veilchenblauen Augen, um zu sehen, was der Sinn im Sinn ihrer Erzählung war. Ihr Ton hatte den Klang der beginnenden Vertrautheit angenommen, und ich war neugierig, welche Wahrheiten sie über sich erfahren würde. Sie sprach weiter. ›Schon als wir angekommen waren, entdeckte ich die erste Sensation. Am Gartentor waren bunte Papierspiralen angebracht, die sich um die Rosenschlangen wanden, die auf einem rund gebogenen Spalier über dem Eingang einen Tunnel bildeten. Wenn man durch das Gartentor geschritten war, bot sich ein märchenhafter Anblick. Ich betone, dass wir durch das Tor geschritten sind und nicht nur auf normale Erdenbürgerart gegangen sind. Diese veränderte Körperhaltung stellte sich fast wie von selbst ein, weil alles bei diesem Fest darauf ausgerichtet war, die geladenen Gäste ihren Alltag vergessen zu lassen. Wenn man also unter den rot und rosa blühenden Rosen hindurchgeschritten war, bot sich der Blick auf die Wiese. Eine weich geschwungene, leicht abfallende Landschaft war zu sehen, auf der mehrere gelb blühende Büsche neben hoch gewachsenen, uralten, weiß blühenden Obstbäumen standen. In der Mitte des parkähnlichen Gartens war ein kleiner See angelegt. Heute würde ich sagen – es war lediglich ein zauberhafter Teich –, aber damals erblickte ich einen Zaubersee. Der Beweis dafür war, dass auf dem Zaubersee unzählige Lichter schwammen. Die Gastgeber hatten kleine Papierschiffchen gebaut, in die man Teelichter stellen konnte, und diese strahlende Flotte trieb still auf dem Wasser. Ein weicher, milder Frühsommerwind bewegte sie langsam von der einen Uferseite zur anderen. Am Ende des Parks konnte man einen weißen Holzpavillon erkennen, in dem ein runder, gedeckter Tisch stand. Auf dem Tisch hatte man ein Windlicht platziert, das durch einen zartgelb eingefärbten Glaszylinder seine Helligkeit verströmte. Diese Kerzen auf dem See und in dem Pavillon waren aber nicht die einzigen Lichtquellen bei diesem Fest. In den Zweigen der uralten, weiß blühenden Obstbäume schaukelten Papierlampions, in denen dünne Kerzen steckten. Im Zuge der voranschreitenden Dämmerung begannen diese Lampions, immer deutlicher abgezirkelt vom Resthell des Tages, zu schimmern. Ich ging staunend umher und blieb lange unter einem alten Apfelbaum stehen. In seiner Krone hingen unzählige Lampions, die aus roten und gelben vielfach gefaltetem Papier gemacht waren. Im Zentrum dieses Lichtwunders dominierte ein Lampion, der doppelt so groß war wie die anderen. Auf seiner Vorder- und Rückseite war das Gesicht einer lachenden Sonne aufgemalt, die mir direkt in die Augen sah. Ich weiß nicht, wie lange ich dort unter dieser Sonne gestanden hatte und mit ihr in stummer Zwiesprache verharrt war, als mich plötzlich jemand ansprach.

Möchtest du auch etwas trinken? Es war der Freund meiner Eltern, der mit seiner Frau dieses Märchenschloss bewohnte. Ich schaute ihn sprachlos eine Ewigkeit lang an, bis er endlich lachend sagte: *Verzeih mir – war das so eine erschreckende Frage? Das wollte ich nicht – es tut mir Leid. Möchtest du vielleicht ein Glas Maibowle?*

Das darf ich nicht, weil da Alkohol drin ist, sagte ich endlich, und er schlug sich mit gut gespieltem Entsetzen die flache Hand auf die Stirn.

O mein Gott, du hast Recht – das habe ich vergessen. Aber ich habe eine bessere Idee. Komm mit in die Küche! Dort werden wir etwas finden, das dich erfreuen wird. Ich folgte ihm über die Holztreppen, die auf eine weiß gestrichene Holzveranda führten, in das große Haus. Wir durchquerten einen Wohnraum, in dem ein großer, offener Kamin brannte, und gingen in die Küche. Auf diesem Weg begegneten wir seiner Frau, die eben mit einem Tablett in den Garten zurückging. Auf dem Tablett erkannte ich zwei Torten und zwei Teller mit Schokoladenkeksen.

Darf ich?, sagte er und griff sich im Vorbeigehen ein paar von den Keksen. Ich glaube, er hatte meinen sehnsüchtigen Blick bemerkt, der dem Tablett gefolgt war. Seine Frau sagte lachend:

Oh, ich verstehe – eine Küchenparty ist angesagt!

Das ist es, antwortete er, *und ich kann keine Garantie abgeben, wann wir wieder auftauchen!*

Keine Eile – die Nacht ist lang! Mit diesen Worten trat seine Frau hinaus in die tiefblaue Dämmerung. Man konnte durch die Fenster des Hauses den letzten rötlichen Schimmer am Horizont zwischen den Bäumen zu Ende gehen sehen. Minuten nur waren es, und dann herrschten allein die Lampions und die Kerzen über das Nachtparadies dieses Festes. Wir waren in der Küche angekommen. Er stand in der Mitte des großen Raumes und sah sich um. *So, warte mal – wir wollen doch mal sehen, was wir jetzt alles brauchen!* Er ging zu einem Regal und holte einen Topf heraus und setzte ihn auf dem Herd auf eine Flamme. Dann öffnete er den Kühlschrank und zog eine Milchflasche hervor. Es war noch eine von den wunderschönen Flaschen aus braunem Glas. Oben als Verschluss waren Stanniolkappen. Kennen Sie diese Flaschen?‹

›O ja, sicher‹, antwortete ich, ›und dann gab es noch die kleinen Flaschen, in denen Sauermilch drinnen war.‹

›Genau, und in einer bestimmten Sorte gab es Aprikosen oder Erdbeer. Und dann musste man die Früchte mit der Sauermilch verrühren. Ich hatte dazu immer einen langstieligen, bunten Plastiklöffel …‹

›Ich weiß genau, wovon Sie reden‹, sagte ich und warf einer Taube eine weiteres Brotstückchen zu.

›Also hören Sie, wie es in dieser Küche damals weiterging …‹

›Ja.‹

›Wollen Sie überhaupt noch?‹

›Ich bitte Sie – bitte reden Sie weiter –, ich sehe alles vor mir …‹

›Also gut. Er drückte das blaue Stanniol der Milchflasche ein, zog es ab und füllte fast den ganzen Liter Milch in den Topf, der auf dem Herd stand.

So, sagte er, *jetzt kommt das Geheimnis des Hauses …* Er ging zu einem Küchenschrank und öffnete ihn. Der Schrank war aus wunderschönem, honigfarbenem Holz gemacht, und in der Türe war ein kleines, rundes Metallgitter eingelassen, sodass die Luft zirkulieren konnte. Aus diesem Schrank nahm er nun eine Metalldose, auf der bunte Landschaften aufgedruckt waren. *Das ist mein größter Schatz*, sagte er und öffnete den Deckel der bunt bedruckten Dose. *Möchtest du einmal riechen?*, fragte er, und noch bevor ich antworten konnte, hielt er mir die Dose entgegen. Ich beugte mich darüber und sah dunkelbraunes, fast schwarzes Pulver.

Ich atmete tief ein …

Niemals werde ich diesen Duft vergessen. Niemals. Es gibt Kakaopulver, das etwas staubig riecht oder flach. Anderes wiederum kann eine kleine Spitze im Geruch haben – aber dieses tiefbraune, fast schwarze Schokoladenpulver schmolz schon in seinem Duft dahin. Es war weich und rund und warm und hatte eine Note in sich, die mich an Lebkuchen erinnerte.

Was ist denn das?, flüsterte ich, und ich sah, dass ihn meine Ehrfurcht fast zum Lachen brachte: *Ich habe dir doch gesagt, dass das mein größter Schatz ist. Dieses Pulver habe ich aus Italien mitgebracht.*

Aus Italien, wiederholte ich voller Ehrfurcht, obwohl ich mir nicht ganz sicher war, wo das Geschäft in unserer Stadt lag, das Italien hieß. Er erkannte mein Problem und sagte: *Italien ist ein wunderschönes Land im Süden, und dort haben sie dieses Pulver gemacht. Und ich habe es mitgebracht, um dir jetzt ein Gedicht zu brauen.* Er ging zum Herd und nahm einen Löffel. *Dick oder dünn?*, fragte er und sah mir direkt in die Augen. Ich erkannte, dass es nicht der Moment für halbe Sachen war, und antwortete schnell: *Dick!*

Sehr gut, sagte er und rührte drei weitere Löffel von dem tiefdunkelbraunen, fast schwarzen Pulver in die Milch. Er rührte und rührte und sagte über die Schulter zu mir: *Dort drüben sind zwei große Tassen – kannst du sie mir bitte holen und mit heißem Wasser füllen?*

Ich ging zu dem Regal, in dem die bauchigen Porzellantassen standen und zog sie heraus. Sie waren mit zartblauen Blumen verziert, und dann ging ich zum Wasserhahn und füllte sie mit heißem Wasser. ›Weißt du, es ist gut, wenn man die Tassen anwärmt, bevor man die Schokolade hineinfüllt – sonst erschrickt sie und erfriert und schmeckt nicht mehr so gut.‹

Ich nickte ernst und merkte mir für den Rest meines Lebens diesen Küchentrick. ›Niemals kommt bei mir ein Essen auf ungewärmten Tellern auf den Tisch. Niemals!‹

›Ich verstehe‹, sagte ich und lehnte mich auf die Parkbank zurück. Im Laufe ihrer Erzählung hatte ich mich vorgebeugt und meinen Kopf in die Hände gestützt. Jetzt entspannte ich mich wieder etwas mehr und hörte ihr weiter zu.

›Die Schokolade war endlich fertig. Er nahm den Topf vom Feuer und ließ sie langsam in die vorgewärmten Tassen tropfen. Ich sage deswegen ›tropfen‹ und nicht ›rinnen‹, weil sie wirklich sehr, sehr dick geraten war.

Sieht das nicht wunderbar aus, sagte er und lächelte mich an.

Ja, antwortete ich, *wunderbar.*

So, jetzt wollen wir doch mal kosten, ob sie so schmeckt, wie sie aussieht. Wir hoben unsere Tassen zu den Lippen und tranken vorsichtig die heiße, cremige Schokolade.‹ Sie schwieg. In ihrem Gesicht war das Echo jener Nacht zu sehen. Ich konnte die kleinen Herzen auf dem See schwimmen sehen und die große, runde, lachende Papiersonne in der Krone des uralten, blühenden Apfelbaumes. All das war in ihr immer noch lebendig. Sie trank wieder einen Schluck aus dem viereckigen Päckchen, das ich uns zur Parkbank mitgebracht hatte. Ich schwieg eine Weile, um sie in ihrer Erinnerung treiben zu lassen. Nach Momenten der Versenkung in ihren Schatz blickte sie mich an. ›Ich muss sagen, dass Ihre Schokolade auch sehr interessant schmeckt.‹

›Sie sind zauberhaft‹, sagte ich, ›netter hätte man den leicht industriellen Geschmack dieser braun gefärbten Milch nicht umschreiben können.‹

›Nein‹, sie lachte. ›So schlimm ist es nicht – wirklich, und immerhin hat mich dieses Päckchen hier an die Anfänge meines Lebens geführt. Was will man mehr?‹ Ja, dachte ich, was will man mehr? So leicht diese Frage zu beantworten ist, so unendlich schwer ist es, die Antwort zu erfüllen. Die Antwort lautet: Wir wollen unsere Träume Wirklichkeit werden lassen. Wir wollen, dass die zarten, beschützenswerten ersten Augenblicke, in denen wir leben gelernt haben, nicht nur ein Traum bleiben. Was heißt denn das? Warum sollten wir ein Leben lang wissen, wie unser Glück aussehen kann, und gleichzeitig akzeptieren wir, dass es nicht Wirklichkeit werden soll. Ist das nötig? Wem zuliebe verzichten wir auf die Verwirklichung unserer tiefsten Gefühle und Sehnsüchte? Einem Partner zuliebe, der es nicht verstehen kann, worin für uns der Zauber des Lebens besteht? Einem Menschen zuliebe, der behauptet, mit uns leben zu wollen? Mit uns? Und trotzdem die Wurzeln unserer Gefühle, unseres Wesens, all unsere Gedanken und

Phantasien missachtet? Warum? Warum nehmen wir die Entfremdung zu uns selbst in Kauf? Nur um nicht allein zu sein? Wie einsam kann man sein, wenn man weiß, der andere, der so genannte Partner, teilt nicht die Wurzel der Wahrheit unserer Existenz. Nur weil wir angeblich Erwachsene geworden sind, sollen wir nicht mehr heiße, dicke Trinkschokolade aus vorgewärmten Tassen nippen dürfen? Aus Tassen, auf denen zartblaue Blumen aufgemalt sind? Welch ein Missverständnis.

›Haben Sie diese Geschichte auch Ihrem Mann erzählt?‹, fragte ich Christine, und sie lächelte bei ihrer Antwort:

›Nein … ich habe geglaubt, dass das kindisch wirken könnte. Heute weiß ich nicht mehr, ob das wirklich so ist. Vielleicht war es vielmehr kindisch, diese Angst zu haben und die Geschichte nicht zu erzählen. Wer weiß.‹ Ihre Art zu reden berührte mich tief. Die Frage aller Fragen klang in ihren Worten mit. Die Frage lautet: Werde *ich* geliebt? Mit allen meinen Wahrheiten. Vor allem mit den Wahrheiten meines Anfanges. Werde ich für mein Kind in mir geliebt? Werde ich für den Beginn meiner Gefühle geliebt? Werde ich für mich geliebt? Wie unendlich schwer ist es, darauf eine Antwort zu erhalten. Wie genau ahnt das Herz seine eigene Verwundbarkeit. Wie geschickt sind seine Strategien, um den allerletzten, geheimsten Schatz nicht preiszugeben. Den allertiefsten Grund unseres inneren Weltmeeres. Dort, wo unser wirkliches Lachen zu Hause ist. Dort, wo unser wirkliches Lachen schläft. Wen lassen wir schon dorthin blicken? Uns selbst erlauben wir ja manchmal nicht den Blick in diese Tiefen. Warum? Aus Angst. Angst ist es, die uns dazu führt, die letzte Pforte nicht aufzuschließen. Angst davor, tödlichst verletzt zu werden. Das zarte Kinderherz, das die Wurzel all unserer erwachsenen Gefühle darstellt, kann eine tiefe Wunde nicht überleben. Darum lassen wir Fremde nur scheinbar an unseren Schätzen teilhaben. Bis zum letzten Punkt lassen wir sie nicht vordringen. Wir türmen Ablenkungsschätze vor der kleinen, unscheinbaren Holztüre auf, hinter der das Herz unseres Herzens schlägt. Das erste Herz in unserem zweiten Herzen. Das erste Herz ist geformt aus den Atemzügen, die wir in tiefstem, vertrauensvollstem Schlaf an der Brust unserer Mutter getan haben. Das erste Herz ist der warme, weiche Geschmack der Milch, die unseren ersten Hunger gestillt hat. Das erste Herz ist der Blick von Vater und Mutter in unser Bett, wenn wir staunend den Wechsel von Tag und Nacht gelernt haben. Diese Bausteine sind die Fundamente unseres gesamten Lebens. Alles, was wir daraufhin erleben, orientiert sich an den Wahrheiten der ersten drei Jahre unserer Expedition durch den Dschungel dieser Welt. Danach lernen wir zu spielen. Wir lernen, dass man nicht nur ein Gesicht hat, sondern, dass man auch ein Gesicht machen kann. Wir lernen, wie wir zu sein haben, um etwas zu erreichen. Wir bewegen uns in zwei Richtungen. Ein Teil beginnt, offiziell zu handeln, der andere Teil bleibt in dem kleinen, schlichten Zimmer am Fuße unserer Burg und schließt die kleine Holztüre zu. Manchmal für immer. Wir lernen sehr schnell, wie schmerzhaft es sein kann, verlacht zu werden. Der Seelenkörper kennt keinen Panzer. Er ist gefährdet wie die Stelle auf Siegfrieds Schulter. Ein Blatt nur hat genügt. Das eine Blatt, das sich vor seinem Bad im alles versiegelnden Drachenblut auf seine Haut gelegt hat. Dieses eine Blatt ist verantwortlich für seine Verwundbarkeit. An dieser einen Stelle konnte der Panzer nicht gebildet werden. Diese Stelle ist wie unser Kinderherz. Dorthin einen Speer gestoßen, und das Leben in unserem Dasein erlischt. Wie oft haben wir Menschen beobachtet, denen dieses Schicksal widerfahren ist. Man sieht es an ihren Augen. Die Verbindung zu sich selbst ist zerstört worden. An irgendeinem Tag haben sie unvorsichtigerweise dem falschen Menschen den Schlüssel zu ihrem Allerheiligsten übergeben, und der hat darin gewütet. Ich weiß, wovon ich rede. Ein einziges zynisches Lächeln genügt. Ein Seitenblick des Hohns, der in dem Moment abgefeuert wird, wenn wir ihn die bunte Glaskugel unserer Märchenwelt betrachten lassen. Aus. Aus und vorbei. Für immer. Der Satz der Erwachsenen lautet in solchen Momenten gerne: Sei nicht so sensibel. Sei doch nicht so sensibel. Nicht so sensibel. Gut. Nun gut. Dann nicht. Das zweite Herz lernt schnell und reagiert. Es verhält sich. Es inszeniert seine Spiele. Es tut so als ob. Millionen und Abermillionen liegen Nacht für Nacht nackt aufeinander und bewegen sich dabei. Der zweite Körper ist es, der sich da bewegt. Das zweite Herz ist es, das da etwas empfindet. Die erste Stimme des zweiten Körpers ist es, die da sagt: ›Ich liebe dich, ich will dich, ich brauche dich.‹ Ist das wahr? Kann das wahr sein? Ja, es ist wahr. Wenn man weiß, wer da spricht. Es spricht unser Ich. Es schweigt unser Wesen. Es behauptet, unsere Persönlichkeit zu empfinden. Es trauert unsere Seele. Das ist so, wie es ist. Das Tragische daran ist nur, dass wir es oft nicht einmal wissen. Aus Angst vor Verletzung haben wir das Herz unseres Herzens so tief vergraben, dass wir selbst den Platz vergessen haben, wo es schlägt. Wir haben erfahren, dass die Wahrheit unserer Gefühle entsetzlich störend sein kann. Wer nimmt schon einen Geschäftspartner ernst, der mitten in einer Besprechung zu weinen beginnt. Oder zu lachen. Oder einen Moment des Schweigens einlegt. Ist das gesellschaftsfähig? Nein, das ist es in der Tat nicht. Wir alle wissen es und halten uns an den Kodex, der besagt, dass wir alle ein Spiel spielen, das dem Gelderwerb und der Machtvergrößerung dient. Diese Gesetze zu brechen bedeutet Ausschluss aus der Gesellschaft. Es ist lächerlich, davon auch nur zu träumen, dass sich diese Rituale in den Hierarchien jemals ändern werden. Auch wenn die Waschmittelwerbung und Autoreklame uns seit neuestem ein gewandeltes Bild vorführen mochten. Es ist Lüge. Es ist sogar noch eine zynischere Lüge, als es das brutale Machtspiel selbst ist. Es ist Lüge, zu behaupten, die Gesellschaft wandelt sich und es wäre hip, auch mal ohne Schlips ins Büro zu rollerbladen. Oder gar mal einen Tag lang den Chef zu verulken und, anstatt Akten zu wälzen, lieber mit dem kleinen Sohn ein Segelboot fahren zu lassen. Es ist eine zynische Utopie und Lüge, diese Bilder zu verbreiten, weil es einige Naive geben könnte, die daran glauben. Die daran glauben, dass dieses antiautoritäre Spielchen nicht nur erlaubt sei, sondern sogar erwünscht. Es ist Lüge. Die Gesellschaft hat sich nicht verwandelt, und sie wird es bis zum Jüngsten Tag nicht tun. Rufen Sie doch mal als kleiner Angestellter der vierten Reihe bei Ihrem Chef an, und probieren Sie dabei Ihr neues Hyperbandhandy aus. Teilen Sie ihm doch einmal völlig hierarchiefrei mit, dass Sie gerade lieber mit Ihrer Tochter ein Eis in der Innenstadt essen würden, als die neue Buchhaltungssoftware zu checken. Sie werden diesen Anruf gleich zweimal tätigen. Das erste und das letzte Mal. Missverstehen Sie mich nicht. Ich bin nicht bitter darüber, dass das so ist. Ich bin bitter darüber, dass wir zu der eigenen Entfremdung von unseren Gefühlen, in der wir öffentlich leben müssen, seit neuestem die Lüge gepackt haben, dass das nicht so sein muss. Aber wahrscheinlich errege ich mich gegen Windmühlen. Warum sollte eine zutiefst auf Schizophrenie aufgebaute Gesellschaft nicht auch noch die Schizophrenie entfalten, zu behaupten, sie sei nicht schizophren? Wenden wir uns von diesem Entsetzlichen ab. Kehren wir zu dem Punkt der Geschäftsverhandlungen zurück.

Geschäftliches Verhalten bei Geschäftsverhandlungen ist in sich logisch, so wie Bajonette im Krieg in sich logisch sind. Erschütternd ist es nur, dass wir dieses Verhalten auch in dem Bereich unseres Lebens praktizieren, von dem wir behaupten, dort privat zu sein. Auch die Anbahnung unserer Beziehungen zu einem möglichen Lebenspartner sind Geschäftsgespräche. Sie sind es, weil wir begonnen haben, mit unserer Rüstung zu verwachsen. Es ist wahrscheinlich einfacher, sich nicht dem unentwegten Wechsel zwischen Unverwundbarkeit und Verwundbarkeit auszusetzen. Sicher ist es nur ein Phänomen der seelischen Faulheit. Sicher ist uns ganz einfach nicht bewusst, dass wir mit diesem Verhalten tagtäglich den Auszug aus dem Paradies praktizieren. Das Paradies ist die sonnendurchflutete Landschaft unseres tiefsten Herzens. Das Paradies ist die heitere, zärtliche Fähigkeit, unser Herz bedingungslos liebend zu verschenken. Das Paradies ist der Augenblick, in dem wir mitfühlend, erkennend und verstehend in die offenen Weiten eines anderen Menschenherzens tauchen. Das Paradies ist die wortlose Einladung in unser Innerstes. Das Paradies ist tiefster Frieden und Liebe und Ruhe und Bewegung aus Lebendigkeit. Das ist das Paradies, das wir tagtäglich verraten. An dieser Nahtstelle ist der Punkt zu finden, an dem sich

Gut von Böse scheidet. Glauben Sie mir. Ich erlebe es seit vielen Jahren jeden Tag. Wenn es einem Menschen einmal zu oft widerfährt, in seinem ersten Herzen verwundet worden zu sein, dann wird er böse. Ich spreche also von dem Bösen, für das es eine Erklärung gibt. Verstehen Sie mich nicht falsch. Ich sage bewusst, dass man es verstehen kann, wieso das Böse entsteht, das heißt aber nicht, dass man es entschuldigen darf. Entschuldigung. Die Befreiung von der Schuld, das Böse zugelassen zu haben, ist eine heikle Sache. Wer will sagen, dass er die Güte und die Macht hat, eine begangene Schuld in ihrer Auswirkung aufzulösen. In Wirklichkeit kann das niemand. Man kann im besten Fall die Fortsetzung verhindern. Schuld ist eine Aktion, die eine Reaktion hervorruft. In der Macht des Beobachters oder des Opfers liegt es zu bestimmen, wie die Reaktion auf diese Schuld aussieht. In unseren tierischen Instinkten ist die spontane Vergeltung vorgesehen. Auge um Auge. Zahn um Zahn. Das kann sogar helfen, die Schuldentwicklung einzudämmen. Wenn ich mit heiterem Gemüt auf der Straße spazieren gehe, und ein mir völlig fremder Mensch schlägt mir ins Gesicht, macht er sich schuldig. Wenn ich etwas Kern in meinem Mark habe, reagiert das Tier in mir und schlägt zurück. Meine Reaktion ist also nur eine Antwort auf seine Schuld. Es kann sein, dass dieser Vorgang genügt und die weitere Eskalation unterbleibt. Das war aber noch keine Entschuldigung, bei der die Beteiligten angekommen sind, sondern nur die schnelle Beendigung. Bei dem Geschlagenen liegt es nun, zusätzlich zu seiner Machtdemonstration, die den Status quo wieder hergestellt hat, zu verzeihen. Dazu gehört Größe. Das bedeutet, dass die berechtigte Strafe unterbleibt. Schläge auf den Angreifer sind vorstellbar als Strafe für seinen Friedensbruch. Dies zu unterlassen bedeutet die Möglichkeit der Entspannung. Ob der Angreifer das seelische Rüstzeug besitzt, den Verzicht auf Strafe als Güte voll Stärke zu begreifen, wird die Zukunft zeigen. Oft ist es so, dass Güte nur als Schwäche missverstanden wird und zu weiteren Schlägen herausfordert. Die andere Möglichkeit, die Schuldspirale zu verhindern, besteht darin, nach dem ersten Schlag ins Gesicht wortlos die zweite Wange hinzuhalten. Diese Demonstration der eigenen Unlust, Krieg mit Krieg zu beantworten, in der Hoffnung, dass dieser Vorgang den Angreifer stoppt, ist irrwitzig. Die Reaktion, die man in neunundneunzig Komma neun Prozent aller Fälle erntet, ist, selbst ans Kreuz genagelt zu werden. Der Denkfehler ist sehr einfach zu beweisen. Ein Individuum, das durch meinen Gewaltverzicht zur Einsicht der eigenen Schuld kommen kann, ist ja schon auf einem so hohen Geistesniveau, dass es gar nicht zu dem ersten willkürlichen Schlag kommen kann. Also kann sich der Vorschlag, die zweite Wange hinzuhalten, nur auf einen Vorgang zwischen zwei Erleuchteten beziehen.

Strafe muss sein. Dieser unbeliebte Satz ist therapeutisch zu verstehen. Wer nämlich nicht hören will – *darf* fühlen. Strafe ist ein Geschenk des Friedliebenden an den Aggressor. Strafe ermuntert ihn in Zukunft, Handlungen zu unterlassen, die Strafe nach sich ziehen. So einfach ist das. So einfach das klingt, so unmöglich ist die Durchführung. Denn auch hier handelt es sich um die Unterstellung, dass derjenige, der Strafe erhält, sie einsieht und gutheißt. Wer tut das schon? Jeder Aggressor fühlt sich im Recht. Selbst wenn er schwerstes Unrecht begeht. In sich und für sich fühlt er sich im Recht. Was also soll Strafe? Die Erleuchtung provozieren? Wohl kaum. Also kann Strafe im besten und schlechtesten Fall Angst hervorrufen. Angst vor weiterer Strafe ist es, die Verbrecher vielleicht abhält. Vielleicht. Doch wahrscheinlich ist, dass sich die Aggression, die durch Strafe unterdrückt wird, nur aufstaut und zu noch größerer Aggression aufbaut. Im besten Fall für die Mitmenschen richtet der Bestrafte seine Wut nur gegen sich selbst und schadet niemandem sonst. Im schlimmsten Fall bricht der Vulkan aus und reißt Täter und Opfer in die Tiefe.

All das kreist aber immer noch um das große Rätsel: Woher kommt der Antrieb, böse zu werden? Bei vielen kommt er aus einer unkontrollierten Sensibilität. Das innere Kind wird verletzt. Das beantwortet der Mensch, der es in sich trägt, mit Gewalt gegen andere. Ist das böse zu nennen? Die Tatsache, dass es so ist – nicht. Also kann nur die Unfähigkeit, die Wut in sich selbst zu zähmen, als böse bezeichnet werden.

Tausende Menschen werden tagtäglich misshandelt. Nicht alle werden zu Gewalttätern. Also bezeichnen wir in Wirklichkeit nur Disziplinlosigkeit als böse. Wie aber soll man einen Schuldigen dazu bringen, in Zukunft mehr Selbstdisziplin zu üben und nicht zu schlagen, wenn er sich falsch behandelt fühlt. Nicht jedem Täter kann man einen liebenden, erleuchteten Helfer an die Seite stellen, der mit Engelsgeduld an dem Wesen des Verbrechers arbeitet. Wir kommen auf unserer Reise wieder an den Punkt, den wir vorhin besprochen haben. Das heißt, wir müssen akzeptieren, dass wir in einem nicht perfekten System leben, das nicht auf Heilung ausgerichtet sein kann, sondern lediglich auf Verhinderung.

Verstehen Sie das Dilemma, in dem ich mich befinde, wenn ich jeden Tag meine Arbeit tue. Ich setze mich hin und spiele eine Rolle in einem Stück, von dem ich weiß, dass es vor Unzulänglichkeiten strotzt. Manchmal staune ich immer noch darüber, mit welchem störrischen Ernst alle Akteure ihre Rollen einhalten. Recht sprechen. Verteidigungen aufbauen. Strafanträge stellen. Dies alles in dem Wissen, Theater zu spielen, das nicht wirklich in die tiefsten Tiefen von Ursache und Wirkung eintaucht. Nicht eintauchen kann. Wenn Sie den Aktenstau im Richterzimmer sehen könnten, wüssten Sie, wovon ich rede.

Ich habe bislang nur über Handlungen gesprochen, die man als Trotzreaktion eines verletzten Herzens bezeichnen kann. Das ist gewissermaßen nur ein

Teilaspekt der eigentlichen Frage. Wie geht man mit dem tatsächlich Bösen um? Dem Teufel. Ich habe ihn oft beobachtet. Er bricht in die Menschenseelen ein wie ein Taifun über ein buntes Korallenriff. Er benutzt die menschliche Form, um sich darzustellen. Missverstehen Sie mich nicht. Die Wortwahl mag mittelalterlich klingen. Ich betreibe sie aber bewusst, um auf den Unterschied hinzuweisen. Worüber wir vorhin gesprochen haben, ist in das Gebiet der Sozialromantik und humanistischen Utopien zu verweisen. Es handelt sich um Menschenwerk. Ich rede von Teufelswerk. Jenseits der nachvollziehbaren Kränkungen und übersteigerten Reaktionen bis zum Mord. Ich rede von der kosmischen Schlacht, die seit Anbeginn aller Zeiten tobt. Wie geht man damit um? – In meiner Position? Ich schreibe ja nur mit. Aber ich sehe dadurch weit klarer als die Beteiligten. Satan offenbart sich in Dimensionen, die von Sandkorngröße bis zum Himalaja reichen. Völkermord und individueller Seelenmord. Beides betreibt er mit gleicher Konsequenz und Totalität. Es ist erstaunlich, dass wir Menschen die einzigen Wesen sind, durch die er Einlass findet in die Welt der Materie. Vieles kann von uns kurzsichtigen Menschen als Teufelswerk missverstanden werden – ist es aber nicht. Alles für uns Unbegreifliche, das Gewalt in sich birgt und nicht vom Menschen stammt, ist lediglich Natur. Der verheerendste Waldbrand, dem tausend Leben zum Opfer fallen, ist nur ein Befreiungsschlag der Natur, um neuen, frischen Raum zu schaffen. Es ist nichts Böses daran. Völkermord sieht ähnlich aus – ist es aber nicht. Man muss zu diesen Bildern greifen, um aus den Hirnen der gutmütigen Romantiker die Vorstellung herauszudrehen, dass das Böse nur fehlgeleitete Kinderliebe ist. Manche ist es. Manche ist es nicht. Das hat nichts mit Glauben zu tun, sondern mit Wissen. Exorzismus muss begriffen werden aus der Haltung des unerschütterlich Wissenden. Nur derjenige, der mit wachsam wissendem, geklärtem Herzen Satan gegenübertritt, kann ihn bezwingen. ›Vade retro – Satanas – Christus bezwingt dich‹ ist eine für den katholischen Raum gängige Formel, die der Konzentration dienen soll. Da der Teufel aber auch schon vor Christus zu besiegen war, ist die Einsetzung eines helfenden Namens nur Formsache. Wichtig ist einzig und allein, sich der helfenden Kraft des ewig liebenden Lichtes zu bedienen.

Diesen Gedanken hing ich nach, als mich Christine fragte: ›Wo sind Sie denn gerade?‹ Ich nahm wieder die Außenwelt wahr. Sie war eine sehr lebendige Frau von einer stillen Schönheit. Sie sah mich mit einem so fragenden Blick an, dass ich nur lächelnd den Kopf schütteln konnte.

›Verzeihung, was haben Sie gesagt?‹, fragte ich, und sie legte voll Heiterkeit ihre Hand auf meinen Arm.

›Ich habe gefragt, wo Sie gerade sind. Und jetzt tut es mir eigentlich schon Leid. Ich wollte Sie nicht in Ihren Wanderungen im weiten Land der Seele unterbrechen.‹ So sprach sie zu mir. Ich mochte den Klang ihrer Stimme. Sie hatte zur Gänze den zweiten Ton angenommen. Wärme war in ihr und ein liebevolles Verständnis für den Umstand, dass es noch andere Welten gab außer der eigenen. Wie oft begegnet man schon so einer Haltung. Es war so, dass man vergessen konnte, was sie noch vor ein paar Stunden im Gerichtssaal durchgemacht hatte. Da war nichts von ihrem zweiten Ton so präsent wie in diesen Momenten auf der Parkbank. Sie war nicht unschuldig am Scheitern ihrer Ehe. Nicht nur ihr inneres Glücksgefühl war von ihrem Mann beeinträchtigt worden. Sie hatte ganz genau dasselbe mit seinem getan. Ganz genau dasselbe. Vielleicht hätte ich mit ihrem Mann eine ähnliche Begegnung gehabt wie mit ihr. Wenn er vor dem Gerichtssaal sitzen geblieben wäre. Vielleicht. Ich hoffte für ihn, dass er von liebevollen Freunden aufgefangen wurde. In deren Kreis er das Ende eines großen Versuches betrauern kann. In deren Kreis er nicht nur wie ein Rohrspatz auf alle Frauen und auf seine Exfrau im Speziellen schimpfen konnte. Ich hoffte für ihn, dass seine Wut und Enttäuschung verrauchen würden. Ich hoffte für ihn, dass er seine Verantwortung sehen konnte. Natürlich war die Erschütterung groß an einem solchen Tag. Aber darin lag auch die Chance zu erkennen, dass ein Neubeginn möglich war. Ein Neubeginn mit sich selbst. Welch ein Segen liegt in der steigenden Scheidungsrate. Pessimisten wenden ein, dass sie ein Zeichen dafür ist, dass die Menschen keine Geduld mehr füreinander aufbringen wollen. Optimisten betonen, dass endlich die Chance zur Befreiung in unserer Welt da ist, die überhaupt erst seelisches Wachstum ermöglicht. Der Zusammenhalt war früher doch nur eine Konsequenz der materiellen Not. Das ist doch die Wahrheit, die wir bedenken sollten, wenn wir von der guten, alten Zeit schwärmen, in der es noch Nestwärme gab. Sicher stehen wir Heutigen vor einer Armada bindungsunfähiger Einzelgänger. Aber das ist doch nur ein Zwischenstadium. Nur wir Heutigen, die niemanden mehr existenziell brauchen, um zu überleben, haben die Chance, eine Wahlfamilie zu suchen. Das ist die Antwort für die Zukunft. Das Betrachten und Erkennen der eigenen Natur und ihrer Bedürfnisse. Dann die darauf folgende klare Offenlegung des eigenen Wesens. Dieses klare Erkennbarsein schließt Irrtümer und Missverständnisse weitgehend aus. Zumindest im Ideal. Lassen Sie mir bitte meine Träume.

Den zweiten Schritt vor dem ersten zu tun, das ist mit Sicherheit die Ursache für das Scheitern in so vielen Begegnungen. Das Haus der künftigen Gemeinsamkeit auf einem Grund zu bauen, der aus Treibsand besteht. Wen will es da wundern, dass dieses Haus zusammenstürzen muss. Was könnte uns davor bewahren? Was könnte helfen, ein Miteinander zu üben, das so geartet ist, dass es gar nicht erst zur Frage von Schuld und Unschuld kommen muss? Eines Tages?

Offenlegung. Ich denke, das ist es. Offenlegung

der inneren Wahrheit. Zumindest einmal sich selbst gegenüber. Das habe ich gemeint, als ich vorhin davon sprach, dass wir alle vergessen haben, wo unser inneres Herz vergraben liegt. Dem gilt es nachzuspüren. Es gilt zunächst einmal, still zu werden. Oh, welch unendlich unerfüllbarer Vorschlag! Wie soll es uns gelingen, in einer Welt, die mit jeder Stunde lauter wird, die Stille zu finden? Soll man in den Keller gehen? Ja – man kann. Im tatsächlichen wie im übertragenen Sinn. In den stillen Keller, auf dem die Gewölbe unserer Persönlichkeit aufgestützt werden. Dorthin gilt es sich zu wenden. Wenn man mit der belächelnswerten Situation klarkommt, tatsächlich in den Keller des eigenen Wohnhauses zu steigen, um endlich einmal Stille zu haben – warum nicht? Die dritte Unteretage im Keller unter dem Gerichtsgebäude, wo die staubigen Mitschriften all meiner Vorgänger ruhen, ist der stillste Platz auf Erden. Generationen von schweigend lauschenden Schreibenden haben ihre Papiere dort hinterlegt. Ich selbst gehe ab und zu dort hinunter.

Ich besinne mich dann darauf, die Seelenechos meiner Vorgänger zu empfinden. Haben sie ähnliche Betrachtungen gepflegt wie ich? Sind sie aus ihrer Zeugenschaft auch zur Stille gekommen – so wie ich? Haben auch sie herausgefunden, dass es keine Gerechtigkeit gibt? Stundenlang sitze ich da unten und lehne mit dem Rücken an einem der Regale. Es riecht nach altem Papier, und mit den Jahren vermochte ich, die Stimmen zu hören, die die Vorlage waren für all dies Mitgeschriebene. Alle Wut und Trauer, aller Triumph haben ihr Echo hinterlassen. Ich lausche hinein und finde nur einen einzigen Bodensatz nach allem Geschrei. Den Wunsch nach Liebe. Den Wunsch nach Liebe.

Um auf diesen allerletzten Satz zu kommen, braucht es so mancher stiller Einkehr. Das viel zu Einfache in diesem Satz ist es, das uns zögern lässt, ihn ernst zu nehmen. Doch ist es genau so. Nach dem Akkord aus allen Monologen dieser Welt, die alle, alle, alle in diesen Satz münden, habe ich begonnen, die Stille nach diesem Satz zu ertragen. Absolute Stille ist etwas Dröhnendes. Es ist nicht nur das eigene Herz, das man vernimmt, nicht nur der eigene Atem, der wie unter dem Mikroskop betrachtet wirkt. Nein. Es ist die alles durchdringende Posaune der Engel der Wahrheit. Sie schallt und dröhnt und wird unerbittlich. ›Sei, der du bist‹, lautet ihre Aufforderung. ›Sei, der du bist.‹ Welch ein Vorschlag. Welch ein Wagnis. Dann – was dann?

Was dann? Was bleibt nach der beginnenden Einsicht, alles, alles, alles falsch gemacht zu haben. Wohin jetzt? Nach der Verwirklichung dieses Satzes. Auf eine Insel? Die daraufhin eintretende Einsamkeit zum Diamanten hochstilisieren, den man in seiner Krone trägt? Kein einfaches Spiel. Aber es muss gewagt werden. Es ist unumgänglich. Es ist der erste Schritt vor dem zweiten Schritt. Welche Töne möchte das liebende Kind in uns hören? Welche Berührungen lassen es aufblühen? Welche Gemeinsamkeiten braucht es? Wie viel Nähe? Wie viel Distanz? In der absoluten Stille können wir Antworten auf diese Fragen finden. Sie entscheiden in Wahrheit über Leben und Tod. Glauben Sie mir. Gehen Sie einmal eine Stunde in den tiefsten Keller, den Sie finden können. Steigern Sie dieses Erlebnis. Nehmen Sie eine Kerze mit. Und wenn Sie sich an sich selbst und Ihre Existenz im Schein einer kleinen Flamme gewöhnt haben – blasen Sie sie aus. Bleiben Sie. Stellen Sie sich. Sie werden Ewigkeiten geschenkt bekommen.

Lassen Sie die Dämonen Ihrer Unruhe herumtoben, bis es sie langweilt und sie beiseite weichen. Halten Sie an, und lauschen Sie. Es kann sein, dass Ihr Herz dann zu Ihnen spricht. Mit etwas Glück wird Ihre Aufrichtigkeit belohnt. Mit Ihrer Wahrheit. Nehmen Sie sie dankbar an. Auch wenn Sie die Botschaft erhalten, dass Sie ein anderer sind, als Sie ein Leben lang geglaubt haben. Vielleicht stellt sich ein Polsprung ein. Vielleicht haben Sie immer glauben wollen, Glück nur in der Menschenliebe zu finden. Vielleicht wollen Sie allein leben. Ohne Reden, ohne Dazutun … Vielleicht waren Sie ein Einzelgänger und sehnen sich danach, in den Armen eines anderen Menschen alles zu vergessen? Alles zu erinnern? Dulden Sie die Neuigkeiten, die Sie von sich selbst erfahren werden. Nehmen Sie sie in beide Hände, und ziehen Sie diese Geschenke an sich heran. Ihre Wahrheit ist ein Geschenk von Ihnen an Sie selbst. Egal, was kommen mag. Egal, wie viel Erstaunen und bedenkliches Kopfschütteln Sie ernten werden. Riskieren Sie es.

Ich darf einen Schritt unerbittlicher werden. Widerstehen Sie der Versuchung, in ein Kloster zu gehen. Oder in eine abseits gelegene Tropfsteinhöhle, in der Sie sich mit Brennnesseln und Waldbeeren versorgen. Es wirkt romantischer, ist aber eine größere Fehlerquelle. Dort wären Sie nur allein inmitten der Welt. Romantische Gedanken könnten sich in den Vordergrund drängen. ›Oh, wie wunderbar ist doch Gottes Schöpfung‹, könnten Sie ausrufen, wenn Ihrer Höhle gegenüberliegend die Sonne am Morgen aufgeht. Das Schwirren eines aufgeschreckten Sperlings in der blauen Stunde kann von dem Poeten in Ihnen als Fingerzeig Ihres Schutzengels missinterpretiert werden. Lassen Sie es. Lassen Sie all das. Das ist die Fünfsterneklausur, die nichts mit Selbstbegegnung zu tun hat. Ihre gewohnten Reize werden nur ausgetauscht gegen den seltenen Anblick eines Spinnennetzes im Morgentau. Es ist wunderschön, aber zieht Ihren Blick nach außen. Alles erscheint verklärt. Auch Sie selbst. Lassen Sie das. Wenn Sie als Ausrede einwenden wollen, dass Sie in tiefen Kellern klaustrophobische Anfälle bekommen, dann kaufen Sie sich Ohrstöpsel, verbinden sich die Augen mit schwarzem Tuch und legen sich in Ihr abgedunkeltes Schlafzimmer. Es ist nicht ideal, aber allemal wahrhaftiger, was

Sie erleben werden als eine Vesper im architektonisch exzeptionellen romantischen Kloster. Ja, ich weiß – ich klinge hart und erbarmungslos. Aber wenn Sie nicht wollen, können Sie es ja bleiben lassen. Es war nur ein Vorschlag. Mehr nicht.

›Christine‹, sagte ich und nahm ihre Hand in meine Hand.

›Ja‹, sagte sie und erwiderte meinen Druck mit ihrer Hand.

›Es ist wunderschön, Ihnen begegnet zu sein.‹

›Ja, mir geht es genauso.‹

›Ja?‹

›Ja.‹ Sie sah mich mit einem Leuchten in ihren veilchenblauen Augen an, in das ich mich unendlich gerne versinken ließ. ›Für diesen Satz haben Sie jetzt eine halbe Stunde lang schweigenden Vor-sich-hin-Schauens gebraucht?‹, fragte sie dann.

›Ja, das habe ich – weil ich mir sicher sein wollte, dass ich diesen Satz tatsächlich so meine und fühle und alle seine Konsequenzen betrachte. Außerdem wollte ich erforschen, ob es Ihr ungemein liebenswertes Wesen ist, das mich erfreut, oder nur Ihre schöne Erotik, die Sie ausstrahlen – oder beides. Ich bin zu der Erkenntnis gelangt, dass es beides ist, und das freut mich. Darum darf ich mit größter Wahrhaftigkeit sagen, dass ich mich ungemein freue, Ihnen begegnet zu sein.‹

Sie schwieg einen Moment lang und blickte auf den See. ›Ich verstehe‹, sagte sie dann. ›Ich würde mir wünschen, dass alle Männer, denen ich in meinem Leben begegnet bin, eine derartige Vorsicht an den Tag gelegt hätten. Keine Sorge. Ich kenne den Unterschied zwischen Vorsicht und Zögerlichkeit. Sie machen mir den Eindruck, als würden Sie einfach weit nach vorne sehen auf Ihrem Weg.‹

Sie sah mich nicht an, während sie sprach. Ihr Blick ging hinaus in die Weite des Parks. Zumindest sah es so aus. Ein zufällig vorüberkommender Passant hätte den Eindruck gehabt, dass diese attraktive, blonde Frau mittleren Alters in ruhiger Besonnenheit die Schönheiten des Parks betrachtet. Ich erkannte aber, dass ihr Blick bei ihren letzten Worten nach innen gewandert war. Ihre körperliche Hülle erschien interessiert und nach außen gerichtet, ihr Wesen aber hatte sich nach innen gewandt.

Diese Haltung war für sie eine Selbstverständlichkeit. Schon im Verlaufe des Prozesses hatte ich beobachtet, dass dieser Ausdruck des Öfteren von ihr Besitz ergriffen hatte. Sie war zu starken, nach außen gewandten Emotionen fähig. Lautstark und mit geröteten Wangen hatte sie mehrmals rücksichtslose Unterstellungen ihres Ehemannes zurückgewiesen. Dann hatte sie Vorgänge, die sich in ihrer Ehezeit abgespielt hatten, mit großem Temperament aus ihrer Sicht richtig gestellt. Ich konnte deutlich sehen, dass ein Feuer in ihr flackerte, das Recht behalten wollte. Nach diesen Momenten des Aufloderns aber war es in ihr wieder stiller geworden. Sie saß dann da, und ihr Gesicht bekam einen maskenhaften Ausdruck. Es war, als ob sie gelernt hätte, sich mit ausweglosen Situationen auf diese Art zu arrangieren.

Mir fiel dazu das Bild eines Boxers ein, den ich einmal bei einem Titelkampf tief in der Nacht beobachtet hatte. Ich war an jenem Abend auf seltsame Weise aufgekratzt gewesen. Ein Blick in den Kalender zeigte mir, dass es eine Vollmondnacht war. Da ich von Natur aus sowohl extrem wetter- als auch mondfühlig bin, war ich nicht weiter erstaunt. Es mochte schon kurz vor Mitternacht gewesen sein. Ich verließ mein Bett, in dem ich mich unruhig hin und her gedreht hatte, und ging durch die dunkle Wohnung. Der Mond warf einen Strahl durch das Fenster, und ich stand unschlüssig herum. Ich nahm die Fernbedienung und schaltete den Fernseher ein. Ich sprang durch mehrere Kanäle, die um diese Uhrzeit Action-Filme zeigten. Als ich schon abdrehen wollte, rastete die Automatik in meinem TV-Gerät auf einem Sportkanal ein. Ich sah eine wunderschöne Frau im glitzernden Badeanzug, die eine Tafel mit der Ziffer ›9‹ über ihren Kopf hielt. Lächelnd ging sie damit durch einen Boxring und strahlte ins Publikum. Das faszinierte mich. Eine Erinnerung an meine Knabenzeit schoss in mir hoch, als ich mit meinem Vater zu einem Boxkampf gegangen war. Auch damals trug ein bildschönes Mädchen diese Ziffern durch den Ring. Sie strahlte genauso ins Publikum wie dieses Mädchen im Fernsehen. Ich bildete mir danach ein, dass sie auf der Ringseite, an der ich mit meinem Vater saß, immer etwas langsamer wurde. Dann lächelte sie nur mir zu. Bis heute bin ich mir nicht sicher, ob das Wunschdenken war. Vielleicht sah sie ja tatsächlich einen kleinen Jungen unter all den Männern, der sie aufrichtig anstrahlte. Ich werde es nie erfahren …

Wie auch immer. Ich sah im Fernseher, dass das schöne Mädchen sich unter den Seilen wegbückte und die neunte Runde eingeläutet wurde. ›Was soll's‹, dachte ich mir und holte mir noch schnell aus dem Kühlschrank ein Bier. Ich setzte mich mit der Flasche vor den Fernseher und aß ein paar Erdnüsse. Der Kampf war sehr eigenartig. Einer der beiden Boxer war der Herausforderer. Das konnte ich nach einigen, wenigen Bemerkungen des Kommentators erkennen. Er hatte rote Hosen an und stand wie ein Sack im Ring. Er hatte beide Fäuste zu einer Doppeldeckung an die linke und rechte Kopfseite gelegt und wartete ab. Diese Art der Deckung schien sehr effektiv zu sein, aber sie brachte ihn nicht zum Ziel. Der Kommentator vermutete, dass er mit diesem Stil den Gegner ermüden wollte. Der hieb auch wirklich eine Schlagserie nach der anderen auf die roten Handschuhe des Herausforderers ohne ersichtliche Wirkung. Diese Art der Treffer sehen zwar furchtbar aus, bringen aber für den Punktestand gar nichts. Gleichzeitig strengt es sehr an, sich so zu verausgaben. Auf diesen Effekt schien der Herausforderer zu warten. Er wollte offenbar eine Lücke in der Deckung des müde werdenden Titelverteidigers erspähen und dorthinein einen Siegestreffer landen. Von der Absicht her war das recht logisch. In der Realität des Kampfes aber hatte er sich verrechnet. Diese Haltung der Passivität hatte von seinem Herzen Besitz ergriffen. Ich konnte an seinem Blick erkennen, dass er nach innen gewandt war. Er war das Konzept seines Kampfes zu kopfbetont angegangen. Im Gespräch mit seinem Trainer mag alles noch so gewirkt haben, als hätten sie eine Siegesstrategie. Der Titelverteidiger galt als dumpfer Schläger ohne boxerische Raffinesse. Abwarten und blitzschnell zustoßen lautete ihre intelligente Schlachtplanung. Die Realität im Ring sah anders aus. Der Schläger trommelte so besessen auf den abwartenden Boxer in der roten Hose ein, dass dieses Feuerwerk an Treffern begann, sein Wesen zu erreichen. Selbst wenn die Treffer, rein technisch gesehen, wertlos waren – sie hatten demoralisierende Wirkung. Der Mann in der roten Hose erkannte, dass er die tierische Kraft seines Gegners unterschätzt hatte. Es dauerte nun schon neun Runden, und er wurde nicht wie geplant müde. Daraufhin zog sich die Kampfkraft des Herausforderers zurück. Er ließ nur noch seine Hülle dastehen und wartete ab, bis der Gong ihn erlösen konnte. Er hatte den Moment verpasst, sich offensiv in den Kampf einzuschalten. Ich blieb sitzen und sah zu, wie das hübsche Nummerngirl seine Tafel noch dreimal im Kreis trug, und in Runde zwölf war es so weit. Wie bei einer Festung im Mittelalter, auf deren nördliche Mauer drei Wochen lang konzentriertes Kanonenfeuer gerichtet war, wurde die Abwehr des Mannes in den roten Hosen mürbe. Er ließ für einen Bruchteil einer Sekunde die Doppeldeckung ermüdet sinken. Ein wuchtiger Schwinger fegte sie ganz beiseite. Zwei, drei unbarmherzig nachgesetzte Aufwärtshaken besiegelten sein Schicksal. Er ging in die Knie, und sein Trainer warf das Handtuch. Ich trank mein Bier aus, schaltete den Fernseher ab und legte mich etwas entspannter ins Bett. Das Bier war beruhigend gewesen, und nach einigen Minuten, in denen ich noch einmal das Phänomen dieses Kampfes durchdacht hatte, schlief ich ein.

An diese Nacht musste ich jetzt denken, als ich Christine neben mir sitzen sah. Sie hatte im Laufe ihrer Ehe eine Doppeldeckung angenommen und war dahinter nach innen gegangen. Sie ließ das Leben mit ihrem Mann an sich abprallen und hatte gehofft, diesen Zustand zu überleben. Wie vielen Menschen ergeht es so? Wie viele warten nur mehr still auf ein Wunder? Aber welches Wunder soll das sein? Das Leben belohnt uns nicht für Passivität. Das Leben verlangt, dass wir aktiv mitspielen. Es duldet kein Abwarten. Oder wir sterben innerlich, lange Jahre, bevor sie unseren Molekülhaufen einäschern. So gesehen, kann Intelligenz ein enormer Störfaktor auf dem Weg zur Lebendigkeit sein. Oftmals ist es so, dass es dem Klugen zu dumm ist, mit den Blöden mitzuraufen, und dann sucht er die ruhige Isolation seiner überlegenen Sachlichkeit. Das ist ein vitaler Fehler. Im Lebenskampf ist es ein vitaler Fehler. Die Dummen regieren dann sehr schnell, wenn der Kluge nachgibt. Wenn uns der Lebenskampf mit seinen Spielregeln zu dumm ist, dann muss man ins Kloster gehen. Wenn einem das zu eintönig ist, kann man ruhig die Doppeldeckung wählen und abwarten. Dann aber darf man sich nicht wundern, wenn die rohen Schläger das Sagen haben. Christine gehörte zu den Menschen, die den Weg in die Verweigerung angetreten hatten. Ich konnte sie vor mir sehen, wie sie mit ihrem Mann beim Abendessen saß und zusah, wie er sich ein Glas Wein einschenkte. Sie beobachtete, wie er kaute, schluckte und trank und dabei genauso leer auf den Teller mit dem Aufschnitt starrte wie sie. Ihm war es nämlich genauso ergangen. Auch er war mit ihr still geworden. Er schien nur nach außen hin der Aktivere zu sein, aber auch seine hoffende Kinderseele war von ihr genauso enttäuscht worden wie die ihre von ihm. Ist das nicht eigenartig? Es scheint so einfach zu sein. Warum können zwei Menschen, die bei einem derart lähmenden Abendessen versammelt sind, nicht die Gabel beiseite legen und sich in die Augen schauen. Warum beginnt nicht einer von den beiden, die Wahrheit zu sagen. Warum sagt nicht einer, was er empfindet, und öffnet damit eine Türe. ›Liebling, merkst du nicht auch, wohin wir geraten sind? Wir sitzen da und schweigen uns an. Du starrst auf den Teller mit Fleischwurst – ich starre auf den Teller mit Fleischwurst. Wir sitzen da wie lebende Tote. Ich weiß nicht mehr, wann das begonnen hat. Ich weiß nur, dass ich in Wirklichkeit so nicht leben möchte. Und ich nehme an, du auch nicht. Wollen wir uns nicht sagen, was wir von unserem Leben wünschen? Jeder für sich, und dann sehen wir, wo es noch Gemeinsamkeiten gibt. Wir waren doch noch vor ein paar Jahren ein lachendes Liebespaar. Wo ist dieses Lachen geblieben? Wo ist unser Spaß geblieben? Wo unser schöner Ernst? Wo ist unser verrückter Sex geblieben? Ich und du – wir sind doch noch zu jung, um so tot dazusitzen. Bitte gib mir deine Hand und sag mir deine Wahrheit. So wie ich dir meine Wahrheit sagen möchte. Dann sehen wir, ob wir noch Gemeinsamkeiten haben, die uns verbinden. Wenn das Gefühl stärker ist, dann bleiben wir zusammen und fangen neu und wachsamer wieder an. Wenn wir zu dem Schluss kommen, dass wir nur eine große sexuelle Verliebtheit hatten vor all diesen Jahren, dann sollten wir so ehrlich sein und uns gegenseitig freilassen. Wir haben den Moment verpasst, an dem unser Zug über eine falsch gestellte Weiche gefahren ist. Sollten wir uns nicht lieber in verständnisvoller Freundschaft voneinander verabschieden, als weiter dieses grauenhafte Schweigen zu kultivieren …?‹

Ja, das wäre eine Möglichkeit, miteinander umzugehen. Aber wer tut das? Wer kann das? Fast niemand. Was ist so schwer daran? Ich denke, wer so empfinden und reden kann, ist erst gar nicht in diese Situation geraten. Vielleicht ist das zu optimistisch betrachtet, aber diese Art von Wachsamkeit sollte doch eigentlich verhindern, solche Lebensfehler zu machen. Nein? Anders betrachtet: Wenn es schon so ist, dass man sehenden Auges in die Sackgasse geraten ist – wer beginnt? Wer ist derjenige, der als Erster den Schild sinken lässt, um die Wahrheit zu sagen? Dieser Vorgang ist äußerst sensibel, und meistens ist bei solch einem Abendessen schon lange der Punkt überschritten, an dem Lust auf Sensibilität herrscht. Meistens steht dann auch schon zu viel auf dem Spiel. Geld, Haus, Kinder, Lebensversicherung ... all diese in Dämonen verwandelten Engelskräfte verlangen ihren Tribut. Sie wollen erhalten werden. Wer gibt was auf? Wer riskiert, das Ergebnis all seiner Energie in den letzten Jahren zu verlieren? Der, der als Erster damit beginnt, sein Herz zu zeigen, ist in unserem konventionellen Denken der Schwächere. Wir sind also wieder bei den Geschäftsverhandlungen. Die Beziehungen der Menschen, von denen sie behaupten, es würde sich um Herzensangelegenheiten handeln, beginnen als Geschäft, werden als Geschäft geführt und enden im Konkurs. Wenn den Beteiligten materielle Werte wichtiger sind als ihre Seele, erhalten sie die Firma aufrecht und verlieren ihr Herz. Verlust ist allemal das Resultat. Dann kommt die Wut, und die Lebendigeren finden sich dann bei Gericht ein. Ich schaue ihnen zu und schreibe mit. Was sonst ist zu tun? Man könnte den Anfängen wehren. Man könnte den Menschen klarmachen, was sie tun. Man könnte ihnen vor allem die Augen dafür öffnen, was was ist. Was ist eine Laune? Was ist eine Empfindung? Was ist ein Reiz? Was ist ein Gefühl? Was ist eine Seelenregung? Was ist ein langer Atem? Was ist eine Abwechslung? Gefühlsklarheit wäre gefragt. Das wäre eine Kulturaufgabe. Nicht in Autobahnen oder Großraumflugzeuge die Erfindungskraft des Menschengeschlechts stecken, sondern in die Erforschung seiner eigenen Wahrheit.

Missverstehen Sie mich bitte nicht. Ich bin kein Verfechter einer technikfeindlichen Geisteshaltung. Ich würde mir nur wünschen, dass zusätzlich zur Entwicklung des neuesten Gigabyte-Prozessors, der die denkenden Staubsauger durch mein Haus dirigiert, der sich selbst erforschende Mensch gefördert wird. Sie sehen, wie realistisch und bescheiden ich im Lauf der Jahre geworden bin. Früher hätte ich gefordert, dass vor der Entwicklung von Raumsonden die Erforschung des inneren Universums zu stehen hat. Vor der Reise zum Pluto müsste die Reise zum Mittelpunkt unserer Seele stehen. Aber ach! Im Laufe der Einsichten erkennt man, dass der Mensch ein verspieltes Wesen ist, das sich unendlich gern mit Unwichtigem beschäftigt. Unwichtig für den Fortbestand seiner seelischen Wahrheit. Unwichtig für den Umgang mit dem Nächsten. Das ist einfach so. Nun – es wird nicht so schnell zu solchen erlösenden Gesprächen beim letzten Abendmahl zwischen unglücklichen Eheleuten kommen. Darf ich aber trotzdem meine Utopien behalten? Warum die Welt betrachten, wie sie ist, und nicht davon träumen, wie sie sein könnte? Bis dahin wird man noch Abermillionen von Männern und Frauen dabei beobachten, wie sie am Sonntagnachmittag darauf warten, dass die Arbeitswoche wieder beginnt. Angeblich warten sie die ganze Woche lang auf den Sonntag. Dann aber stellen sie fest, dass diese freie Zeit sie damit konfrontiert, dass sie falsch leben. Also sehnen sie wieder den Montag her. Die Pflicht zwingt sie, sich mit der Außenwelt zu befassen. Erlösend nehmen sie wahr, dass die Kämpfe mit den Konkurrenten der anderen Firma wesentlich einfacher sind, als den Wünschen des Lebenspartners auf die Spur zu kommen.

›Sie haben lange in Einsamkeit gelebt – nicht wahr?‹, sagte ich zu Christine und legt ihr vorsichtig meine Hand auf ihre Schulter. Sie seufzte und lächelte mich wehmütig an.

›Es gibt keine größere Einsamkeit als die einer gestorbenen Liebe‹, sagte sie dann. Ich wusste, was sie mir sagen wollte. Ich selbst erkannte, dass sie in einer von starken ersten Emotionen gesteuerten Verliebtheitsbeziehung gelandet war, aber nie in Liebe. Sie musste diesen Vorgang so bezeichnen, weil es so üblich ist. Wer macht sich schon die Mühe, den Dingen ihren wahren Namen zu geben? Wer möchte schon desillusioniert werden? Niemand. Es könnte um so vieles leichter sein, das Dasein. Eine kleine, scheinbar unbedeutende Bewegung nach einer Seite, und die

Wahrheit würde deckungsgleich werden. Deckungsgleich würden wir leben. Unsere Wahrheit würde sich mit dem decken, was wir reden und denken und wie wir handeln. Nur eine Engelshaarbreite liegt dazwischen. Wer vermag sie schon zu überwinden?

›Ihre Hand ist so angenehm‹, sagte Christine und entspannte sich ein wenig.

Wir saßen nebeneinander und schwiegen. Ich fühlte die Wärme ihres Körpers durch den Stoff ihrer Kleidung. Ihre Energien waren sehr bewegt. Es drehte sich und spannte und zog. Ihre Muskeln waren sehr angespannt. Die Spannung hatte sich schon verselbständigt und sehnte sich nach Berührung. Ich ließ meine Hand auf ihrem Rücken liegen. Warm und voll Zuneigung. Ja, ich empfand eine ruhige, wärmende Zuneigung zu dieser Frau. Ich fühlte, wie viel ungelebte Sehnsucht in ihrem Köper pulsierte. Die Stelle unter meiner Hand wurde heiß. Ich fühlte, dass ihr Körper mir entgegenkam. Ihre Aura verschmolz mit den Aurastrahlen meiner Hand und seufzte. Dieser Vorgang setzte sich in ihrem Körper fort. Ihr Atem ging nach langen Momenten der Stille, in denen ich meine Hand nicht von ihr löste, mit einem Mal noch etwas tiefer. Endlich brach ein weiteres Stück von ihrem Packeis und versank in dem Eismeer, in dem sie seit viel zu langer Zeit getrieben war. Sie gab nach. Ihre Haltung, die in der letzten Stunde sehr aufrecht gewesen war, entspannte sich. Unmerklich rutschte sie ein wenig in sich zusammen und lockerte den

Krampf zwischen ihren Schulterblättern. So viel Gutes war ihr zu tun. Nach so viel Gutem sehnte sich ihr Körper. Wie oft wohl hatte sie angespannt neben ihrem Mann gelegen und Nein gesagt. Es gibt so unendliche Variationen, Nein zu sagen. An dem Abend, an dem man zum ersten Mal bemerkt, dass man nicht mit dem Menschen schlafen möchte, der neben einem im Bett liegt, übt unser Wesen ein kokettes Nein. Kichernd entwinden wir uns. Unsexuelles Kinderverhalten soll uns vor einer Vereinigung retten. Das nützt sehr oft nichts. Sehr oft wird es sogar missverstanden, absichtlich überhört und letztendlich vergewaltigt. In Wahrheit spürt nämlich auch der Abgewiesene die Botschaft. Sein sexuelles Begehren ist aber da. Seine Selbstdisziplin nicht geübt. Seine Kränkung zu groß. Also wird vereinigt. Obwohl in Wirklichkeit keiner der beiden mehr will. Das aber darf nicht offenkundig werden. Zu groß ist das Entsetzen, dass es überhaupt so weit kommen konnte. Wieso hat nun mit einem Mal der Blitz der Verweigerung eingeschlagen? Wieso hat der andere so weit in den anderen sehen können, um zu erkennen, dass er in Wirklichkeit keine Lust hat? Sollte diese erste Nacht, die von einem Nein dominiert wird, nur der erste Haarriss im Damm werden? Panik. Hilflosigkeit. Die Steigerung der Verdrängung ist das Resultat. Immer heftiger werden die subtilen Vergewaltigungen. Immer deutlicher die realen Umsetzungen. Irgendwann einmal wird nicht mehr gescherzt, sondern eingefordert. Eingefordert und daraufhin offen verweigert. Kalt und säuerlich ist die Luft geworden im Heim. Fragezeichen spreizen sich in der Atmosphäre. Im Bad. Im Bett. In der Küche. Jegliche Selbstverständlichkeit ist verloren. Aber das alles führt nicht zu einem erlösenden Gespräch. Weit gefehlt. Es führt nicht dazu, sich zusammenzusetzen und reinen Wein in den Kelch der Gemeinsamkeit zu schenken. Es führt zu Frauenabenden und Herrenrunden, in denen kollektiv über ›die anderen‹ gehöhnt wird. Erlittene Verletzungen in Gift und Galle verwandelt, die auf den nicht mehr geliebten Partner ausgeschüttet werden. Im Anschluss an diese dumpf brodelnde Scheinsicherheit im Rat des eigenen Geschlechts wird alkoholisiert nach Hause gewankt. Im Flur werden griffige Beleidigungen mit dem Lebensmenschen gewechselt, und manchmal ist auch der Einsatz körperlicher Gewalt ein Ventil. Das alles ist keine Schilderung von Ausnahmesituationen, sondern Alltag. Ich erlebe die Spitze des Eisberges und schreibe mit. Ich höre ihnen zu, wenn sie mit krächzenden Stimmen nach Liebe wimmern. Sie schreien zwar: Geld, Freiheit, Macht, Rache, Sex, Untreue, Lüge und Diebstahl – aber in Wirklichkeit wimmert ihr zweiter Ton hilflos nach Liebe. Ich gebe zu, es fällt sehr schwer, das Übersetzungsbuch immer an der richtigen Stelle geöffnet zu haben. Es fällt schwer, für die Tatsache, dass ein Ehepartner dem anderen den Kiefer gebrochen hat, als der ihn daran hindern wollte, das Ehebett in zwei Teile zu sägen, die

Übersetzung zu finden. ›Warum haben wir einander so im Stich gelassen?‹, heißt die Übersetzung. ›Warum haben wir einander so zynisch und hilflos in die Lieblosigkeit getrieben? Warum berührst du mich schon seit Jahren nicht mehr zärtlich? Warum empfinde ich keine Sehnsucht mehr danach, dich in den Arm zu nehmen?‹ Das ist der oberflächlich übersetzte Text dieser Tat. Zu viel Anspannung hat sich angesammelt. Eine falsche Berührung von hinten am Oberarm. Ein viertel Glas Chivas Regal zu viel, und eine spontane Drehung im Körper hat einen gebrochenen Backenknochen zum Ergebnis. Glauben Sie mir, das ist noch eines der harmloseren Ereignisse, an die ich mich mitschreibend erinnere. Und jetzt sagen Sie mir ganz schnell und ohne nachzudenken: Wer hat Schuld? Er ...? Sie ...? Einen muss es treffen, darum sind sie vor dem Richter erschienen. Urteilen Sie. Urteilen Sie gerecht. Nach langem Abwägen. Bedenken Sie auch die unsichtbaren gebrochenen Herzen? Die zerschlagenen Hoffnungen? All die Trümmer, die auf dem Weg zu dem gebrochenen Knochen liegen? Tun Sie das? Ja? Oder beurteilen Sie nur das, was Sie sehen und messen können? Urteilen Sie! Ich gratuliere Ihnen schon jetzt zu Ihrer Unfehlbarkeit. Jeden Tag danke ich Gott, dass ich nur mitschreibe, wenn mich die Blicke treffen. Die Blicke, die rufen: Hilfe. Hilfe. Hilfe. Ich bin doch ein Mensch!

Unterlassene Hilfeleistung. Das ist es. Ich fühle mich dann oftmals schuldig im Sinne der unterlassenen Hilfeleistung. Wie sehr spüre ich, was zu tun wäre. Wie sehr empfinde ich die Pflicht, aufzustehen und diesen wehklagenden Menschen an die Hand zu nehmen. Ich müsste ihn an die Hand nehmen und umarmen. Ich müsste zulassen, dass er seinen Kopf auf meine Schulter legt und endlich weinen darf. Endlich müsste jemand da sein, der einfach zuhört, versteht, Anteil nimmt und tröstet. Trost spendet, einfach und allein nur dadurch, dass er da ist. Da ist und voll Verständnis den Arm um den geprügelten Rücken legt. Ich rede noch nicht einmal im Ansatz von Liebe. Nein. Ich rede nur vom Dasein. Vom Dasein in der Stunde der größten Not. Das müsste so sein. So und nicht anders. Jemand müsste da sein und all das geben und zulassen, was ein Leben lang vermisst wurde. Nähe, Wärme, Wahrhaftigkeit. Zuneigung und Geduld. Gelassenheit und Geduld. Mich treffen so oft Blicke. Die Pfeile der Sehnsucht, die sie mit brennenden Kinderaugen zu mir hin abschießen. Wenn ein Schuldspruch über ihnen zusammenfällt und sie ein letztes Mal zerbricht. Was tue ich? Ich bleibe sitzen und senke meinen Blick. Es ist nicht so, dass ich den Anspruch nicht erkenne und deshalb ausweiche. Ausweiche, weil ich tränenfeuchte Augen nicht ertrage. Ich senke den Blick, weil alles andere in diesem Moment sinnlos wäre. Es wäre sinnlos in dem System der Stärke und Schwäche, in dem System der Unbarmherzigkeit. Es wäre sinnlos unter Erwachsenen. Wie wäre das denn, wenn ein Angeklagter einem anonymen Gerichtsschreiber um den Hals fiele? Wie wäre das, wenn ich aufstünde, hinginge und die Hand eines Erschütterten nähme? Was sollte ich weiter tun? Sollte ich Sätze sagen, die nach Barmherzigkeit klingen? Ich? Ein Beobachter? Natürlich sollte ich das. Ich sollte das System der Unmenschlichkeit und Kälte zersprengen, wenn ich es schon erkenne. Wenn ich selbst erkenne, was zu tun wäre von Mensch zu Mensch, dann sollte ich alle Konventionen hinter mir lassen und aufstehen und Mitmenschlichkeit zeigen. Wie im amerikanischen Kino. Außergewöhnlich sein. Spektakulär. Revolutionär. Und als Konsequenz daraufhin gefeuert werden. An dieser Stelle ist der amerikanische Film dann aber schon zu Ende. Die Zuseher verlassen das Kino in der Gewissheit, ein Märchen erlebt zu haben. Es ist ein Märchen, das von Erfolg gekrönt ist, sich den Mächten der Alltäglichkeit entgegenzustellen. Ein schönes Märchen. Es lässt unsere Kinderherzen im Verborgenen glühen, aber in der Welt der Erwachsenen haben solche Surrealitäten nichts verloren. Wer vor die Tür seines Hauses tritt, muss die Regeln kennen, die auf der Straße gelten. Sonst wird er überfahren. Also bleibe ich sitzen und senke meinen Blick. Missverstehen Sie mich bitte nicht. Wirklich nicht. Ich erkenne, dass wir in einem Dschungel leben, und ich handle danach. Ich weiß nur, dass allein mein Erkennen des Dschungels schon eine Gefahr ist. Für mich. Ich erkenne, dass ich in einer Welt lebe, die ich überwinden möchte. Aber ich kann es nicht. Also senke ich meinen Blick. Ich senke ihn, weil ich den Drang verspüre, aufzustehen und die Welt in ihrer Drehung aufzuhalten. Ich senke ihn, weil ich um die Konsequenz Bescheid weiß. Feigheit. Nennen Sie es ruhig beim Namen. Feigheit ist es, die mich sitzen bleiben lässt. Wenn man sich seine Feigheit schönreden möchte, dann nennt man sie Lebensklugheit. Das ist erlaubt. Denn alle wollen letzten Endes nur überleben. Nur die Dummen glauben, dass sie unverwundbar sind. Auch Siegfried hat das geglaubt, auch Achilles. Alle, die schon tot sind. Ich möchte weiterleben. Weiterleben und mitschreiben. Ich bin in den Keller gegangen. Dorthin, wo mich keiner hört. Dort, wo die Stille mir erzählt, wie es sein könnte. In einer anderen, besseren Welt. An meinen Großvater muss ich dann oft denken. Die Frage nach Feigheit und Heldenmut taucht vor mir auf und fordert eine Stellungnahme von mir. Ich mache es mir leicht und erinnere mich an meinen Großvater. Er hat mir oft vom Krieg erzählt. Er war Infanterist und an der vordersten Front eingesetzt. Eine Geschichte hat er mir oft erzählt. Ich werde sie nie vergessen. Es war an einem Tag im November. Mein Großvater lag mit seiner Einheit an vorderster Position. Er war erst seit drei Wochen im Feld. Er war jung, tollkühn, kampfeslustig und brannte darauf, ein Held zu sein. Und er hatte einen Freund. Dieser Freund lag neben ihm im Schützengraben und hatte Angst. Die Stellung, in der mein Großvater und seine Kameraden auf ihren Angriff warteten, lag unter starkem Sperrfeuer der feindlichen Artillerie. Die Erde dröhnte von den Einschlägen der gegnerischen Granaten. Alle hatten sich wie Tiere in den Boden gekrallt. Die Hände panisch um das Gewehr gefaltet. Die Augen geschlossen. Betend. Wimmernd. Zitternd. Der nächste Einschlag konnte den Tod bedeuten. Einige weinten laut und riefen nach ihrer Mutter. Andere keuchten hechelnd wie verzweifelte Hunde, andere machten sich in die Hose. Mein Großvater erzählte mir, dass er unendliche Angst und Wut hatte. Unendliche Angst zu sterben und unendliche Wut darüber, so hilflos ausgeliefert zu sein. Etwas in ihm wartete darauf, endlich aufzuspringen, auf die feindlichen Linien zuzulaufen und dort alles zu töten, was sich bewegte. Er war voll Wut auf seine Angst und voll Todesangst, die ihn noch wütender machte. Endlich hörte das feindliche Feuer auf. Von einer Sekunde auf die andere war es still. Diese Stille dauerte nur einen Wimpernschlag lang. Dann setzte der Sturmangriff ein. Alle, die die letzte Viertelstunde überlebt hatten, wurden von den Offizieren, die nicht gefallen waren, nach vorne getrieben. Mit scheußlichem Geschrei sprangen sie aus ihren Gräben und rannten schießend auf die Gräben zu, die vor ihnen lagen. Ein stinkendes, tosendes Gewaltmeer brach aus den zerschossenen Stellungen hervor und stürmte los. Mein Großvater raffte sich hoch, wollte über den Grabenrand springen und fiel zurück. Es war keine Kugel, die ihn getroffen hatte, oder ein Bajonettstich in die Brust. Es war sein Freund, der ihn am Bein festhielt. Schreiend vor Angst klammerte sich sein Freund am Bein meines Großvaters fest und hinderte ihn, am Sturmangriff teilzunehmen. Mein Großvater wollte sich losreißen, aber die Arme der Todesangst umkrallten ihn wie Stahlbänder. So lag er mit seinem besten Freund kämpfend vor den feindlichen Linien und konnte nicht töten gehen. Das Ganze dauerte nur Sekunden, aber für meinen Großvater waren es Jahrtausende. Sein Freund fiel im Lauf des Ringkampfes unglücklich zur Seite, und ein Schuss löste sich aus seinem Gewehr. Er traf meinen Großvater am Oberarm. Der Schock war so groß, dass er in Ohnmacht fiel. Er stürzte auf seinen Freund und begrub ihn unter sich. Eine Minute später überrollte der feindliche Gegenangriff seine Stellung. Mein Großvater und sein Freund kamen in Gefangenschaft. Alle anderen aus ihrer Kompanie waren bei ihrem heldenhaften Sturmangriff getötet worden. Alle bis auf den feigen Freund meines Großvaters und ihn selbst. In der Gefangenschaft lernte er eine junge Krankenschwester kennen und verliebte sich in sie. Sie heirateten und bekamen drei Kinder. Zwei Mädchen und einen Knaben. Dieser Sohn wurde mein Vater. Darum senke ich meinen Blick. Weil ich verstanden habe, warum mir mein Großvater diese Geschichte so oft und mit eindringlicher Stimme erzählt hat. Um meinen Sinn zu schärfen für die Anforderung des Augenblicks. Um der Situation, die tödlich sein kann, zuvorzukommen. Er selbst wusste ganz genau, dass er ein geschenktes Leben lebte. Dass das Gespräch mit seinem Enkel ein zweiter Film war, der ablief. Er hatte ein Leben lang rückwirkend Panik. ›Was wäre, wenn.‹ – ›Was wäre geschehen, wenn.‹ – ›Was wäre geschehen, wenn ich mitgelaufen wäre?‹ Kein Leben. Keine Töchter, kein Sohn, kein Enkel. All das wurde ihm geschenkt. Die Helden aus seinem Zug hatten keine Gelegenheit erhalten zu lernen, dass es für das Weiterleben entscheidend sein kann, nicht aufzustehen. Er schon. Weil sein Leben ein so unverdientes Geschenk war, wollte er mir diesen entscheidenden Moment mitgeben. Er sprach nie über die logischen Schlussfolgerungen seines Erlebnisses. Er erzählte es nur immer wieder. Mit den Jahren erkannte ich dann die versteckte Botschaft. Am Leben bleiben. Mit allen Mitteln am Leben bleiben. Sonst nichts. Wie sind die anderen? Was treibt sie in ihren Irrsinn? Welche Heldentaten glauben sie, begehen zu müssen? Welchem Irrsinn wollen sie gehorchen? Am Leben bleiben. Überleben. Durchkommen. Weiterleben. Das habe ich gelernt. Ein Gerichtssaal ist ein Schlachtfeld. Dieses Schlachtfeld ist ein Spiegel unserer Welt. Alle stürzen sich in diese Schlacht, und selbst die, die gewinnen – haben verloren. Das ist die eigenartigste aller Einsichten. Kaum sind die Arme zum Sieg emporgerissen, ist die eigentliche Niederlage schon da. Weil Dummheit unbewegbar ist. Wer glaubt, dass ein Sieg ein Sieg ist – ist dumm. Ja doch, natürlich –

man kann einen Sieg erringen und einen Gegner zu Strafzahlungen zwingen. Zu erhöhten Unterhaltszahlungen verpflichten, zum Eingeständnis des kaufmännischen Unvermögens zwingen. Ja, man kann ›siegen‹. Vordergründig. Aber was kommt danach? Wo bleibt Versöhnung, Verzeihen und Barmherzigkeit? Wo bleibt Demut, Güte und Bescheidenheit? Wo bleibt Mitgefühl, Anteilnahme und Verständnis für das Leid des ›Besiegten‹? Wenn all das unterbleibt im Rausch des Sieges, hat man verloren. Man hat die Chance vertan, ein Mensch zu werden. Wer aber soll uns das beibringen? Wer erklärt einem ›Sieger‹, dass es an der Zeit ist, Größe und Mitgefühl zu zeigen? Verzeihen Sie. Ich weiß, dass diese Gedanken in den Bereich des Surrealen gehören. Ich weiß sehr wohl, auf welchem Planeten ich lebe. Aber festhalten darf ich diese Worte doch – wenn Sie verzeihen. Umso mehr, als ich bei Christine erkannt hatte, dass sie ein verstehendes Herz hat. Etwas in ihr hatte die Botschaft verstanden. Sie hatte den Kampf, der in den ersten sieben Sekunden zwischen ihr und Christian begonnen hatte, bis zum bitteren Ende ausgetragen. Sie hatte ihre Wut, ihre Hoffnungslosigkeit und ihre Hoffnung vor unser Gericht getragen und hatte verloren und gesiegt. Gesiegt und verloren. Alles in ein und derselben Sekunde. Ich hatte mitgeschrieben und diesen Moment erfühlt. Daher das Weinen und das Lachen danach. Daher das Lächeln in den Tränen. Daher das resignierende Schulterzucken im Moment des Sieges. Beide hatten verloren und gesiegt. Gesiegt und verloren. Beide. Missverstehen Sie mich bitte nicht! Natürlich ist es unentschuldbar und verwerflich, wenn Liebespartner aneinander körperliche Gewalt ausüben. Wie aber steht es mit seelischer Gewalt? Ich weiß, natürlich – es gibt den Begriff der seelischen Grausamkeit –, wer aber wagt es, den Beginn festzulegen? Ab wann herrscht seelische Grausamkeit? Ist es ein höhnischer Blick? Sind es zwei Blicke? Ein Wort des Spotts? Siebzehn Worte? In Wahrheit beginnt seelische Grausamkeit in den ersten Sekunden – oder nie. In Wahrheit ist das Samenkorn einer Beziehung in den ersten drei Sekunden erkennbar in den Boden gelegt. Erkennbar. Für den Sehenden. ›Wer Augen hat, der sehe.‹ Alle weiteren Entwicklungen sind im Mikrokosmos der ersten Atemzüge enthalten. Wer das nicht erkennt, ist blind oder dumm oder absichtlich böswillig. Machtkampf ist das Lösungswort. Machtkampf ist fast alles, was wir höhnischerweise Liebe nennen. Anfangs subtil. Kokett. Reizend. Aufreizend. Spielerisch. Grausam bald. Rücksichtslos. Kälter werdend. Unbarmherzig. Feige. Brutal. Brutaler. Enthüllender. Hemmungslos. Hemmungsloser. Offen. Offener. Rechtsstreit ist dann im relativ zivilisierten Leben die Folge. Stumpfdumpfes Prügeln und Ohnmacht bei den anderen. Es ist ein gewaltiger Fortschritt, nicht nur dumpf sinnlos auf den Tod des Ehepartners zu hoffen. Es ist ein gewaltiger Fortschritt, unser Gericht anzurufen, um

Schlimmstes zu vermeiden. Eine Niederlage ist es trotzdem. Auch wenn gesiegt wird. Auch wenn der Richter mit der Spitze des Dolches auf den Schuldigen weist. Schuld sind beide. Immer. Immer beide. Die Frage ist nur, wer es zuerst erkennt. Ich hatte bei Christine das Gefühl, dass sie durch den Schock des Trommelfeuers der Erkenntnis näher gekommen war. Die Erkenntnis, dass alles Leid, dem wir begegnen dürfen, nur eine Belehrung ist. Dankbarkeit ist angebracht angesichts eines Leids, das wir überleben durften. Es zeigt uns nur unsere Hybris auf. Es zeigt uns, dass wir uns in Demut zu halten haben. Demut und Offenheit für den Willen der alles durchflutenden Lebendigkeit. Das ist die Haltung, die wir üben und pflegen sollen. Hochmut und Eitelkeit sind die Vorboten kommenden Leids. Dieses Leid wiederum erinnert uns nur daran, dass es keine Sieger geben kann. Wer in einen Kampf geht, hat ihn auch schon verloren. Auf der einen wie auf der anderen Seite. Missverstehen Sie mich bitte nicht. Es ist eine entsetzliche Realität, in einer Welt wie der unseren kämpfen zu müssen. Soll man einen Diktator morden lassen? Die Antwort liegt in der Frage. Nein. Er ist zu bekämpfen. Bis zum Tod. Die Frage stellt sich nur – was dann? Wie siegen wir? Wie verhalten wir uns im Triumph? Wie ein Diktator? Das ist die Prüfung der Demut. Wer mag sie bestehen? Im Leben der Menschen, die sich in Liebe binden, gelten dieselben Gesetze. Im Kleinen wie im Großen. Das Leben ist ein Hologramm. Ein Hologramm, das in seiner kleinsten Ausspiegelung die Gesetze zeigt, die für das Große gelten wie für das Kleine. Das so genannte Große und das so genannte Kleine. In Wirklichkeit gibt es nur Weltgesetze, die sich je nach Zusammenhang entsetzlich groß oder erschreckend klein darstellen. Das gilt es zu durchschauen. Am besten übt man das Durchschauen, indem man zusieht. Zuschauen ist eine lehrreiche Haltung. Am Rande sitzen und beobachten. Das öffnet die Augen. Mitschreiben ist eine wunderbare Ausformung des Zuschauens. Man vergisst nicht so schnell, wenn man mitgeschrieben hat. Ein Wissenwollen. Ein Staunen. Ein Begreifen. So wie ich anfing, Christine zu begreifen.

›Ich verstehe Ihren Schmerz sehr gut‹, sagte ich. Sie sah mir in die Augen. ›Ja, ich weiß ... ich habe gesehen, wie Sie uns zugesehen haben bei der Verhandlung. Sie haben uns beide mit so viel Mitgefühl angesehen. Christian und mich. Uns beide. Dadurch ist mir etwas klar geworden, das ich bis vor ein paar Stunden noch nicht erkannt hatte.‹ – ›Und das ist ...‹

›Ich habe bemerkt, dass ich im ersten Moment wütend auf Sie war. Ich war wütend, weil Ihr erster Blick mich getroffen hatte. Ich fühlte mich verstanden in Ihrem Blick. Zutiefst verstanden. Ich hatte mit einem Mal Recht. Ich hatte Recht damit, vor diesem Richter zu stehen und darauf zu bestehen, von Christian geschieden zu werden. Ein Recht darauf, all die erlittenen Schmerzen und Demütigungen erstattet zu bekommen. Ihre Anteilnahme hat mich bestätigt. Dann aber bin ich wütend geworden, als ich bemerkt habe, dass Sie unmittelbar darauf Christian genauso angesehen haben wie mich. *Wie kann er das tun*, habe ich mich gefragt. Wie kann dieser wildfremde Mann für Christian genauso viel empfinden wie für mich? Entweder ist er verrückt, oder ich bin verrückt. Und als ich dieses Gefühl in mir hochsteigen fühlte, habe ich zu Christian hinübergesehen. Ich habe ihn neben seinem Anwalt sitzen sehen. Er hatte seinen besten dunkelblauen Anzug an. Ich mochte ihn immer sehr gerne in diesem Anzug. Er hatte darin eine umwerfende Wirkung. Jetzt saß er da in diesem Anzug und war mein aufgeregter Feind geworden. Ich sah seine hektischen Flecken an den Schläfen, die er immer dann bekommt, wenn ihm eine Situation entgleitet. Ich sah seinen Ärger auf den Richter, auf mich, auf seinen Anwalt. Ich sah mit einem Mal einen kleinen Jungen dasitzen, der fassungslos begreifen muss, dass sein Spiel verloren geht. Ich sah hinter seiner Wut mit einem Mal die Tränen seiner Enttäuschung. Und all das nur, weil ich Ihrem Blick gefolgt bin. Ich habe, ohne nachzudenken, Ihren Blick, den Sie ihm geschenkt haben, übernommen. Ich habe dadurch den hilflosen Mann gesehen, den auch Sie gesehen haben. Als Beobachter haben Sie hinter unseren Ärger und unsere Enttäuschung gesehen. Das habe ich nun auch gekonnt. Ohne es zu wollen. Sie haben mir damit ein großes Geschenk gemacht. Mit einem Mal konnte ich verstehen und verzeihen. Ich konnte Christian verstehen. Ich verstand seine ganze jammervolle Geschichte, die ihn zu einem Mann werden ließ, der immer ironisch werden musste, wenn es an sein Herz ging. Zu einem Mann, der in diesen Momenten der öffentlichen Niederlage niemals gelernt hatte, den Kopf Hilfe suchend in den Schoß einer Frau zu legen. All das wurde mir bewusst. Ich weiß jetzt auch, warum es bis heute gedauert hat. Ich habe die Distanz unterschätzt, die man braucht, um klar zu sehen. Um die Umrisse einer Insel zu erfassen, muss man über sie fliegen. Ich habe mich in seinen Schluchten und in seinem unwegsamen Dickicht verloren. So einfach ist das. Das Rätsel, das wir gestellt bekommen, lautet also: Wie können wir in einem Menschen sein und gleichzeitig über ihm schweben? Wie können wir eindringen in die tiefsten Geheimnisse seines Herzens und gleichzeitig einen wachsamen Blick auf all unsere Schritte halten? Das ist das Rätsel, das uns zu zerreißen droht. Ich glaube, dass wir immerzu meinen, uns entscheiden zu müssen. Für Distanz oder für Hingabe. Und jedes dieser Wörter findet seine Gegner und seine Fürsprecher. So viele sehnen sich danach, sich und ihren alles kontrollierenden Geist endlich einmal zu vergessen. Sie sehnen sich nach der Hingabe an ein anderes Wesen, sie sehnen sich nach der alles besänftigenden Hingabe in der wärmenden, dunklen Nacht, die uns die Schwerter des grellen Alltags aus der Hand nimmt. Ihr Glück glauben sie nur in der Selbstvergessenheit zu finden. Ihr Fund ist der mahnende und wachsame Geist, der sie aufmerksam macht, wenn sie sich in der Hingabe verlieren. Sich selbst verlieren. Sich auflösen. Ihr Wesen von einem anderen Wesen verschlucken lassen. Das droht. Die wenigsten haben die Güte und die Reife, die Hingabe eines anderen liebevoll anzunehmen. Die Menschen sind überfordert und misshandeln das schutzlose Herz eines haltlos Liebenden. Davor will der schwebende, kühle Verstand uns bewahren. Das verstehen viele als Behinderung ihrer totalen Hingabe. Wenn sie aber ihren Verstand ausschalten, droht Untergang. Manche von uns werden zum Sklaven des Menschen, den sie lieben. Andere wiederum, die genau diese Perversion fürchten, klammern sich noch beim erhitztesten Orgasmus an ihren alles kontrollierenden Geist. Sie fürchten, ohne die kühle Luft ihres hohen Ausblicks in den heißen Tiefen einer Umarmung zu ersticken. Die Umarmung der Körper und die Umarmung eines anderen Wesens ist ihnen gleich unheimlich. Diesen bedauernswerten Seelen droht der Tod durch Erfrieren. Ihre Distanz zum Leben wird immer größer und größer, bis sie in die sauerstoffleere Zone vordringen und verkümmern. Zu üben wäre beides. Sowohl in der totalen Hingabe zu wissen, was geschieht – ohne dass dieser Vorgang die Hingabe beeinträchtigt. Und im klarsichtigen Beobachten Wärme zu fühlen – nichts als fühlen. Den einen Zustand zum Helfer und Förderer des anderen machen. Das ist das Ziel, das es gilt zu verwirklichen. Ich habe heute, am Ende meiner Schlacht, einen ersten Geschmack davon erhalten. Ihr Blick hat mich von einer Sekunde auf die andere zu dieser Einsicht gebracht. Ich danke Ihnen.‹

Ich sah in Christines Augen und erkannte zum ersten Mal in meinem Leben ein Wesen, das nicht zu meinem Untergang beitragen wollte. Nein, nein, ich bitte Sie. Missverstehen Sie mich nicht. Ich kenne all die Aphorismen über den Kampf zwischen Mann und Frau und all die Ansammlungen von Distanzierungsversuchen, die manche Männer unternommen haben. Distanz wollten sie einlegen zwischen sich und die Frau, um nicht unterzugehen. Das ist seltsam, eigenartig – aber nichts Besonderes. Im Gegenteil. Die Mehrzahl aller Männer kommt im Lauf ihres Lebens zu dieser Einsicht. Zur Einsicht, dass es klüger ist, zwischen sich und den Frauen eine Distanz einzulegen. Männer mit mittlerer Intelligenz oder überhaupt nicht vorhandener Draufsicht auf ihr Leben äußern sich dann leider in dummen, frauenfeindlichen Sätzen, die selbstverständlich die Reaktion nach sich ziehen, dass Frauen von diesen Dummköpfen nichts wissen wollen und ihrerseits Distanz einlegen. Davon möchte ich aber nicht reden. Ich denke über diejenigen nach, die voll Liebe und Einsicht in das Rätsel der Geschlechter zur Distanz gekommen sind. Sogar aus Liebe zur Einsicht gekommen sind. Bis auf wenige, magische Ausnahmen ist es an einem Tag im Leben jedes Mannes so, dass er die Distanz der Nähe vorzieht. Ist es Faulheit, Feigheit oder die Einsicht in das Unmögliche? Unmöglich erscheint es, nach vielen Jahrzehnten Verschmelzung zu erleben. Verschmelzung zwischen zwei Welten. Zwischen zwei Polen. Zwischen den zwei Kräften, die das Universum in Spannung halten. Ist das so, weil es tatsächlich unmöglich ist? Kann es niemals eine Verschmelzung von Tag und Nacht geben? Die Antwort liegt in der Frage. Es gibt sie nicht. Auf dem größten Teil eines Planeten herrscht Dualität. Es ist entweder Nacht oder Tag. Dann gibt es die Übergangszone, wo Tag und Nacht sich begegnen. Dort vermischen sich die Farben. Licht wird Dunkel, und Dunkel wird Licht. So ist es auch bei Mann und Frau. Vermischungen im Randbereich sind möglich, aber nicht mehr. Auf dem größten Teil der Spielfläche des Planeten, den man ›das Leben‹ nennt. Das ist ein Naturgesetz. Warum aber dann dieses Aufbegehren? Warum wollen wir dann diese festgefügte Ordnung durchbrechen? Warum stürmen wir die Hälfte unseres Lebens in ein anderes Lager, das nicht errichtet wurde für uns? Warum haben wir die Sehnsucht nach Verschmelzung, wenn sie doch unerfüllbar ist? Um dem Einssein auf die Spur zu kommen? Um unsere Einsamkeit zu überwinden? Um Nähe, Wärme und Erotik zu einem Dauerzustand werden zu lassen? Um wieder in das Gefühl eines Kleinkindes einzutauchen, das in immer während der Geborgenheit lächelt? Das, glaube ich, ist die Erklärung. Die Fortsetzung der Kinderzeit ist es, die wir in Wahrheit erstreben. Das raunende, liebkosende Flüstern der Mutter und des Vaters, das uns beruhigt, wenn wir in der Nacht aufwachen. Das wollen wir haben. Wiederhaben. Fortführen. Das weiche, bewegende, selige, süße Gefühl, mit geschlossenen Augen an einem weichen Busen zu liegen und heißes Leben zu trinken, so lange wir wollen. Das ist der Antrieb zur Suche nach Nähe und Verschmelzung. Die Freude und Leichtigkeit, wenn starke Arme uns hoch in die Luft geworfen und väterlich wieder aufgefangen haben. Diesen gesicherten Flug wollen wir wiederholen. Abertausende Male. Das alles treibt uns zur suchenden, drängenden Mühsal, dieses Kinderglück in der Nähe des anderen Geschlechts zu suchen. Es ist keine einseitige Aufmerksamkeit, wenn ich davon spreche, dass es in der Mehrzahl die Männer sind, die irgendwann einmal resignieren. Es ist so, weil sie nicht die Gnade der Frauen erleben dürfen. Diese Gnade heißt, Kinder zu haben. Auch Frauen sehnen sich im Urgrund ihrer Seele nach Verschmelzung. Nach Einssein, nach dem Ende der Einsamkeit. Der Tag, an dem sie das Unmögliche erkennen, ist aber weniger grauenhaft für sie als für den Mann. An diesem Tag, an dem sie erfassen, dass die Seele des Mannes für sie nicht fassbar ist, haben sie ein Kind. Oder Kinder. Die meisten. Ich spreche jetzt nicht von den weisen Ausnahmen, die kinderlose Freiheit als ihr Glück erleben. Ich rede von der Mehrheit. Diese Mehrheit erlebt die Erfüllung ihrer eigenen Sehnsucht im Kind. Die Sehnsucht ihres inneren Kindes, geliebt zu werden, verwandelt sich als Akt der Zauberei in die Liebe zu ihrem eigenen Kind. Und zur gebenden, warmen, unbewussten Umkehr dieses Liebesstromes von ihrem Kind zu ihnen. Dieses Fortsetzen der Wärme einer beschützenden Höhle der Gefühle lässt in Frauen gar keinen Raum für die Art von Verzweiflung, Sehnsucht, Enttäuschung und Einsamkeit, wie sie der suchende Mann erlebt. Solange er sucht. Am Tag der Einsicht in die Unmöglichkeit des Nichtmachbaren gibt er auf. Einheit, Verschmelzung, Liebe sind nicht erreichbar. Alles, was Männer tun, um es zu erreichen, scheitert. Das Leben eines Mannes ist ein großes Scheitern. Bis zu dem Tag, an dem er dieses Scheitern in seinem Streben als Chance erkennt. Bis er das Glück in der Distanz erlebt. Bis er erkennt, dass für ihn und seinesgleichen eine andere Art der Wärme und Geborgenheit von Gott geplant ist als für die Frau. Das Finden des Goldes ist es. Das Gold. Das alchimistische Gold unserer zweiten Wahrheit. Die zweite Wahrheit ist es, die das Gold unseres Lebens darstellt: Immer und immer wieder müssen wir das schwere Blei unseres Alltages läutern und tragen und ertragen und einschmelzen und destillieren und bearbeiten und ertragen, bis es eines Tages von Blei zu Gold verwandelt wird. Das wiederum geschieht von einem Moment zum nächsten. Man nennt es die Erleuchtung. Es ist ein Unterschied, ob man das Unmögliche erkennt und es akzeptiert. Akzeptiert und daraufhin annimmt. Man kann es mühselig annehmen und ertragen, kein seliges Glück im anderen Geschlecht zu finden. Das aber ist zumeist nur eine Verdrängung. Solange der Wunsch noch brennt und er nur nicht öffentlich gemacht wird, ist man noch nicht am Ziel. Erst an dem Tag, an dem man die Distanz zum anderen Geschlecht als das Gold des zweiten Herzens begreift – erst dann sind wir erlöst. Erlöst von dem Unsinn, das Unmögliche zu versuchen. Es stellt sich die Frage, warum das alles so ist. Warum wollen wir Männer die Einheit, wenn sie nicht in der Form erlebbar ist, die unsere heimliche Sehnsucht will. In der ewigen Form. Warum streben wir mit all unserer Macht, unserem Können, unserem Wissen, unserem Geld nach außen? Hin zur Frau. Zurück zu unserer Mutter. In die Wärme, das Dunkel, den Schutz. Wenn es doch unerfüllbar ist? Die Antwort ist so einfach. Weil das Leben zu Ende wäre. Weil das Ergebnis dieser Expedition in das Reich der Frauen Kinder sind. Das ist der Sinn im Ganzen. Der eigentliche, wahre, geheime, tiefe Sinn der Natur ist es, Männer und Frauen aufeinander losgehen zu lassen, damit sie Kinder zeugen. ›Sollen sie nur glauben, dass es dabei um ihr persönliches Glück geht‹, denkt sich das Universum. ›Sollen sie nur meinen, den anderen zu wollen … meine listige Absicht ist es, ihnen ein Ergebnis abzulocken, das sie nicht im Sinn haben, wenn sie sich vereinigen. Sie vereinigen sich, um den anderen zu erreichen, und erreichen ein Kind.‹ So einfach ist das. Die ungeborenen Kinder sind es, die in Wahrheit das ganze Theater zwischen Mann und Frau inszenieren. Körperlose Seelen sind es, die materielle Wesen dazu anstiften, sich zu verschmelzen, damit sie selbst wieder einen Körper geschenkt bekommen. Wir sind nur die Ermöglicher. Neues Leben ermöglichen wir mit unserer körperlichen Liebe. Einer Liebe, die angeblich unserem Glück dienen soll. In Wahrheit aber ist sie in der Hauptsache nur Mittel zum Zweck der Ungeborenen. Wenn man all das einmal erkannt hat, ist man frei. Ich meine ein Erkennen, das sich nicht im Kopf abspielt. Nicht nur im Kopf abspielt. Die Einsicht in diesen wunderbaren Lebensplan der Ewigkeit ist es, die den ganzen Menschen erfassen kann. Wenn diese Erkenntnis, wie es wirklich ist, in das Zentrum unseres Begehrens eindringt und unser Begehren auflöst, dann ist das die Erleuchtung. Das Gold. Das wahre Gold der Glückseligkeit, die nichts mehr will. Nicht mehr das Aussichtslose anstrebt. Dieser Vorgang darf nicht zu früh kommen. Sonst wäre das Weiterschreiten des Lebens zu Ende. Dieser Vorgang kann ein Geschenk sein ab der Lebensmitte, und er kann nur das Ergebnis unendlich langer Schmerzen sein. Ohne Schmerzen geht es nicht. Das Begehren des Glücks, das wir außerhalb unserer Seele finden wollen, muss so stark sein und drängend, dass wir leiden. Nur das Leiden im Unerreichbaren kann diesen Vorgang umkehren. Wie einen Laserstrahl richtet sich die Kraft unserer Suche nach

Glück nach außen. Je weniger wir es finden, umso mehr Energie drängen wir in diesen Laserstrahl. ›Es muss doch gehen!‹, ruft unser Herz und übernimmt sich geradezu in seinem Versuch, das Glück in einem anderen Herzen zu finden. Irgendwann einmal kann die Gnade der Erlösung diesen Strahl umkehren. Wenn das Herz nicht in unnötiger Trauer bricht, dann hat es in seltenen Fällen die Chance, dass der Lichtstrahl seiner Suche sich umkehrt und nach innen dringt. Dann ist man in seinem wahren Glück angekommen. Ein Glück, das nichts und niemanden braucht. Ein Glück, das keine Sehnsucht kennt und keinen Schmerz. Man nennt es Seligkeit. Wenn es nur so leicht wäre, diesen Zustand zu erreichen. Wenn es so einfach wäre, wären alle dorthin unterwegs. Aber es ist leider nicht allen gegeben, Gold zu finden. Tausende sind nach Klondike gezogen. Wie viele haben jemals ein Nugget in ihren Händen glänzen gesehen? All diese Gedanken gingen mir durch den Kopf, als ich nun in Christines Augen sah. War dort ein Schimmer jenes Goldes zu sehen? War der Schmerz ihres Verlustes schon ihr Gewinn? Ich sah sie lange an. War eine Mitternachtssonne möglich? Erinnern Sie sich an das Bild von Tag und Nacht, an den schmalen Streifen der Vermischung. An die wenigen Zentimeter des Ineinanderdringens der beiden Sphären. Reisen Sie bitte jetzt mit mir in Ihrer Phantasie an den Pol unseres Planeten. Dort werden Sie ein eigenartiges Zeichen der Natur entdecken. Die Mitternachtssonne. Es gibt

Bereiche in der Natur, in denen ihre eigenen Gesetze nicht gelten. Es gibt die Zone, in der es die Polarität von Tag und Nacht nicht gibt. Wo es Hell und Dunkel nicht gibt. Nicht gibt in dem Maß, in dem Licht und Schatten am Äquator zu finden sind. Es gibt ein zweites Land. Einen zweiten Planeten. Eine zweite Wahrheit. Hinter und neben der ersten Wahrheit von Gut und Böse, hell und dunkel, laut und leise, Yin und Yang, männlich und weiblich gibt es noch eine andere Wahrheit. Den Ort der Märchen und der Zauberei. Den Ort, an dem die Sonne nicht versinkt. Diesen Ort gibt es auch in unserer Seele. So wie es alles, alles, alles in uns gibt, was wir außerhalb von uns entdecken. So gibt es auch die niemals untergehende Sonne und die niemals endende Nacht. Die ewige blaue Stunde. Das andere. Das ganz, ganz andere. Diese Sonne steht am Himmel, wenn wir uns von der verbrennenden Sonne am Äquator unseres Lebens verabschiedet haben. Wenn das Austrocknen uns keine Lust mehr bedeutet. Dann haben wir die Augen frei für die zweite Sonne. Dort beginnt die Möglichkeit einer Liebe, von der uns niemand eine Ahnung gibt. Dort beginnt nach der menschlichen Liebe die göttliche Liebe. Sie ist im Auge des anderen zu erkennen. Wenn man sie erkennen kann. Nur wenn sie im eigenen Herzen aufgegangen ist, kann man sie im anderen Herzen leuchten sehen. Danach forschte ich bei Christine. Sie sah mich mit großer Offenheit an und lächelte.

›Was suchen Sie?‹, fragte sie endlich, und ich atmete tief ein und aus.

›Die Wahrheit‹, sagte ich.

›Ich verstehe.‹ Sie lächelte mich an. Immer noch. Unverändert. ›Die Wahrheit ...‹

Ich sah, dass es sehr viel in ihr gab, das zu blühen begann. Es war wie eine Rose in ihr, die sich zu öffnen beginnt. Etwas in ihr begann zu staunen, was alles möglich war. Sie kannte es nicht, mit einem Mann an einem See zu sitzen und seine Hand in Freiheit auf ihrem Körper zu spüren. Auch ich kannte dieses Geschenk nicht. Aber ich hatte es bewusst vor mir gesehen. In meinen stillsten Momenten in meiner Abgeschiedenheit. Allein mit mir in der unterirdischen Zelle meines Alleinseins. Dort hatte ich nach allen Schmerzen des Verlustes die Ahnung, dass es möglich sein muss. Muss. Nicht kann. Es muss möglich sein, das göttliche Lieben mit einem anderen Menschen zu teilen. Ohne ihn zu benutzen. Geben, ohne an ein Nehmen zu denken. Dadurch nehmen können. Nehmen ohne Gier. Ohne Hast. Ohne Absicht. Wenn es möglich war, alleine zum Gold zu finden, dann war das doch auch jemand anderem möglich. Was könnten dann die zwei, die erlöst waren von den Irrtümern des Äquators, alles teilen? Teilen, ohne teilen zu müssen, um glücklich zu sein. Weil sie schon glücklich waren. Glücklich und selig mit ihrem Gold und ihrer Zufriedenheit. Absichtslos einander Gold zu zeigen und sich zu erfreuen. Das hatte ich als Vision in meiner

Dunkelheit empfunden. Ich hatte die Vision betrachtet und wieder weiterziehen lassen. Sie war nicht nötig für mein Glück. Aber sie war eine Möglichkeit. Warum also diese Möglichkeit einer Begegnung von sich weisen? Das hieße doch, eine Sorge in sich tragen. Hieße doch, immer noch eine heimliche Sehnsucht beherbergen. Hieße doch, nach der göttlichen Liebe doch noch eigentlich die menschliche Liebe suchen. Dem war nicht so. Ich war mir zutiefst sicher, dass all das nicht in mir schlummerte. Ich lächelte Christine an und sagte: ›Sie sind eine sehr schöne Frau.‹

›Danke‹, sagte sie und fuhr fort, ›ich habe schon sehr, sehr lange kein Kompliment mehr gehört.‹

›Das verstehe ich‹, sagte ich und sagte dann: ›Als Sie heute den Gerichtssaal betreten haben, hätte ich Ihnen diesen Satz auch nicht sagen können, ohne dabei gütig zu lügen.‹

›So schlimm war es, nicht wahr?‹ Sie nickte und senkte den Blick.

›Ja, so schlimm.‹ – ›Ich fühle, dass es vorbei ist. Es ist mehr vorbei als nur diese gescheiterte Ehe‹, sagte sie dann und atmete tief durch. ›Irgendetwas verabschiedet sich von mir. Langsam, ganz langsam fällt ein Schleier nach dem anderen von mir ab. Ich fühle mit jedem Atemzug eine Befreiung. Um die Wahrheit zu sagen: Seit Sie Ihre Hand auf meinen Rücken gelegt haben, wird es mir mit jeder Sekunde leichter ums Herz. Ich habe das Gefühl, als wäre das das erste Mal in meinem Leben. Zum ersten Mal fühle ich, was es bedeutet, von einem Menschen berührt zu werden. Von einem Mann berührt zu werden.‹ Sie sah mich voller Freude an und schüttelte ungläubig ihren Kopf.

›Das kann doch nicht sein, sagt ein Teil in mir, und ein anderer Teil sagt: Nur so soll es sein.‹

›Ich verstehe, was Sie sagen wollen‹, antwortete ich, ›aber darf ich etwas hinzufügen?‹

›Bitte, tun Sie das.‹

›Ich darf sagen, dass nichts sein soll. Das wäre eine Verpflichtung. Eine Verpflichtung, die wir erfüllen müssten. Sie oder ich. Ich glaube nicht, dass Sie sich das wünschen. Können wir nicht sagen: Es ist schön, so wie es ist?‹

›Sind Sie immer so genau?‹ Sie lachte mich liebevoll an.

›Ja, ich bin zumindest genauer geworden, als ich es früher war. Ich versuche, auf meine Sprache zu achten, die meine Wünsche offenbart. Manchmal entdecke ich dann etwas, von dem ich glaube, es nicht mehr nötig zu haben. Dann kann ich es aus meinem inneren Haus entlassen. Dabei können Selbstgespräche etwas sehr Hilfreiches sein.‹

›Ich verstehe … wissen Sie aber dann auch, dass ich Ihnen jetzt eben nur meine Freude und meine Zuneigung ausdrücken wollte? Ungenau vielleicht, aber im Kern war es nichts anderes als Zuneigung.‹

›Ja, das fühle ich.‹

›Das freut mich, das freut mich sehr.‹ Christine legte ihre Hand in meine Hand und hielt sie fest. Warm und angenehm lag ihre Hand in meiner. Ein Strom liebevoller Energie ging von ihr aus. Ich ließ ihn in mich hineingleiten und fühlte, wie er sich im ganzen Körper verbreitete. Er dehnte meine Brust aus und stärkte meinen Rücken. Er wärmte mein Becken, meine Beine, meine Arme. Mein Atem ging tiefer, und ich lächelte sie voll Freude an. ›Das ist schön‹, sagte sie leise und schloss ihre Augen.

›Was?‹

›Ich spüre Sie überall in meinem Körper‹, flüsterte sie langsam und öffnete weich ihre Augen.

›Mir geht es genauso‹, sagte ich und legte meine zweite Hand auf ihre Hand. Wir saßen da und fühlten. Nach einer Weile rückte sie etwas näher und legte ihren Kopf auf meine Schulter. Ihr Haar hatte einen angenehmen Duft. Es war ein Duft nach Vanille und Orchideen. Ich mochte das Gefühl, ihr Haar an meiner Wange zu spüren. Es war so weich und beruhigend. Wir saßen schweigend da und sagten lange Zeit kein Wort. Die Wärme unserer Körper wurde zu einer Wärme, das Tempo unseres Atmens zu einem gemeinsamen Herzschlag. Von Zeit zu Zeit öffnete ich die Augen und blickte vor uns hin. Auf dem Wasser schwammen Enten und tauchten hie und da auf den Grund. Eine Weide beugte ihre langen Äste über das Wasser, um sich zu erfreuen. Hoch am Himmel zog eine kleine Wolke, deren Unterseite langsam, langsam eine rötliche Färbung annahm. Fest schloss Christine ihre Finger um meine Hand und seufzte tief. Ich musste sie nicht fragen, was in ihr vorging. Ich kannte es. So viele Sehnsüchte werden uns im Lauf des Lebens geraubt und gestutzt. So viele Bilder vom Glück verwandeln sich in ihr Gegenteil. Enttäuschung ist das Wort, das auf allen Spruchbändern zu lesen ist, die neben unserer Marathonstrecke durch das Leben angebracht sind. Wie herrlich eigentlich. Wie furchtbar im jeweiligen Moment. Mir flog das Bild durch den Kopf, als ich als junger Mann zum ersten Mal mit einem Mädchen Hand in Hand an einem See gesessen hatte. Auch sie hatte damals ihren Kopf an meine Schulter gelehnt. Auch sie ihre Finger fest mit meinen verschränkt. Es gelang uns nicht lange, so zu sitzen. Es war ein Tag im August, und wir waren sehr jung. Sie war schön, jung und lebendig. Sie hieß Susanna, und ihr Rock war so kurz, dass ich ihre Unterwäsche sehen konnte. Sie fühlte meine Erregung und zog mich von der Bank hinunter auf die warme Wiese. Ich streifte meine Hose bis zu den Knien und war in ihr. Sie krallte ihre Fingernägel in meinen Rücken, und ich hielt ihr mit beiden Händen den Mund zu, als wir zum Höhepunkt kamen. Feucht und heiß lagen wir ineinander, und eine warme, streichelnde Hand des Sommerwindes glättete unsere Aufregung. Ich glaubte, sie sehr zu lieben, und nach neun Monaten bekam sie unsere Tochter. Ich wollte sie heiraten, aber sie lachte und heiratete den Mann, mit dem sie schon in unserer Nacht verlobt war. Er glaubte, vor Glück über sein Kind verrückt zu werden, und baute ihnen ein Haus und arbeitete sich fast zu Tode, um seine Frau und seine Tochter zu verwöhnen. Ich war nicht in der Lage, die Wahrheit zu sagen. Susanna traf sich noch fünf Jahre lang heimlich mit mir. Sie beschwor mich, unser Geheimnis für mich zu behalten. Ich versprach ihr zu schweigen. Hie und da stand ich neben dem Spielplatz, auf dem meine Tochter spielte, und lächelte ihr zu. Eine besorgte Mutter, die mich lange Wochen dabei beobachtete, informierte eines Tages die Polizei, die sich meinen Ausweis zeigen ließ. Ich erklärte dem Beamten, dass ich lediglich große Freude dabei empfand, Kindern bei ihrem Glück zuzusehen. Da es dagegen kein Gesetz gab, musste er mich weiter lächelnd dastehen lassen. Nach langer Zeit hatte ich das Gefühl, dass auch Susanna ihr Los nicht mehr als zufrieden stellend empfand. Ich ahnte meine Chance auf ihre Scheidung und ein spätes Glück mit ihr und meiner Tochter. Bei einem heftigen Streit mit ihrem Mann schlug er in ihrem Auto heftig auf sie ein. Sie waren auf dem Rückweg von einem Skiurlaub. Die beiden Erwachsenen saßen vorne, meine Tochter hinten. Der Wagen kam von der engen Bergstraße ab, schleuderte über die Böschung und brannte unter einem Felsvorsprung völlig aus. Lange Jahre konnte ich keine Liebe für eine Frau empfinden. Als mir dies zum ersten Mal wieder möglich wurde, heiratete ich. Nach vielen Jahren erkannten wir, dass wir keine Kinder bekommen konnten. Es war sicher nicht der einzige Grund dafür – aber ein Jahr nach dieser Einsicht ließen wir uns scheiden.

Es war ein seltsamer Tag. Mai. Sonne. Blauer Himmel. Ein paar kleine Wolken schwebten als Orientierung am Himmel. Ohne diese kleinen, weichen, weißen Flocken hätte man das Blau der Unendlichkeit gesehen. Wenn das unendliche Blau eines wolkenlosen Himmels über den Menschen, den Bäumen, den Häusern aufgespannt ist, gibt es keinen Anhaltspunkt, ob es unendlich nahe oder unendlich ferne ist. Das Auge findet keinen Bezugspunkt. Wo beginnt der Himmel? Wo endet er? Man schaut hinauf und sucht. Dankbar ist man dann fast für eine kleine Möwe, die die Wolken ersetzt. Man fühlt wieder Distanzen. Das ist wie bei den Menschen. Ohne ihre Wolken weiß man nie, ob man ihnen unendlich nah oder unendlich fern ist. Meine Frau und ich saßen vor dem Scheidungsrichter. Es gab keine Erregungen, weil wir beide beschlossen hatten, uns einvernehmlich zu trennen. Was hätte auch zu einem Streitpunkt werden können? Wir hatten zu wenig Gemeinsames, um über eine Aufteilung in Streit zu geraten. Wir saßen da, und nach den sparsamen Worten des Beamten unterzeichneten wir die Papiere. Mir fiel dabei auf, dass wir beide noch unsere Ringe an den Fingern trugen. Ich lächelte kurz, als ich meinen Namen neben ihren auf das Blatt Papier setzte. Sie saß neben mir und blickte ernst auf meine etwas fahrige Schrift. Sie war im Lauf der vielen mitschreibenden Jahre etwas unleserlich geworden. Wir schüttelten dem Richter die Hand und gingen aus dem Gerichtsgebäude. Einen Moment lang standen wir unentschlossen auf der Straße. Ich fragte sie, ob sie noch einen Kaffee trinken wollte. ›Nein, ich … geh in die Stadt‹, antwortete sie. ›Mach's gut.‹ – ›Mach's gut‹, sagte ich, und dann drehte sie sich um und ging weg. Ich sah ihr nach, bis sie um die nächste Ecke gebogen war: Sie trug einen dünnen, weich fallenden, hellen Mantel. Er betonte ihre aufrechte, schlanke Gestalt. Ihr Haar war dunkelblond und zu einem Knoten hochgesteckt. Als sie an der Ecke angekommen war, spürte sie meinen Blick und hob kurz die Hand. Dann war sie weg. Ich stand da und dachte nach. Was war jetzt eigentlich anders als in der Zeit unserer Ehe? Was war anders als in den Wochen, Monaten und Jahren, bevor ich sie kennen gelernt hatte? Ich war allein. Wieder allein. Allein aber war ich auch in unserer Ehe gewesen. So wie sie. Wir hatten einen Anflug einer Verliebtheit empfunden. Mehr noch aber hatten wir der Sehnsucht nachgegeben, nicht mehr allein sein zu wollen. Darum waren wir bemüht gewesen, ein Gebäude der Gemeinsamkeit zu errichten. Das Gebäude war unsere Absicht. Nicht unsere Liebe. So kühl das jetzt klingen mag. Wir hatten einen Kessel mit mäßig warmem Wasser auf das Feuer gesetzt. Das Wasser aber konnte nicht kochen, weil kein Holz für das Feuer da war. Die Glut erlosch, und das Wasser wurde nicht warm. Vielleicht haben die Menschen in China besseres

Brennholz, dachte ich in einem Anflug von Selbstironie und lud mich damals auf einen Irish Coffee ein. Ich saß da, und nach dem dritten Glas fühlte ich, wie die erhoffte Wirkung eintrat. Meine Arme und Beine wurden warm und mein Geist schläfrig. Ich ging in mein Hotel und legte mich aufs Bett. Im Traum erschien mir meine Frau. Sie kam ganz nahe und sah mir direkt in die Augen. Sie sagte nichts und sah mich nur an. Dann gab sie mir ein kleines Päckchen und ging. Ich öffnete das Päckchen. Darin lagen unsere Eheringe. Ich wickelte sie wieder ein und staunte, als das Päckchen wie von selbst verschwand. Als ich am nächsten Morgen nach diesem Traum erwachte, fühlte ich mich bereit, den Alltag wieder aufzunehmen. Ich hatte in diesem eigenartigen Traum eine Nähe zu ihr gefühlt wie in all den Jahren unserer Ehe nicht. Eine Botschaft war in dieser Vision enthalten. Ich erkannte, dass unsere Begegnung nur den Sinn gehabt hatte, sie zu beenden. So wie man in der Küche stehend unentschlossen in ein Stück kalten Braten beißt und erst nach dem ersten Bissen erkennt, dass man ihn doch nicht essen soll. Man legt ihn beiseite und beginnt eine Fastenkur. Die Freuden der Entsagung sind es, die hinter sinnlosem Konsum warten, entdeckt zu werden. Man glaubt zwar, ein Stück Braten zu wollen, weil es schon 18.43 Uhr ist und man seit dem Frühstückskaffee nichts gegessen hat. Aber wozu diese hohlen Rituale? Wenn sie keiner Notwendigkeit entspringen? Nur weil alle zwischen 18 und

19 Uhr irgendetwas essen? Weg damit. Warum zu zweit sein? Warum Verliebtheit heucheln, tanzen gehen und heiraten, wenn kein wirklicher Hunger nach Zweisamkeit da ist? Nur weil alle das tun? Schluss. Aus. Vorbei. Meine Ehe war leider nur die Aufforderung gewesen, allein zu bleiben. So lange halten wir an den Konventionen unserer Welt fest, um uns als Mitglied zu erkennen zu geben. So lange schreien wir nach einem Elfmeter lauthals ›Tor!!!‹. Um uns als Mitglied zu beweisen. So lange reihen wir uns am Skilift ein und wedeln bergab. Obwohl wir frieren und lieber auf dem Sofa eine Tasse Trinkschokolade trinken möchten. Um dabei zu sein. Lange braucht es, um das wahre Selbst schuldfrei genießen zu können. Das wahre Selbst, das in manchen von uns nicht mitmachen möchte. Das seine Ruhe haben möchte. Das allein sein möchte. Lieber allein mit Gott und seiner Schöpfung als einsam in der so genannten Gemeinsamkeit. Wenn man den Umweg des Schmerzes braucht, dann ist das eben so. Mann kann es nicht ändern. Man sollte nur so wach sein und die Zeichen an der Wand richtig deuten. An der Wand im Gebäude unserer Ehe stand klar und deutlich zu lesen. ›Ihr seid nicht füreinander geschaffen – lasst es!‹ Das Erfreuliche an dieser Enttäuschung war, dass sie es genauso entziffern konnte wie ich. Wir nickten einander zu und handelten danach. Ohne große Aufregung. Das Ende war also wie der Anfang. Ohne große Aufregung. Die Tonart jeder Beziehungsmelodie steht ja in

den Noten der Unendlichkeit. Sie ist schon da, noch bevor der Dirigent den Taktstock gehoben hat. In unserer Beziehung war es recht nett gewesen. Nett, unaufgeregt, recht still und angenehm und verlöschend. Wie sollte es also beim Abschied ein Drama geben? Der letzte Ton war ja im ersten Ton schon vorgesehen gewesen. Der Dirigent legte den Taktstock nieder, und das Publikum verließ nach Höflichkeitsapplaus den Saal. Die Aufführung war kein Erfolg gewesen. Nicht einmal ein Skandal. Ich lebte seit jenem Morgen nach der Scheidung allein. Ich übte diesen Zustand und lernte ihn lieben. Wie einen lange nicht gesehenen Freund bat ich das Alleinsein in mein Leben. Es war schön. Auf eine seltsame Weise wunderschön. Seltsam war es deshalb, weil ich oftmals staunte, meine Sehnsucht zu betrachten. Meine Sehnsucht nach Wärme und Liebe. Sie war immer noch da, aber sie richtete sich nicht mehr nach außen. Ich entdeckte, dass ich aufgehört hatte zu suchen. Oftmals saß ich im Gerichtssaal und betrachtete die Menschen, deren Leid ich mitschrieb. Ich lernte. Ich lernte, in ihrem zweiten Ton nach ihrer Absicht zu forschen. Die Absicht, die sie durch ihr Leben trieb. Getriebene waren sie auf der verzweifelten Suche nach Lebensenergie. Vampire der Lebendigkeit. Sie bissen sich an ihren Illusionen fest und saugten an ihnen, um Erfüllung ihrer Sehnsucht zu finden. Geld, Macht, Sex, Drogen, Reichtum, Allmacht, Orgien, Übermacht, Abartigkeit, Boshaftigkeit, Teufelszeug. Die Steigerung von der kleinsten Verfehlung gegen die Gesetze der Welt – bis in die Todsünde gegen die Gesetze Gottes war nur von einem Antrieb geleitet: zu siegen. Siegen wollten sie alle einmal, die vor uns im Gerichtssaal in ihre Schranken gewiesen wurden. Siegen um jeden Preis. Aber es gibt keinen Sieg. Diese Lehre zu verbreiten ist die Aufgabe des Gerichts. Des menschlichen Gerichts auf Erden, so wie des Jüngsten Gerichts am Ende aller Anfänge. Das Aufgeben ist es, das wir lernen sollten. Das Aufgeben ist es, das wir lernen dürfen. Das Aufgeben ist es, das wir lernen müssen. In diesem einmaligen Leben. Erkennen wir die Botschaft nicht und fügen wir uns nicht freiwillig, werden wir gezwungen. Wir werden gebrochen wie ein starrer Ast. Das ist unklug. Klug ist es, den Stolz und die Hybris fahren zu lassen und Demut zu üben. Das ist schwer. Sehr schwer. Wie gerne wollen wir stark sein. Nicht nur stark, sondern stärker. Stärker als unsere Gegner. Als die Verhinderer unserer Wünsche. Es ist unpopulär, nicht zu kämpfen. Es wird nicht beworben. Es ist kein Geld damit zu verdienen, in Demut in den Keller zu gehen. Frauen finden das nicht sexy und Männer nicht verführerisch. Wer will schon Kinder haben mit einem stillen, bescheidenen, ausweichenden Sucher? Wer will Sex und Erfolg gering schätzen? Wer will sein Leben in Vorbereitung auf einen lächelnden Abschied verbringen? Niemand. Und das wird ewig so weitergehen. Wenige werden es schätzen, sich abzuwenden und das Neuland ihrer

Seele zu erforschen. Ich habe es getan. Und ich bin beschenkt worden. Mit dem Gold der Stille. Mit dem Anblick der Unendlichkeit. Mit einem feinen Gehör. Für alle Töne dieser Welt. Für die Einsicht in die Wahrheit der Menschen, denen ich begegne. Das ist ein Reichtum, den ich mir am Beginn meines Lebens nicht erträumt hatte. Nicht geahnt hatte ich diesen Schatz. In der Stille der Seele. Dort, wo das wahre Teilen beginnt. Die wahre Freude. Die wahre Liebe …

›Was denkst du‹, sagte Christine und drückte meine Hand. Ihr Duft lag süß und beglückend um mich. Wie eine ferne Wolkenbank, die von der Abendsonne zu tiefgoldenem roten Glühen ermuntert wird. ›Ich spüre dich‹, sagte ich und legte meinen Arm ein wenig fester um sie.

›Ja … ich spüre dich auch.‹ – ›Es ist so schön, und ich fühle, dass ich meinem ersten Wunsch sehr nahe bin‹, sagte ich, und sie hob ihren Blick zu mir.

›Dein erster Wunsch?‹

›Zu lieben.‹ Sie sah mir in die Augen.

›Das ist dein erster Wunsch?‹

›Ja … und er war es seit der Zeit, als ich ein kleiner Junge war.‹

›Erzähl mir davon.‹ Sie legte ihre Kopf wieder an meine Brust, und ich kehrte in meiner Erinnerung in meine Kindheit zurück.

›Es war in den Zeiten, in denen ich vier oder höchstens fünf Jahre alt war. In diesen Zeiten erschien mir das Gefühl der Liebe zum ersten Mal.‹

›Wie war das?‹

›Es kam nachts in meinem Bett. Meine Mutter hatte mich zugedeckt und das Licht ausgeschaltet. Dann hatte sie die Türe zu ihrem Zimmer nur angelehnt, damit ich nicht das Gefühl hatte, allein zu sein. Ein langer, dünner Lichtstrahl fiel von dort in mein Zimmer. Ich hörte meine Mutter und meinen Vater leise reden. Ich hörte nicht ihre Worte – ich spürte nur ihre Anwesenheit. Sie waren da, und alles war gut. Mit diesem sicheren Gefühl konnte ich mich auf mich selbst besinnen. Es gab keine Sorge. Sie waren ja da, und sie beschützten mich. Dann lag ich da und lauschte in mein Herz. Es war warm und voller Freude. Ich lag in meinem Bett und liebte es, in den weichen Decken zu versinken. Über meinem Kopf war ein Fenster, und in der heißen Jahreszeit ließ meine Mutter es offen stehen. Ich drückte meinen Kopf in das Kissen und sah hinaus. Das Licht der Sterne fiel zu mir herein. Jede Nacht wartete ich auf einen besonderen Moment.‹

›Was war das?‹

Christine drückte sich näher an mich heran. ›Das war das Auftauchen des Abendsternes. Das Fensterkreuz teilte meine Ansicht in vier Teile. Links oben, etwa eine Handbreit unter dem Fensterrahmen, erschien in jeder Nacht der Abendstern. Er strahlte von einer Sekunde zur anderen wie ein Diamant in meine Dunkelheit. Er schob sich in das Fenster und sprach zu mir.‹

›Was hat er dir gesagt?‹

›Er hat gesagt: *Du bist nicht allein …* Sein Licht hat meine Augen getroffen und ist in meinem Herzen gelandet. Es hat sich ausgebreitet und meinen ganzen

Körper erfüllt. Das Bett war warm und weich und tief, und mein Blick hinaus war hell und klar und erfüllt von Licht. Eine warme, rote Welle überflutete mich, und ich hatte das Gefühl, nicht allein in meinem Zimmer zu sein. Nicht allein in meinem Bett zu liegen.‹

›Wer war bei dir?‹

›Die Liebe ...‹

›Ja?‹

›Ja. Ich lag da und spürte etwas neben mir und in mir. Aber nicht nur in mir, sondern tatsächlich neben mir. Es war eine Frau.‹

›Eine Frau?‹

›Ja.‹

›Wie alt warst du?‹ Christine lächelte in ihrer Frage, und ich verstand ihr Lächeln.

›Ich war vier Jahre alt. Ich lag da und fühlte neben mir das Weibliche. Es war neben mir, und ich konnte es umarmen. Ich nahm ein Polster und drückte es fest an mich. Ich umarmte es und hatte das Gefühl, eine Frau im Arm zu halten. Es war still, und ich war voll Zuversicht. Still, allein, gemeinsam, geborgen und voll zärtlicher Liebe. Unendlicher Liebe. Ich dehnte mein Herz aus bis zum Horizont. Lag da und liebte und sah zu dem Stern und liebte. Sah ihn über die Vierecke meines Fensters wandern und liebte. Sah ihn auf der rechten Fensterseite verschwinden und liebte. In diesem Gefühl schlief ich ein und liebte. Liebte durch die Nacht und meinen Schlaf und meine Träume. Es war der Anfang und das Ende aller Gefühle. Es war die Seligkeit und die Unendlichkeit. Es war die Liebe.‹

›Hast du deiner Mutter davon erzählt?‹

›Nein, bis heute habe ich noch niemals davon zu jemandem gesprochen.‹

›Danke.‹

›Wofür?‹

›Dass du es mir erzählt hast.‹

Wir saßen da und sahen auf den See hinaus. Ein Vogel landete. Die Wellenringe um seinen Körper dehnten sich nach allen Seiten aus. Ein warmer Sommerwind kam vorbei und streichelte mich und Christine. Ich schrieb mit. Ich sah mir dabei zu, wie ich den Augenblick in das Buch meiner Seele einschrieb, um ihn nie wieder zu vergessen.

›Soll ich dir von meinem Anfang erzählen?‹, fragte Christine, und ich sagte: ›Ich bitte dich darum.‹

›Das habe ich auch noch nie getan.‹

›Ich weiß.‹

›Du weißt?‹

›Ich habe es gesehen. Du hast heute in diesem Gericht gestanden und hast geklagt. Alle Menschen haben gehört, dass du über deine Ehe geklagt hast. Über deine enttäuschten Hoffnungen. Über die Gewalt, die er dir angetan hat. Aber in Wahrheit hat dein zweiter Ton über etwas ganz anderes geklagt. Er hat beklagt, dass die Wahrheit deiner Liebe nicht erkannt worden ist. Die Wahrheit deines Herzens betrogen wurde.

Deine Seele nicht erfüllt wurde. Sei gerecht. Ihm ging es genauso. Dein Mann ist genauso anklagend gewesen wie du. Darum habe ich gesagt, dass ich es gesehen habe. Deine Wahrheit sehnt sich danach, erkannt zu werden. Weil sie noch nie einen Menschen lieben durfte und noch nie für sich selbst geliebt wurde.‹

›Dann darf ich sie dir ja erzählen, weil ich keine Angst habe vor dir.‹

›Tu es bitte.‹

›Bei mir hat es später begonnen als bei dir‹, sagte sie und atmete tief und langsam ein und aus. ›Ich spielte mit meinen Geschwistern, und das andere Geschlecht war weit, weit hinter einem hohen Zaun. Ich konnte durch diesen Zaun hindurchschauen, aber weder rief mich jemand von der anderen Seite, um näher zu kommen, noch trieb es mich dorthin, wo die Grenze war zu den Männern. Dann aber ging es von einem Tag auf den anderen los. Wie ein Gewitter, das nach kurzer Vorwarnung hereinbricht. Eben noch hat man an einem schön gedeckten Tisch gesessen und Erdbeerbowle getrunken. Ein leises Schwanken der Äste hätte für einen wachsamen Beobachter ein Zeichen sein können. Schon wird aus dem leisen Schwanken ein Zittern der Blätter im plötzlich einsetzenden Sturm. Der Himmel verdunkelt sich. Regenwolken platzen. Blitz und Donner. Mit Mühe rettet man den Kuchen, die halb vollen Gläser mit Erdbeerbowle unter das Dach. Ein Unwetter kracht herab, und in den Regen mischt sich mitten im August auch noch Hagel. Erstaunt und schwer atmend sitzt man auf der Terrasse und beobachtet, wie die haselnussgroßen Eisbrocken die pfirsichfarbenen Blüten im Rosenbeet zerschlagen. So ungefähr war meine erste Liebe. Ich war bis zu einem bestimmten Tag in meinem Leben ein unscheinbares Mädchen gewesen. Ich trug Brille und Zahnspange, und meine Knochen standen nach allen Seiten aus mir heraus. Über Nacht veränderte sich alles. Ich bekam runde Formen. Wurde weicher, fließender, bekam einen schönen Busen. Mein Augenarzt ersparte mir die Brille, und mein Zahnarzt entfernte das Metall aus meinem Mund. Ich war in einem Zustand ununterbrochener Aufgewühltheit. Meine Augen leuchteten, und meine blutroten Lippen brannten, als der erste Mann in meinem Leben seine Zähne in mich schlug.‹

›Was sagst du?‹ Ich schüttelte den Kopf und musste lachen. Christine erzählte in einem Ton, der wissend und verzeihend war, mit Worten, die Krieg beschrieben.

›Ja, es war Krieg‹, fuhr sie fort. ›Er stieg über den Zaun, der mich von den anderen trennte und tat mir weh. Ich war mit meinen Freundinnen ins Kino gegangen. Wir hatten gelacht und gekichert, als er mit seinen Freunden auf uns zukam. Er war ein schöner Junge. Fünf Jahre älter als ich, und er trug eine blaue Jeansjacke. Auf dem Rücken war ein Paar Flügel aufgestickt, und heimlich hatte ich ihn schon seit drei Wochen *meinen Engel* genannt. So lange war es her, dass ich seine Blicke bemerkt hatte. Er hatte nach der Schule lange vor dem Tor gestanden und hatte mir nachgesehen, wenn ich nach Hause gegangen war. Manchmal war er mir ein paar Straßen lang gefolgt, aber irgendetwas hatte ihn zurückgehalten, mich anzusprechen. Heute nun war es so weit. Vielleicht lag es an meinem kurzen, blauen Rock und der blauen Bluse, die ich angezogen hatte. Vielleicht war Vollmond. Vielleicht hatte er mit seinen Freunden eine Wette abgeschlossen. Ich weiß es nicht. Ich wusste nur noch, dass ich in Ohnmacht fallen wollte, als er mich endlich ansprach. Wir gingen auf ein Eis, und mir war alles so peinlich. Es war peinlich, weil ich nichts anderes tun konnte als aufgeregt lachen, als er mir von seinem Motorrad erzählte. Meine Freundinnen und seine Freunde saßen an zwei getrennten Tischen auf der anderen Seite des Eissalons. Sie schauten uns zu und kommentierten das Geschehen. Ich war erleichtert und schockiert zugleich, als er für uns beide bezahlte und mit mir auf seinem Rücksitz davonbrauste. Meine Freundinnen sahen sprachlos hinterher, wie ich meine Arme um seine Taille klammerte, als er Gas gab. Mein kurzer Rock spannte so hoch an den Oberschenkeln. An den Fußknöcheln spürte ich manchmal erschreckend heiß das Auspuffrohr, wenn wir uns in die Kurven legten. Er fuhr mit mir in den Wald, und dann stiegen wir von seinem schwarzblauen Motorrad mit den beigefarbenen Sitzen. Er ging mit mir in eine kleine Holzfällerhütte. Sie lag auf einer kleinen Lichtung und war aus dunkelbraunen Holzbalken gebaut. Die Tür hatte nur ein einfaches, uraltes Riegelschloss. Er steckte sein Messer in den Spalt zwischen Tür und Rahmen und hob mit der Klinge den Riegel hoch. Er zog die Tür hinter uns zu und legte mich auf ein einfaches Bett. In dem Raum stand noch ein Tisch, auf dem zwei alte Gläser verstaubten. Ich glaube, in der Hütte hatte zwanzig Jahre lang kein Holzfäller mehr sein Speckbrot gegessen. Während er seine Hose bis zu den Knien herunterzog und mir mein Höschen beiseite schob, wollte ich ihn küssen. Er biss mich in den Hals und saugte sich dann an meinem Busen fest. Am Anfang prickelte es und war wie ein elektrischer Schlag. Dann drang er in mich ein. Es tat nicht so weh, wie alle immer erzählt hatten, und nach ein paar Minuten kam er mit einem plötzlichen, langen Schrei. Es wurde heiß und nass in mir, und dann lachte er mich an. *Möchtest du einen Schnaps?*, fragte er und ging zu einem Wandschrank. Er schien sich in der Hütte gut auszukennen. In dem Schrank stand eine halb volle Flasche. Wir tranken abwechselnd, und ich hatte das Gefühl, ihn zu küssen, wenn ich die Flasche an den Mund setzte, die eben noch seine Lippen berührt hatten. Ich war sehr bald betrunken, und dann drehte er mich auf den Bauch, und beim zweiten Mal war es fast angenehm, was er machte. Dann fuhr er mich nach Hause. Ich legte mich in die Badewanne und wusste nicht, ob ich lachen oder weinen sollte.‹ Christine seufzte und schüttelte den Kopf. Es war, als wollte sie die Erinnerung noch einmal in Ruhe betrachten, bevor sie damit fertig war.

Wie sollte dieser Moment auch bewahrt werden? Als Jugendsünde? Als missglückte Landpartie? Dieser so wichtige, unendlich wichtige Moment des ersten Mals. Alles Weitere wurde doch daran gemessen, verglichen, bewertet. Niemand hatte eine Chance, gegen diesen Moment anzutreten. Im Guten wie im Schlechten. Es konnte immer nur anders sein. Auch wenn die Farben verblassten, das Bild war eingegraben – die Flügel auf der blauen Jacke für alle Zeiten nichts Himmlisches mehr. Ein Vergessen war so wünschenswert wie unmöglich. Leider ist es nicht so, dass wir vergessen können. Gar nichts wird vergessen. Es wird nur abgelegt. Ganz unten im Keller unserer Entscheidungen. Dort, wo wir mit uns selbst beratschlagen, ob wir uns erfreuen wollen oder aber Rache üben. Im tiefsten Winkel unseres Wesens sammeln sich alle die tiefen Verwundungen, die uns in Wirklichkeit ein Leben lang am Halsband ihrer Lust auf Rache führen. Wir möchten so gerne glauben, dass es das erfrischende Lachen unserer Kindheit ist, das uns eine Orientierung durch das Leben gibt. Wir vermuten in rührender Weise, dass wir ein Leben lang auf der Suche nach dem Wahren, Guten und Schönen sind. Falsch. Grundfalsch. Wir werden in Wahrheit davon getrieben, die Demütigungen und Zerstörungen unserer ersten Tage zu vermeiden. Es sieht nur so aus, als wären unsere Taten die Taten der ersten Absicht. In Wahrheit gibt es eine tiefe, heimliche, fürchterliche zweite Absicht hinter der ersten Absicht. Sie heißt ›Rache‹. Rache. Rache für die Schläge und Stöße, die unsere frische, hoffnungsfrohe Seele erhalten hat. In den ersten Runden dieses Lebens. Der Gong hat uns einige Male gerettet, aber zu oft war eine Niederlage das Ergebnis. Unser Kampf war aussichtslos. Immer gab es einen stärkeren, älteren, abgebrühteren Gegner, als wir es jemals sein konnten. Immer ist schon einer da, wenn wir eine Tür zu einem neuen Raum im Palast des Lebens aufstoßen, und schlägt uns. Niemand kümmert es, dass diese Schläge nicht erlaubt sind. Sie sind effektiv. Und wenn sie geschickt genug gesetzt sind, sieht sie der Ringrichter nicht. Übersieht sie. Wir liegen am Boden unserer besten Absicht und werden ausgezählt. Wenn wir wieder aufstehen, sagen unsere Lippen der ersten Absicht: ›Möge der Bessere gewinnen.‹ Die zweite Absicht grölt nur ein einziges Wort: ›Rache. Rache. Rache!‹

›Warum überhaupt? Warum überhaupt kämpfen‹, zuckt es manchen durch den Kopf, und sie wenden sich ab. Im nächsten Moment werden sie in den Ring zurückgeschleift und gezwungen weiterzumachen. Ob als aktiver Kämpfer oder als lebender Sandsack. Ein Entrinnen gibt es nicht … Ein Untertauchen scheint die Lösung zu sein. Aber es ist nur Reaktion. Ein Verweigern des Kampfes kann nur eine Reaktion sein auf die Tatsache, dass gekämpft wird. Frieden ist niemals das erste Angebot. Das göttliche Geschenk, auf das die Abartigen mit Krieg reagieren. Nein. Das ist eine Illusion. Es ist umgekehrt. Krieg ist die Mutter aller Zustände, und das zeitweilige Verharren und Kraftschöpfen für den ultimativen Vernichtungsschlag nennen wir Frieden. So weit kann man gar nicht ausweichen, dass man nicht von den ferngesteuerten Drohnen über den Frontlinien ausfindig gemacht wird. Sie finden dich und holen dich zurück. Auf dem Kriegsschauplatz kann man wehrlos herumliegen. Dafür gibt es Sanitäter. Tatenlos aber das Feld räumen wird mit sofortiger Erschießung geahndet. Ich selbst liege seit vielen Jahren im Koma. Nein, missverstehen Sie mich nicht. Ein kleiner Scherz muss erlaubt sein. Aber auch hier finden Sie ein Molekül an Wahrheit. Ist es Ihrer Ansicht nach ein Zeichen lebendiger Männlichkeit, schweigend mitzuschreiben, was andere erfahren haben? Erlitten. Erstritten. Ist anteilnehmendes Zuhören, Zusehen und Durchatmen heldenhaft? Ist es erfrischend und für Frauen unwiderstehlich, in den Momenten der Freizeit in den Keller zu gehen und der Stille ein Ohr zu schenken? Sie erkennen, worauf ich hinauswill. Ich habe mir meinen Separatfrieden mit meinem Tatendrang erkauft. Ich bin noch beim Geschehen dabei – als Statist. Ganz links hinten, wo die Feuermauer im Theater hinter dem Prospekt beginnt – dort stehe ich. Der Diener, der eine Kielfeder in der Hand hält und das Knie beugt, wenn der König vorbeireitet – das bin ich. Ich habe es aufgegeben, aus den Gräben zu springen und ›Hurra!‹ zu brüllen. Ich überlebe. Wie meine Rache aussieht? Meine Rache ist die Einsicht. Einsicht in die Schwäche des Königs. Ich sehe ihn von hinten. Ich sehe die Stelle zwischen den Schulterblättern eines jeden Menschen, der vor unser Gericht tritt. Ich habe den zweiten Anblick geübt in einem Keller. Das ist meine Rache. Meine Gnade ist es zu verschweigen. Mein Los ist es, ohnmächtig zu sein. Alles kann man sich schönreden. Alles. Was soll ein Lebenslänglicher auf Alcatraz auch anderes denken als den poetischen Satz: Meinen Körper können sie fesseln – mein Geist fliegt frei? Würde er nicht viel lieber in einer Einheit von Geist und Körper in einem kleinen Café in Viterbo sitzen und hübschen Mädchen nachblicken? Nur weil er seine zänkische Frau mit dreiundvierzig Messerstichen zur Ruhe ermahnt hat, ist ihm das verwehrt. Die Ohnmacht seiner Rache heißt Freiheit des Geistes. Die Rache seiner Frau an ihm hieß Störung seiner Kreise. Die Rache der Vergewaltiger seiner Frau, als sie noch ein Kind war, resultierte aus dem Verhöhntwerden, als diese Verbrecher noch weinen konnten und Frauen sie dafür verachteten. Die Verachtung dieser Frauen war die Rache für das Fremdgehen aller Männer aller Zeiten. Das Fremdgehen aller Männer aller Zeiten war die Rache für das Verkennen ihrer Natur. Ihre Natur war die Rache an der Natur der Frauen. Die Natur der Frauen war die Rache an der Natur der Männer. Die Rache war die

Rache für die Rache an der Rache nach der Rache. Endlos.

Aussteigen.

Sich hinsetzen und aussteigen aus dem Rad des Leides und der Wiedergeburten des Leides. Aussteigen. Vierzig Tage unter einem Boddhibaum sitzen und erkennen, dass immer nur Reaktion auf Aktion erfolgt. Endlos. Rache auf Schmerz. Leid auf Leid auf Leid. In die Wüste gehen. Wortlos. Bewegungslos dem Teufel trotzen, der die schönsten Tänzerinnen schickt zur Versuchung. Oder in den Keller. Immer wieder. Schweigend. Zusehend. Erkennend. Nicht handelnd. Nicht mitspielend. Aussteigend. Was für eine Rache des Universums an den still Dasitzenden. Lachen will man doch. Heiter sein. Im Kreis sich drehen. Ein Mädchen an die Brust drücken und heiße Tränen des Liebesglücks an ihrem Busen weinen. Kinder bekommen vom geliebtesten der Männer. Ein Haus bauen, einen Brunnen graben, einen Baum pflanzen, am Abend eine Zigarre rauchen im Kreis der lachenden Freunde.

Nichts da. Die Summe aller Kettenglieder, aus denen unsere Niederlagen geschmiedet werden, zieht uns zu Boden und lässt uns scheitern. Einsichtige gehen in die Wüste. Aufbegehrende enden vor unserem Gericht. Wehklagend. Tobend. Ihre Rache fordernd. Und ich schreibe mit. So wie bei Christine.

Ich hatte Christine zugehört. Voller Wehmut war ihr zweiter Ton. Ihr erster Ton hatte leichthin vom

Verbrechen an ihrer Kraft zu lieben erzählt. Wie man es eben so lernt, um zu überleben. Stärke zeigen. Lächelnd in die Knie gehen. Souverän sein. Ihr zweiter Ton hat gebebt. Gezittert vor Scham und Wut über das Erlebte. Rache war in ihm. Ewige Rache hatte er in ihr an diesem Tag geschworen. Rache an allen Männern dieser Welt. Rache für ihre nie erlebte Poesie. So viel zarte Küsse konnte der zweite und dritte und fünfte Mann gar nicht aufbieten, um nicht in das Messer ihres Misstrauens zu laufen. So lange, bis er verwundet war von ihrer inneren Zurückhaltung und dafür Rache nehmen musste an ihr. O mein Gott, wie sehr ich sie verstand. Und ihren Mann. Und ihren Kampf. Den aussichtslosen. Nun war er angeblich zu Ende. Angeblich. Schwer atmend stand sie über die Leichen ihrer Hoffnungen gebeugt und würde Rache nehmen müssen für diesen Anblick. Irgendwann. Beim Nächsten. Ich wollte das nicht. Ich hatte ihre Melodie gehört, die noch als Echo in ihr nachhallte. Die Melodie des Mädchens, die erklungen war, bevor die Türe der Holzfällerhütte ins Schloss gefallen war. Ich fühlte, dass ich sie sehr liebte – diese Melodie.

›Das war mein erstes Mal‹, sagte sie abschließend. Lächelnd und den Blick kurz zu mir gehoben. Wie eine Entschuldigung sagte sie es. So als könnte sie etwas dafür. Welch schreckliches Symptom. Der Getretene entschuldigt sich für sein Im-Weg-Stehen. Natürlich. Weil das Innerste verletzt ist. Weil eine wahnsinnige Stimme sagt: ›Du bist offensichtlich nichts wert! Sonst wäre man ja nicht über dich hinweggetrampelt. Sieger sehen anders aus. Du bist der geborene Verlierer. Zu Recht. Zu Recht trampelt man über dich hinweg!‹ Diese Vibrationen dieser traurigen Gedanken lagen in ihrer Stimme. Leise Wehmut und das Klicken der Scherben.

Ich hielt meinen Arm um sie und sah sie an. ›Was hast du dir gewünscht?‹, fragte ich leise. ›Ich würde jetzt so gerne wissen, wie das Land deiner Wünsche aussieht. Wie hat das Mädchen in der Frau geträumt? Wie hat die Frau in deinem Mädchen geblickt? Welchen Atem hat sie gelebt? Welche Melodien waren ihre Ahnungen?‹

›Das willst du wissen?‹

›Nur darum sitze ich hier.‹ Sie löste sich kurz aus meinem Arm und sah mich an. Sie senkte ihren Blick ganz tief in meinen Blick. Ich ließ es zu. Ich ließ sie meine Trauer sehen und meine Wut. Die Rache meines Kindes und die Hoffnung meines Geistes. Ich öffnete meinen ersten und den zweiten Blick, so sehr ich es vermochte. Sie hörte das Schwingen der Flügel meines Burgtores und wagte sich an ihren Schatz. Sie nahm einen kleinen, unscheinbaren Schlüssel und öffnete eine schlichte Holzkiste. Sie stand weit hinten in einem stillen Raum in ihrem Wesen. Und wartete. Das Schloss war etwas verrostet, weil sie den kleinen, unscheinbaren Schlüssel so lange nicht mehr umgedreht hatte. Wir beachteten nicht die glasperlenverzierte erste Truhe im Thronsaal ihrer Öffentlichkeit.

Ein großer gläserner Schlüssel steckte wohl geölt im Schloss, und tausenderlei Tand und Glitzer quoll aus dieser Truhe. Wir gingen daran vorbei und näherten uns ihrem Diamanten.

›Ich habe doch etwas Ähnliches mit mir erlebt wie du mit deinem Abendstern‹, begann sie ihre Wahrheit.

›Ich höre dir zu …‹

›Ich war ein kleines Mädchen und mit meinen Eltern in der Oper. Ich war vielleicht sieben oder acht. Ich weiß es nicht mehr so genau. Ich saß in einer Loge zwischen ihr und ihm. Die Bühne war in mattes Dunkel getaucht. Ein einzelner Lichtstrahl lag auf einem Paar. Er hielt sie zart umarmt, und beide saßen auf einer steinernen Bank. Sie sangen … Sie haben gesungen. Für mich. Nur für mich. Ich saß da und habe ihnen zugehört. Heute weiß ich, wie man das Gefühl nennt, das hinter den Noten stand, die sie gesungen haben. Sehnsucht. Die strahlende, wärmende, glühende, verzehrende, wissende Sehnsucht war es, die in der Melodie lag. Sehnsucht nach dem, was möglich ist zwischen einer Frau und einem Mann. Ich habe dagesessen und habe gelauscht. Ich weiß, dass man sich fragen kann, woher ein kleines Mädchen von dieser Sehnsucht wissen soll. Woher soll es eine Ahnung haben? Nach dem noch nie Erlebten. Nach dem Unerhörten. Nach dem Einzigen. Weil es da ist. Meine Antwort heute lautet: Weil es da ist. Es ist immer da. Solange es Seelen gibt in den Menschen, sind alle

Wahrheiten angelegt und da. Sie sind da und warten nur darauf, erweckt zu werden. Ich saß da, und diese beiden Menschen riefen meine Wahrheit in mir wach. Sie erinnerten mich mit dem Echo aller Jahrmillionen daran, wo mein Herz verborgen ist. Ich fühlte, wie sich die Töne ihrer erinnernden Seele zu mir vortasteten. Ihre zuckenden, findenden Künste erforschten die Wahrheit hinter allen Wahrheiten und berichteten mir von der ewigen Liebe. Ich saß da und wusste mit einem Mal, dass es sie gibt. Dass sie da ist. Nicht außerhalb von mir. Sondern in mir. In meinem Herzen. Seit Anbeginn aller Zeiten, den ich wortlos treibend in der Ewigkeit mitverfolgt hatte. Ich wusste von ihr, wurde wieder daran erinnert. Glühende Tränen rannen über mein Gesicht. Mein Vater beugte sich zu mir und sah mich an. Er folgte meinem Blick. Er sah den beiden Menschen auf der Bühne zu und folgte ihrer Wahrheit zurück in mein Herz. Er sagte nichts. Er fragte nichts. Er verstand. Behutsam legte er seinen Arm um mich. Meine Mutter bemerkte, was in mir geschah, und blickte meinen Vater an. Ich fühlte ihren Ton, der für den Wimpernschlag eines Äons lang zwischen ihnen lag. Warum? Warum nicht so? Warum nicht immer so? Warum nur einen Moment lang in der Dunkelheit eines Opernhauses? Warum nur dann? Warum nicht immer? Und überall? Und wenn schon jetzt in diesem herrlichen Augenblick. Warum dann nicht wenigstens ab jetzt für den Rest aller Zeiten? Warum die Aufforderung nicht in das Leben umsetzen? Hoch getrieben schwebte die schillernde Perle der Wahrhaftigkeit. Platzend zerschoss sie zur bunten Seifenblase im Applaus. Von einer Sekunde zur nächsten. Der Gesang war zu Ende. Die Engelsstille erfüllte den Raum. Forderte uns alle auf. Wurde vertrieben durch Lärm. Alle, alle, alle hatten, verbunden durch dieselbe Luft, die alle atmeten, dieselben Schwingungen erlebt. Dieselben Ahnungen als Wirklichkeit erfahren. Es stand auf der Kippe. 500 Menschen könnten still und beseligt das Opernhaus verlassen. Den Gottesdienst fortführen. Sie waren Zeugen und Anteilnehmende eines Gottesdienstes geworden. Der Materialisation der Liebe teilhaftig geworden. Wie hätte das ausgesehen? Revolution? Lebensquantensprung? Güte. Verzeihen. Verständnis. Missgefühl. Gnade im Umgang mit dem Nächsten? Wohl alles unerhört. Illusion romantischer Weltfremder. Die Berührung schnell verwandeln in Kunstgenuss und applaudieren. Jubel, Zustimmung zum Belcanto hieß dieser Lärm. Das Klatschen der Hände vertrieb aber auch den Geist der Möglichkeit. Die Vertreibung tarnte sich als Zustimmung. Das Medium im Sänger und das Medium in der Sängerin verwandelten sich in eitle Darsteller zurück, die ihre Lohntüten entgegennahmen. Das Opernhaus dröhnte von Bravorufen. Alle holten sich in die Wirklichkeit zurück. Rasten vor Begeisterung. Begeisterung? Sie vertrieben die Geister der besseren Welt mit Jubel. Ich saß da und weinte. Mein Vater und meine Mutter drückten mich abwechselnd und hilflos an ihre Brust. Etwas in mir begann, entsetzlich zu frieren. Ich wollte das nicht. Ich wollte diesen Lärm nicht. Andacht hätte herrschen müssen. Hingabe. Unendlichkeit. Stattdessen – Krach und Holleroh …‹

Christine lächelte mich voller Wehmut an. ›So‹, sagte sie, ›jetzt habe ich es dir erzählt, und du kannst mich nun auslachen …‹

Ich sah sie lange an und zog sie nah an meine Brust.

›Du wirst es nicht tun, nicht wahr? Du lachst mich nicht aus?‹

›Nein‹, sagte ich, ›ich lache dich nicht aus …‹

›Ja, ich spüre es … ich habe es gespürt, seit ich deinen Blick in diesem Gerichtssaal gesehen habe. Du würdest es verstehen, habe ich gedacht. Du kannst alles verstehen. Du kannst mich verstehen … das ist so, nicht wahr?‹

›Ja, ich verstehe dich …‹ Wir hielten uns umfangen und schlossen die Augen. Ihre Brust hob und senkte sich erst schnell und flach, dann beruhigte sich ihre gewohnte Angst, und immer tiefer, weicher und wärmer wurde ihr Atem. Sie rutschte dicht an mich heran und legte ihre Hand auf meine Brust. Ein warmer, heißer Strom durchflutete mich. Ich griff mit meiner Hand in ihr Haar und hob ihr Gesicht zu mir. Langsam näherte sie ihre Lippen meinem Mund. Wir küssten uns. Lange küssten wir uns. Heiße Erregung ergriff meinen Körper. Lust und Wut. Ich war voll Lust auf diese schöne, starke, zarte Frau. Voll Lust auf ihren schmelzenden Körper, der meinen Körper zum Schmelzen brachte. Gleichzeitig beobachtete ich das Gefühl der Wut, das in mir aufstieg. Es machte mich wütend mitzufühlen, was man ihr alles angetan hatte. Wie oft sie um ihre Wahrheit gebracht worden war.

Denn ich beobachtete, wie das Gefühl alles erfüllender Liebe in mir aufstieg. Ich sah, wie es Christine in mir liebte. Ich sah durch die Vorhänge ihrer Persönlichkeit hindurch in ihre Wahrheit. Ich sah ihre Wärme und ihre Klarheit. Ich sah die schweren, tiefen Furchen, die das Leben über die bunten Wiesen ihrer Unschuld gezogen hatte. Ich sah ihre Schuld, die auf ihr lag. Ich sah das Leid, das sie anderen angetan hatte als Antwort auf das Leid, das ihr angetan worden war. Aber mehr als alle diese irritierenden Zuckungen ihrer Geschichte sah ich ihre Wahrheit. Ich sah den Horizont ihres Himmels. Den Beginn ihres Himmels. Ich sah den Himmel. In ihrem Atem war er. In ihrer Hand, die glühend auf meiner Brust lag. In dem Duft ihrer Haut. Im Glanz ihrer Augen. Im feuchten Schimmer ihrer Lippen. In der drängenden, erwartenden Hitze ihres weiblichen Körpers, den ich in meinen Armen hielt. Da war er, der Moment, von dem ich so oft gewusst hatte, dass er eines Tages auftauchen könnte. Der Moment der göttlichen Liebe. Ich fühlte das starke, tiefe Verlangen nach Sexualität in mir. Die menschliche Sexualität erfühlte die Frau in meinen Armen. Ein Blitz der Erinnerung durchleuchtete mein Wesen. Einen Moment lang wurde ich von abgrundtiefer Angst erfüllt. Ich sah mich auf einen Abgrund zutreiben. Es war eine weite, unendlich weite Ebene vor mir. Eine weite, sich bis zum Horizont ausdehnende Fläche lag hinter mir und neben mir. Eine Steppe aus braunem, halbhohem Gras erschien vor meinem inneren Blick. Menschenleer. Windgestrahlt. Das Gras bewegte sich, wie in langsame Musik eingebettet. Am Horizont kein Baum, kein Fels. Nur wartende Stille. Ich ging langsam über diese Weite. Da vorne war etwas. Ein Abgrund. Quer über die ganze Breite des Weges, der von einem Himmel zum anderen Himmel führte, ging es hinab. Eine unermesslich breite Schlucht zerteilte meine Ebene. Ich trat heran und blickte hinab. Ein schwarzes, tosendes, dräuendes Meer schäumte da unten auf. Hoch flogen die Fetzen der Gischt, wenn sich die Wellen an schroffen Felsen brachen. Ich fühlte einen Schwindel, einen Sog, einen Ruf, der hieß: ›Fall jetzt in mich … lass dich jetzt gehen – springe los und stürze hinein.‹

Ich stand an der Kante dieses Abgrundes und schwankte. Oft hatte ich diesen Traum gehabt. Oft war ich erwacht in den Zeiten, die hinter mir lagen. Oft hatte der Boden nachgegeben, und ich war gestürzt. Gestürzt und nicht gesprungen. Im Fallen riss es mir die Arme hoch. Welch ein eigenartiger Traum, hatte ich oft gedacht, als ich von meinem Schrei wach geworden war. Ich saß dann lange in der Dunkelheit meines Zimmers. Sah in die Finsternis, lauschte. Kurz bevor der Morgen graute, begannen Vögel zu singen.

Das erlöste mich von meiner Frage. Warum dieser Traum? Warum dieses Gefühl zu stürzen? Zu sterben? Mich aufzulösen? Warum? Ich stand auf und machte mir einen Kaffee. Schwarz, ohne Zucker. An den Tagen, an denen ich das Gefühl des Fallens nicht hinter mir lassen konnte, erwärmte ich nur ein wenig Milch und gab drei Löffel Zucker in die Tasse. Das half. Ich saß am kleinen Tisch meiner Küche und trank den Kaffee meiner Kindheit. Auf der hellen Tasse lief ein Blumenband unter dem Rand entlang, und diese Blumen begannen zu blühen. Meine Mutter war dann da und streichelte mir über meinen Kopf. Mein Vater stand an meinem Tisch und ließ aus einem Glas einen dicken Tropfen Honig auf meinen Buttertoast herab … Der Kaffee war mild und süß, und alle Träume waren kleine Geister. ›Was hast du geträumt‹, fragte mein Vater, und ich sagte oft: ›Ich weiß nicht mehr … ich glaub, ich hatte Angst.‹ – ›Ja, ja, das kommt vor‹, sagte er dann und legte mir den Toast auf meinen Teller. Ich sah in seine Augen und erkannte, dass er etwas wusste, das ich noch nicht beim Namen nennen konnte. Er hatte etwas gesehen in seinem Leben, das auch in meiner Seele wachsen sollte. Angst und Schrecken. Furcht und Abgrund. Er kannte es. Ich sah sein Wissen um das Stürzen. Tief in seinen Augen. Dann blickte er zu meiner Mutter und sagte: ›Aber jetzt ist Tag, da haben böse Träume keine Kraft, nicht wahr?‹ – ›So ist es‹, antwortete sie und setzte sich zu uns. Ich biss in meinen Toast und sah von einem zum anderen. Der Tag begann, die Schatten verbargen sich hinter ihrem Schatten. Das Leben ging weiter …

›Wo bist du‹, flüsterte Christine. Ihr Mund war so nah an meinem Ohr.

›Ich bin in dir‹, sagte ich und fühlte, wie es keine Grenzen mehr gab. Ihr Gesicht war nahe meinen Lippen. Ich küsste ihre geschlossenen Augen, ihren weichen, offenen Mund. Ihr Atem vermählte sich mit meinem Atem. Sie setzte sich näher, schob sich an mich heran, öffnete meinen Gürtel, setzte sich weich auf mich, öffnete ihre Beine und holte mich zu sich. Ich drang in sie hinein. Es glühte heiß und tief. Ich hob den Kopf. Sie küsste meinen Hals, umarmte mich. Ich fühlte tief in ihrem Körper ihr Herz schlagen. Eine rasende Lust erfüllte mich. Ich nahm ihr Gesicht in meine Hände und beendete unsere Einsamkeit. Ich küsste sie. Sie küsste mich. Ich sah mein Tier, das sie verschlingen wollte. Ich sah den Mensch in mir, der sie umfangen hielt. Der Mensch erfühlte ihre Wärme, ihre Tiefe, ihre heiße Lust. Ihre Oberschenkel öffneten sich weit, und noch tiefer tauchte ich in sie. ›Jetzt ist es jetzt … jetzt ist es jetzt.‹ Ich fühlte, wie es sich in mir verwandelte. Ich verließ die weite, braune, stille Ebene und sprang hinunter in das milde Meer. Ich liebte diesen Sprung. Ich sprang aus ganzem Herzen. Tiefer fiel ich und tiefer. Fühlte ihren heißen Körper, ihre warme, feste Brust. Ich fiel dem Meer entgegen. Ihr Kuss verschmolz mit meinem Kuss. Ich sank ins Meer und flog empor. Das tiefe, abgrundtiefe Meer erfüllte mich mit nie gekannter Kraft. Ich fühlte einen milden, hellen Zug, der mich nach oben hob. Es stieg in meinem Rücken hoch und breitete sich über meinen Körper aus. Ein glühend heller Sonnenstrahl durchschlug mein Herz und dann ihr Herz. Sie öffnete die Augen, und ich sah in ihre Seele. Wir wollten schreien. Unsere Augen hielten einander fest. Der Schrei verwandelte sich in einen tiefen, tiefen Atemzug. Wir kamen auf dem Gipfel an. Nur Liebe, Liebe, nichts als Liebe … Ich hielt sie fest, und sie hielt mich …

Wir warteten, schwebten, flogen hoch hinauf und höher. Dort, wo alle Stille ist. Wir waren eins. Und sie. Und ich. Und eins. Und eins. Im Himmel …

Unendlich langsam lösten wir uns aus der Umarmung und sahen einander an. Lange. Ewig lange. Sie sagte nichts. Dann legte sie ihren Kopf auf meine Schulter. Ich streichelte ihr Haar. Ihr Duft war heiß und schwebend. Eng drückte sie sich an mich. Mein Atem wurde ruhiger, ruhiger, ruhig. Ich begann die Welt zu sehen, die uns umgab. Der Park war immer noch der Park … Die Enten stritten sich um altes Brot. Die Weide spiegelte sich im See. Niemand war zu sehen. Kein Mensch. Die Wolken tief über den Baumkronen wurden violett und dunkelten rasch. Ein warmer Wind strich über mein erhitztes Gesicht.

Über ihre Wangen. Sie saß auf mir, und ihr langer Mantel bedeckte uns beide. Nichts war zu erkennen. Wenn uns jemand so hätte sehen können, er hätte nur ein Paar in inniger Umarmung bemerkt. Ich atmete aus und sah mich um. Ein Hund lief weit hinter mir über die Wiese.

Christine hob ihren Kopf und sah mich an. Lange. ›So ist das also‹, sagte sie.

›Ja, so ist das‹, antwortete ich. Sie lächelte.

›Langsam‹, sagte sie, ›langsam …‹ Dann glitt sie von mir herunter und lehnte sich an meine Seite. Wortlos lauschend sahen wir auf den See. ›Ich werde jetzt gehen‹, sagte sie, als es zu dunkeln begann.

›Was für ein Tag …‹

›Was für ein Tag …‹

Sie streckte sich und ordnete ihr Haar. ›Wenn wir es beide wollen, sehen wir uns wieder hier … zur selben Zeit …‹ Sie sah mich an. ›Morgen zur selben Zeit …‹ Sie küsste mich, stand auf und ging. Ich sah ihr nach. Am Ausgang des Parks drehte sie sich um und lächelte, dann entschwand sie aus meinem Blick. Das war gestern. Und seit diesem letzten Akkord zwischen ihr und mir frage ich mich, was heute zu tun ist.«

»Ich verstehe«, sagte ich und sah ihn lange an. »Sind Sie Ihrer Entscheidung einen Schritt näher gekommen? Ich meine, jetzt – in diesem Gespräch in ›unserer Zeit‹?«

»Die Zeit …«, fuhr er fort, »die Zeit hat mich begleitet, weil die Zeit den Punkt meiner Entscheidung festgesetzt hat. Und dieser Punkt ist jetzt. Handeln oder Nichthandeln. Beides ist Veränderung. Erinnern Sie sich an die Frau, die ihren Mann getötet hat?«

»O ja.«

»Damals in der Besuchszelle habe ich meine Entscheidung getroffen, nicht teilzunehmen. Nicht teilzunehmen an der Welt und dem Strom der Ereignisse vom Ufer aus zu folgen. Heute sehe ich zwei Wege einer möglichen Zukunft vor mir. Weitermachen wie bisher – oder hineinsteigen in den Strom der atmenden Lebendigkeit. Ich wäre ein Narr, wenn ich mir davon ein unbeschwertes Glück erhoffen würde. Ich weiß keine Einzelheiten, aber es wird Irrtum, Sehnsucht und Entsetzen geben. Höhenflug und stilles Glück. Es wird das Leben geben. Ich werde ihr Lachen lieben lernen, und ich werde unruhig sein, wenn sie am Abend zu spät nach Hause kommt. Ich werde ihr am Morgen nachsehen, wenn sie fortgeht, und vor Freude lachen, wenn an meinem Spiegel ihr Lippenstift eine Botschaft für mich bereithält. Ich werde mir Gedanken machen, was sie zu ihrem Geburtstag erfreuen könnte, und eine Reise nach Capri buchen. Ich werde sie umarmen und von ihr geschlagen werden, ich werde sie missverstehen und beleidigen, sie um Verzeihung bitten und lange Briefe schreiben. Ich werde ihr Blumen kaufen, sie anrufen und ihre Stimme hören. Ich werde daran denken, wie es war, allein zu sein, und wie viel Kraft ich in meinem Leben im Schweigen erfahren habe. Darüber werde ich mit ihr reden und von ihr lernen, was es heißt, unverschämt zu sein. Ich werde Sehnsucht haben nach meiner Stille und lachen vor Glück über ihre Bewegung. Die stille Oberfläche meines Teiches wird von vielen Wellen in Aufruhr gebracht werden. All die Perlen unserer Phantasie, die wir hineinwerfen können, werden zum Grund sinken und dort einander begegnen. Ich werde weinen, wenn sie traurig ist, und ihre Hand halten, wenn sie fliegen möchte. Ich werde sie gehen lassen, wenn es sein soll, und der Ewigkeit in jedem Kuss von ihr begegnen. Ich werde den Schmerz des Lebens wählen und die Freude der Einsamkeit als meinen Ursprung begreifen. Ich werde ihr mein Wissen um die Töne in der Stille und das Licht in den Farben unserer Seele schenken. Ich werde sie lieben, weil es so ist. Das werde ich tun …«

Er sah mich lange an und griff nach meiner Hand. »Ich danke Ihnen, dass Sie mir geholfen haben.«

»Habe ich das?«

»O ja!«

»Das freut mich sehr …«

»Viel Glück in Ihrem Leben und dem Leben Ihrer Frau! Vergessen Sie mich nicht – und leben Sie wohl.« Er drückte meine Hand und stand dann auf. Er nickte dem Kellner zu, bezahlte und verließ das Café. Er ging die Straße entlang, an deren Ende man die Bäume eines Parks erahnen konnte.

Ich saß da und sah dem seltsamen Mann nach, der sich vor einer Stunde an meinen Tisch gesetzt hatte.

Ich hatte Zeit gehabt und zugehört. Jetzt ging er hinaus, und ich sah seine Silhouette, wie sie in der Ferne verschwand. Ich weiß nicht, wie er heißt und wo er wohnt ... ich weiß nur, dass ich diese eigenartige Stunde nicht vergessen werde. Niemals. In meinem ganzen Leben.

Der Kellner trat an meinen Tisch und fragte, ob ich noch einen Wunsch hätte.

»Ja«, sagte ich nach kurzem Nachdenken, »einen Irish Coffee, bitte ...«

5F